그대라는
이름

지은이 **김정남**

1970년 서울에서 태어나 2002년『현대문학』에 평론이, 2007년 매일신문 신춘문예에 소설이 각각 당선되어 문단에 나왔다. 펴낸 책으로 문학평론집 『폐허, 이후』, 『꿈꾸는 토르소』, 소설집『숨결』(제1회 김용익 소설문학상 수상작), 『잘 가라, 미소』(2012년 4분기 우수문학도서)가 있다. 현재 관동대에서 글을 가르치며 소설과 평론을 쓰고 있다.

그대라는 이름

ⓒ김정남, 2013

1판 1쇄 인쇄__2013년 08월 20일
1판 1쇄 발행__2013년 08월 30일

지은이__김정남
펴낸이__양정섭
펴낸곳__작가와비평
　　　　등　록__제2010-000013호
　　　　주　소__경기도 광명시 하안로 180-14 우림필유 101-212
　　　　블로그__http://wekorea.tistory.com
　　　　이메일__mykorea01@naver.com

공급처__(주)글로벌콘텐츠출판그룹
　　　　대　표__홍정표
　　　　디자인__김미미
　　　　편　집__배소정 노경민 최민지
　　　　기획·마케팅__이용기
　　　　경영지원__안선영
　　　　주　소__서울특별시 강동구 천중로 196 정일빌딩 401호
　　　　전　화__02-488-3280
　　　　팩　스__02-488-3281
　　　　홈페이지__www.gcbook.co.kr

값 17,000원
ISBN 978-89-97190-63-8 03810

그대라는 이름

김정남
평론집

작가와비평

바람은 바람 없는 영원의 숙박을
사람은 사람 없는 영원의 숙박을
— 김충규 「유리창과 바람과 사람」 중에서

시인 김충규 형님의 영전에 이 책을 바친다.

그대에게 가는 길

세상은 점점 문학적 상상력과는 무관한 곳으로 나아간다. 자의
식마저 잃어버린 욕망기계들의 사회에서 우리의 육체는 고독할
새도 없이, 새로운 먹잇감을 찾아다닌다. 그러나 그 욕망은 충족
이 아닌 잉여 욕망을 낳는다. 로또와 같은 대박에 대한 환상은
그 욕망의 엑스타시를 가리킨다. 대중 교양 수준의 강론과 수신
서(修身書)에 가깝게 번역된 고전들도, 길바닥에 나뒹구는 인문학
의 모습에 다름 아니다. 문학, 더 나아가 문화라는 이름의 예술은
삶에 대한 부정적 계기성을 바탕으로 생명을 유지한다. 멈추지
않은 폭주 기관차에 기름을 붓고, 그 만화방창하는 화려한 불꽃
놀이와 한몸이 되어 희언하는, 온갖 문화라는 이름의 상품들이
날마다 우리 몸과 영혼에 융단폭격을 퍼붓는다.

아무래도 나의 그대가 많은 사람들로부터 외면 받고 있다는
사실을 부정할 수 없다. 눈부신 세간의 볼거리들이 그대를 더욱
고립시키고, 그대의 언어는 휘황한 세상에 뒤덮여 초배지처럼 엎
드려 있다. 이제, 언어예술은 영상물을 위한 시놉시스. 언어 예술

가는 기초예술이라는 이름의 간이수공업자. 사람들은 오페라 극장에서 문화를 즐기고, 문학을 찾아 테마파크를 산책하며 스스로 문화를 향유하고 있다고 착각하고 있다. 이러한 허위의 딜레탕트가 인문의 레테르를 달고 속류 문화상품들을 양산한다. 단지 소비되고 있을 뿐인 문화는 세계에 대한 부정성이 휘발된 천박한 포즈 그 이상도 이하도 아니다.

그럼에도, 나는 그대에게 간다. 그대를 향한 순정이 가슴 가득 출렁거리고 그대의 얼굴은 언제나 내 마음을 설레게 한다. 멀티태스킹을 강요하는 조건 속에서도, 서툰 자모조립공으로 살아가는 그대. 세상 무한한 가능성 중에 하나를 선택한 것이 아니라, 불가능성 속에서 간절하게 건져 올린 그대의 곡진한 사랑이 미쁘다. 내가 그대의 마음을 읽을 때, 내 마음도 함께 가슴 졸이며 울고 웃었다. 그 연문(戀文)을 묶어낸다. 그대를 생각하지 않고는 하루도 살지 못했던 시간의 고백이다.

많은 이들이 공감하지 않아도 좋다. 머리만 비대한 현자들의 호응을 얻고 싶은 생각도 없다. 그들은 이미 자기들만의 성체를 높게 쌓아 올리고 그 안에 똬리를 틀고 앉아 있다. 저 허영의 바벨탑에서, 교만한 훈수를 던지는 비후(肥厚)한 이성의 비계들. 나는 그들의 겉멋 들린 말을 배운 적도 없고, 흉내내지도 않았다. 그대를 향한 내 마음만 온전히 전해지기를. 그리하여 아직도 쓰는 일을 천직으로 여기는 가난한 필경사, 그대의 마음에 들어갈 수 있기를. 이것이 내가 이 생을 놓을 때까지 놓지 않을 업(業)임을, 내 스스로 잘 알고 있으니.

2013년 여름의 끝자락에서
김정남

제2부 그대라는 이름의 얼굴

제3부 그대라는 이름의 헌신

제**1**부

그대라는
이름의 집

우리 시대의 벌거벗은 생명들
─법·국가·종교 담론의 관점에서

1. 제도와 폭력 그리고 대항담론

신자유주의 담론이 만들어내는 경쟁과 성장 일변도의 정책이 사회적 소수자에 대한 물리적·제도적 폭력을 일상화하고 있다. 도시 재개발을 둘러싼 주민과 당국의 갈등, 그리고 정치·법·종교의 이름으로 행사되는 권력(폭력)은 소설적 논쟁의 핵심적 발화점이다.

2000년대 국가폭력의 참상을 가장 잘 보여주는 것이 '용산4구역 남일당 화재 사건'(이하 용산참사)[1]이다. 이와 같은 문제에서 소재를 취하고 있는 손아람의 『소수의견』(들녘, 2010)과 주원규의 『망루』(문학의문학, 2010)는 이러한 사회적 폭력성을 탐색한 작품이다. 법정소설(legal thriller)로 장르화할 수 있는 전자의 경우는 법의 차원에서 가해지는 제도적 폭력성을, 후자는 종교의 이름으로 행사되는 욕망과 구원, 권력과 저항을 다루고 있다.

이러한 접근은 1970년대 조세희의 『난장이가 쏘아올린 작은 공』에서 촉발된 도시빈민을 둘러싼 '권력과 저항'의 담론이, 2000년대 문학의 자장 안에서 어떻게 변모했는지 그 사적 의미를 고찰할 수 있을 뿐만 아니라, 현재의 사회적 현실에 대한 문학적 길항력을 모색할 수 있는 기회가 될 수 있다. 『난쏘공』의 구도는 "노동자/자본가의 대립구도를 확인하고 그 모순을 더욱 선명하게 부각시키기 위한 것"으로 "착취/피착취의 이분법으로 설명하는"[2] 도식성을 노정하고 있다. 이러한 이분법적 윤리관에도 불구하고 이 작품에 구현된 환상성과 동화적 분위기는 뻬어난 미학성을 드러내지만,[3] 그 이면에는 계급적 억압구조 자체를 미화한다는 역설도 내포하고 있다. 자본주의 사회는 계속해서 분화되며 복잡한 지배구조를 형성해 가기 때문에 단순한 이분법으로는 그 심층구조를 파악할 수 없으며, 이러한 맥락에서 법·국가·종교라는 지배담론 체계의 고찰은 필수적으로 요구된다.

2. 법의 의미와 한계

손아람의 『소수의견』[4]은 아현동 뉴타운 재개발 사업 부지 현장에서 강제철거에 저항하며 망루에 올라간 철거민과 이를 진압한 경찰 사이에서 발생한 사망 사건을 중심으로 한, 일종의 법정소설이라고 할 수 있다. 이러한 논란의 핵심은 철거민 박재호 씨의 아들(박신우)과 진압 경찰(김희택), 이 두 사람의 죽음을 둘러싼 책임 공방인데, 작가는 이 과정에서 법의 한계와 법치의 모순을 예각적으로 파헤치고 있다.

"지난 2월말 경찰이 아현동 뉴타운 재개발 사업부지의 현장을 점검하고 있던 철거민들에 대한진압에 들어갔습니다. 철거민들은 망루를 세우고 저항했지요. 진압 중 폭력 사태로 철거민 한 명과 경찰 한 명이 사망했고. 죽은 철거민은 열여섯 살 학생이고 폭행으로 사망했는데, 현장에 같이 있었던 사망한 학생의 아버지가 진압 경찰 중 한 명을 둔기로 내리쳐 골로 보낸 모양이오. 검찰은 그 아버지를 특수공무방해치사 혐의로 구속기소했소. 지금 피고인은 서울 구치소에 수용되어 있어요. 가능하면 오늘 중으로 만나보세요."

— 「소수의견」, 36~37쪽

사건의 개요는 열여섯 살 학생이 폭행으로 사망했고, 사망한 학생의 아버지가 둔기로 경찰을 사망하게 한 것인데, 이 둘 사이의 인과관계와 정당방위 여부가 사건의 핵심이다. 이로 인해 박신우의 아버지 '박재호'와 철거용역인 '김수만'이 피고인의 자격으로 법정에 서게 된다. 검찰 측의 입장은 박재호가 경찰의 진압 작전에 저항해 진압 경찰 김희택을 사망하게 하였고, 철거용역 김수만이 박재호의 아들 박신우를 사망하게 하였다는 것이다. 그러므로 검찰은 이 두 사건 사이의 인과관계를 원천적으로 차단하고 있으며, 철거민의 아들 박신우에 대한 공권력의 책임을 원천적으로 무화시키려 한다. 이에 반해 박재호와 그의 변호인 측은 박신우를 죽게 한 것은 철거용역이 아니라 진압경찰이고, 진압경찰을 죽인 것은 폭행을 당하고 있는 아들을 구하기 위해서라고 주장한다. 그러나 유감스럽게도 법에는 사태의 진실도, 어떠한 정의도 없었다는 것이 이 작품이 말하고자 하는 주장의 요체다.

"이제 법률적인 견해란 말은 지겨워요. 나한테는 그게 세상에서 제일 비겁한 말로 들립니다. 인간적으로 말해보세요. 윤변호사님도 변호사이기 이전에 자기 생각을 가진 인간 아닙니까. 윤변호사님이 제 입장이라면 어떻게 하셨겠습니까?"

그의 손이 주먹을 쥐었다. 어떻게 하겠냐고? 나는 망설였다. 정지된 시간 속에 박재호의 삶이 펼쳐졌다. <u>그는 한 사람이 아니었다. 그는 역사였다.</u> 그는 때로는 동정 받았고, 때로는 착취되었다.

(…중략…)

"박재호 씨는 아드님을 잃었어요. 5천만 원으로 끝내선 안 됩니다. 어떤 액수의 합의금으로도 턱없이 모자라요. 저라면 어떻게 하겠냐고요? 저라면 몇 년이고 매달릴 겁니다. 이 사건은 판결까지 가야해요. 1심에서 안 되면 고등법원, 대법원, 헌법재판소까지 두드려야 합니다. <u>이 사건의 판결이 법대 교과서에 실려서, 100년 동안 국가와 그 대리인의 오명이 낙인찍히도록 해야 돼요. 만일 패소한다면 판사의 이름까지도 말입니다.</u>

— 「소수의견」, 243~244쪽(밑줄—인용자)

법에는 "변호사이기 이전의 자기 생각"이란 없다. 단지 변호사로서 법률적 해석만을 제시했을 때, 거기에는 사태의 진실은 없다. 그런 의미에서 "인간적으로 말해보세요"에 대한 법률적 답변은 항시 노코멘트일 수밖에 없다. 그러나 서술자인 윤 변호사(이하 윤변)는 박재호에게 부당한 합의금을 거부하고 판결까지 가야 한다고 말하고 있다. 여기서 서술자인 윤변은 박재호에게 당신이 내릴 수 있는 "유일한 징벌"은 합의하지 않고 끝까지 "국가와 그 대리인의 오명이 낙인찍히도록"해야 함을 강조하고 있는 것이다. 그러나 윤변 역시 변호사로서 법의 테두리 안에서 사건을 해석할 수밖에 없다. 그런 의미에서 법 밖의 시각이라는 것은 법정에선 무의미할 수밖에 없다.

"박재호 씨한테 뭘 해줬는데요. 그 잘난 법정의 정의가 말이에요. 뭘 해줬나고요. 전에도 말했잖아요. 저는 법을 믿지 않아요. 법을 믿지 않을 뿐이에요. 제가 역겹다고요? 그게 고결하신 변호사님께서 법 바깥의 세상을 바라보는 시각인가요. 처음부터 그랬던 거예요?"
— 「소수의견」, 330쪽

홍재덕 검사의 양형거래 육성이 녹음된 파일이 신문사 사회부 기자 이준형에 의해서 언론에 공개되었을 때, 장대석 변호사의 사무실이 압수수색을 당하는 일이 벌어지는데, 이를 앞두고 벌어진 논쟁에서 윤변에 대한 기자의 질타는, 법이 제시할 수 없는 법 밖의 세계에 대한 진솔한 문제의식을 제시한다. 윤변은 이준형 기자의 녹음파일 공개를 두고 역겹다는 거친 표현을 하지만, 그 여 기자는 그것이 변호사가 "법 바깥의 세상을 바라보는 시각" 이냐고 응수한다. 기자는 "법정의 정의"가 아들을 잃은 박재호 씨에게 아무 것도 해준 게 없다는 것을 상기시키며 "법을 믿지 않"는다고 일축한다.

그러한 의미에서 "법은 정의가 아니다. 법은 계산의 요소며, 법이 존재한다는 것은 정당하지만, 정의는 계산 불가능한 것이며, 정의는 우리가 계산 불가능한 것과 함께 계산할 것을 요구한다."[5] 어떠한 규칙에 의해서 정의가 보장되는 것은 아니다. 그럼에도 우리는 제도적인 틀 안에서 법을 인정하게 되고 그에 의존하게 된다. 이러한 아포리아는 법이 "법적 목적들을 보호하려는 것이 아니라, 법 자체를 보호하려는 의도"[6]만을 지닌다는 법의 한계를 적시한다.

그런 맥락에서 이 소설은 법의 테두리 안에서 사건의 시시비비를 가리기 위한 것이 아니라, 사태의 본질을 비켜가는 법의 한계를 지적하고 이를 통해 법의 존재의미에 대해 논쟁점을 던지는 데 바쳐진다. 이는 소설의 첫 장면에서 제시되는 조직폭력배 조구환 사건을 통해 이미 사전적으로 제시되었기에 설득력을 더 한다.

> 피고 조구환은 사체를 은닉했다. 1992년에. 사건 당시의 개정 이전 형사소송법에 따르면 이 죄목의 공소시효는 15년이다. 공소시효가 만료되었으므로 이 공소는 이유 없다.
>
> ―「소수의견」, 11쪽

법전이 죽음의 경건함에 대해서는 말하거나 가르쳐주지 않았으므로, 우리는 그저 공소시효의 성립을 두고 추상적인 논리와 숫자를 다뤘다. 그게 법률가의 직무였으므로 우리에게는 거리낌이 없었다.

— 「소수의견」, 12쪽

버러지 같은 놈.

방청객 중 한 사람이었다. 죽은 피해자는 고아였으므로 피해자의 친인척이 아니다. 남자는 변호사를 노려보고 있었다. 조구환을 바라보는 게 아니었다. 남자는 똑바로 나를 노려봤다. 그는 말했다. 버러지 같은 놈. 나는 서둘러 법정을 빠져나왔다.

— 「소수의견」, 16쪽

법이 다루는 것은 조폭(조직폭력배) 조구환 사건의 본질이 아니라 공소시효 그 자체다. 공소시효의 경우, 공소 이유 없음으로 판결이 내려지면 그 뿐이다. 이때 법이 다루는 추상적인 논리와 숫자만이 "법률가의 직무"이다. 살인범에게도 진실의 이름으로 형벌을 내리지 못하는 법정을 경험한 한 방청객은 윤변을 바라보며 "버러지 같은 놈"이라고 말한다. 이는 한 변호사 개인에 대한 분노라기보다는, 아무 것도 하지 못하는 법에 대한 법 밖의 공분을 대변한다.

3. 국가의 존재 의미에 대한 물음

법의 한계는 결국 법규범을 통해 유지되는 통치조직인 국가의 존재 의미에 대한 문제로 확대된다. 국가는 추상적인 존재로서 그것을 정의하기 위한 복잡한 심급이 존재한다. 막스 베버가 주장한 것처럼 국가는 모든 국가에 적용시킬 수 있는 보편적인 목적이 존재하지 않기 때문에 국가를 목적으로 정의하는 것은 불가능하다. 따라서 국가는 '폭력행위'라는 수단에 의해 정의될 수 있다. 여기서 중요한 것은 국가가 "정당한 물리적 폭력 행사"[7]를 독점한다는 점이다. 베버의 이 말은 "부당한 폭력 행사가 있다면 거기에 실효적으로 대처한다."[8]라는 뜻을 포함하고 있다. 가령, 사형이라는 법적 조치는, "국가가 합법적인 살인을 독점"[9]하고 있다는 뜻이 된다. 이때 법은 이러한 폭력을 사회 내에서 관철하고 유지하기 위한 최종적인 근거가 된다. 이러한 맥락에서 국가는 폭력과 권한을 법을 통해 부여받고 이를 실효적으로 유지한다.

> "우리는 진리에 도달한다. 머리뿐만 아니라 가슴을 통해서. 파스칼의 『팡세』에 나오는 말입니다. 머리가 아닌 가슴으로 상황을 봅시다. 어떤 경우 국가는 거악으로 작용합니다. 어떤 경우가 그러냐고요? 이번과 같은 경우가 그렇습니다."
>
> 주민은 서슴없이 국가라는 이름의 거악을 설정했다. 그리고 그것의 피해자를 자신으로부터 박재호로 확장시켰다.
>
> — 「소수의견」, 157~158쪽(밑줄-인용자)

여기서 형법학 교수 이주민의 발언에 주목해볼 필요가 있다. 국가의 기본적인 속성이 질서유지 능력이고, 민주주의를 선호하는 국민이건 아니건 간에 국가의 질서유지 기능은 국민의 욕구에 부합한다.[10] 여기서 국가의 질서유지를 위한 폭력의 독점이 국가의 본질이라면, 이러한 폭력의 정당성은 어디에 물어야 할 것인가. 국가 폭력은 반드시 대중을 통제하고 편성하기 위한 고도로 훈련되고 엄격하게 규율화된 무장 그룹을 전제로 하며 이는 반드시 반대급부를 타자화하는 방식으로 폭력이 행사된다.[11]

아현동 철거현장에서 "박재호 씨의 아들을 진짜로 죽인 건 누구인가?"(소수의견, 158쪽)라는 질문의 답은 결국 국가일 수밖에 없다. 폭력의 정당성을 독점하고 있는 주체가 국가이기 때문이다. 이러한 폭력이 적법성을 떠나 누구의 이익을 대변하느냐에 따라서, 반대급부에게는 거악의 대상이 될 수밖에 없다.[12] 이 작품에서 그리고 있는 아현동 망루 사망 사건과 같이 용산참사의 경우를 떠올려보면, 국가 폭력의 정당성은 심각한 회의의 대상이 된다. "경찰특공대의 모습으로 남일당 빌딩에 출연한 국가, 살아남은 농성자들에게 징역형을 구형하고 선고한 검사와 판사의 행위를 통해 모습을 드러낸 국가"는 "지배계급의 도구"라는 국가의 성격이 변하지 않았음[13]을 보여준다. 건물을 무단점거 하고 있는 이들에 대한 적법한 공권력을 행사였다는 주장은 국가가 법의 이름으로 거악이 될 수 있음을 명시적으로 나타낸다. 국가에는 위법한 사적인 폭력에 대해 사형을 언도할 수는 있어도, 공권력을 통해 국민을 살상할 권리는 없기 때문이다. 더욱이 경찰의 과

잉진압으로 아들 박신우를 잃은 철거민 박재호가 오히려 국가에 의해 살인범으로 기소당하는 사태는 무엇을 말하는가. 이는 국가가 말하는 적법이 오히려 거악이 될 수 있다는 극단적인 상황의 일례라고 할 수 있다.

> 내 앞으로 등기우편이 왔다. 흰 봉투 겉에 무궁화 로고가 그려져 있었다. 꽃잎 안에 암술 대신 흐트러짐 없는 균형을 잡은 저울이 들어섰다. 봉투를 뜯어본 후 오래도록 생각에 잠겼다. 긴 시간이었다. 나는 낮과 밤 사이 어딘가에 있었으나 조국 위에 있지 않았다. 잠시 결심 근처까지 갔다. 망명하자. 망명을 신청하자. 그저 떠나는 걸로는 부족해. 먼저 버려주자.
> 나는 곧 평정을 되찾았다. 하지만 그 우편물은 내 가슴에 치유 못할 거대한 협곡을 패어놓았다. 조국에 대한 신뢰와 기대가 협곡을 타고 빠져나갔다. 앙상한 허리를 드러낸 그 협곡 꼭대기에서 나는 단지 선택권이 없어 국민으로 남았다.
> — 「소수의견」, 205쪽(밑줄 – 인용자)

아현동 집회에 참여하여 변호사의 품위를 손상했다는 명목으로 대한변호사협회가 알려온 징계심 서류를 마주한 윤변의 처지는 국가의 존재 이유에 대한 신뢰와 기대가 무너지는 상황을 여실하게 대변하고 있다. 법조계의 소수자로서 윤변이 처해 있는 상황은 "조국 위에 있지 않"은 자의 허탈감을 보여주고 있는데, 이것이 곧 법의 이름으로 가해지는 폭력, 소수자에게 가해지는 국가폭력에 다름 아니다. 마치 징집영장처럼 아무 것도 선택할 수 없는 국민의 지위 말이다. 아현동 폭력 사태 이후 국가가 할 수 있는 최선의 사과는 단지 이것이다. "폭력방지에 최선을 다하지 못한 점, 국민 앞에 송구스럽게 생각합니다."(『소수의견』, 361쪽)

　　국민. 저 말을 들을 때마다 두드러기가 난다. 어떤 문장에서 보통명사로 국민이란 단어가 쓰일 때, 그것을 허공이란 단어로 바꿔도 의미가 성립한다는 것을 나는 열네 살 때 발견했다.

— 「소수의견」, 361쪽

　　국민이라는 말. 국법(國法)의 지배를 받는 국가의 구성원이라는 뜻의 이 말은, 거악으로서의 국가에게는 단지 허공일 뿐이다. 법이 정의를 구현하지 못하고, 법을 악의적으로 활용하는 주체가 국가기관들(『소수의견』, 65쪽)이라면, 권력자와 그 하수인들에게 국민은 항시 피동적으로 존재하는 타자들일 뿐이다. "모든 사람은 전체 사회의 복지라는 명목으로도 유린될 수 없는 정의에 입각한 불가침성을 갖는다. 그러므로 정의는 타인들이 갖게 될 보다 큰 선을 위하여 소수의 자유를 뺏는 것이 정당화될 수 없다고 본다."[14] 그럼에도 권력자들은 국민이라는 보통명사를 언제나 정치적 판단의 준거로 제시한다. 노동현장에서, 재개발 지구에서, 광장에서 국가는 정의라는 공리적 명분을 수시로 들먹이며 소수자의 권리를 억압했다. 그런 의미에서 정의는 "부정의에 대한 고발과 극복의 의지에서 비롯되어야 하며, 따라서 약자, 소수자가 부정의를 산출하는 힘들에 대항하는 전제이자 방법"15)이어야 한다.

윤변은 법정싸움에서 승리하지 못한다. 배심원 9명이 모두 박재
호의 정당방위를 인정하였지만, 재판부의 판결을 배심원의 평결에
의하지 않는다는 법에 의해 재판장 한 사람이 배심원들의 판결을
뒤집어엎는다. 이것이 법이고, 이것이 법 위에 존재하는 국가의
폭력이다. "법은 명령이다. 하지만 좋은 법은 좋은 명령이다."(아리
스토텔레스, 『정치학』) 그러나 이 판결을 우리는 좋은 명령이라 할
수 없다. 국가는 법을 통해 어떠한 보상도 복수도 해주지 않았다.16)

4. 종교 권력의 부패와 세속화

권력과 금력과 종교가 결합하면 어떤 일이 벌어지게 될 것인
가. 주원규의 『망루』17)는 교회의 권력 세습과 자본력의 확장과
이를 비호하는 권력의 타락상을 생생하게 그려낸다. 이 작품은
아버지 '조창석'에게서 아들 '조정인'으로 이어지는 세명교회의
부당한 권력 세습과 도강동 재개발 사업을 통해 자본을 확장하려
는 세명교회와 이 사이에서 갈등하는 초점화자인 '정민우'와 그
의 신학대학 동창이자 한국철거민연합(한철연) 대표인 '김윤서'를
통해 불의한 사회적 문제를 제기하는 한편, 어수룩한 시장의 손
재주꾼인 한경태(한씨)를 재림예수로 설정하여, 타락한 세계에서
진정한 인간 구원이란 무엇인가에 대한 깊은 종교적 문제를 제기
하고 있다.

"미국에서 한 짓이라곤 알코올 홀릭, 도박, 어설픈 펀드 놀음밖에 없던 사람이 무슨 재주로 저런 설교를 구해 왔는지 암튼 대단해. 동시에 의문이구."

— 『망루』, 41쪽

민우의 동료 전도사인 재훈이 전하는 조정인의 미국 유학 생활이 목회자의 타락상을 증명하고 있거니와, 그의 설교 원고를 대필하는 민우에게도 그의 말은 묵직하게 다가올 수밖에 없다. 설교 원고의 "출처만 밝혀져 봐. 익명의 제보자가 되어 게시판을 도배해 버릴 거니까."라는 재훈의 말은 "세명교회에서 소위 녹을 먹는 사람"이라면 누구나 공감하는 자기 확신에 가까운 폄하이다. 이러한 교회의 타락상은 단순한 폭로의 성격을 띠지 않고, 초점화자인 민우의 갈등을 통해 서술됨으로써 긴장감을 놓치지 않고 있다. 바로 이것이 이 작품이 난순한 고발이나 비판을 넘어서고 있는 가장 직접적인 이유이다.

"이제 교회는 더 이상 예배만 드리고 싱노늘끼리 모여 밥이나 나눠 먹는 조악한 장소가 될 수 없습니다. 이웃과 지역 사회 개발을 위해 봉사하고 하나님의 질서에서 가장 성실하게 부합하는 자유민주주의의 이념을 받든 시장경제가 보다 활성화될 수 있도록 문호를 과감히 개방하는 복합 레저 타운을 조성하는 것이 세명교회가 할 수 있는 진보적인 하나님 나라 확장이라는 신념이 저에게 주신 하나님의 참된 소명이었던 것입니다."

— 『망루』, 43~44쪽

세명교회가 "하나님 나라의 확장"이라는 명목으로 '복합 레저 타운'을 건설하려고 하는 것은 교회권력이 자본과 결합하여 세속적인 탐욕을 구하는 일에 다름 아니다. 이것은 기독교적 가치의 구현에 기초한 것처럼 보이지만, 기실은 반기독교적일 수밖에 없다. 500여 년 전, 루터가 당대의 사업과 화폐경제가 타락한 것을 보고 이기적인 이윤추구의 욕망을 비난하고 고리대금업을 반대[18]한 것도 바로 이런 이유에서다. 베버도 자본주의가 종교적 금욕주의의 이상을 저버림으로써 세속화되었다고 비판하였다. 하지만 자본주의가 반인간적인 질서로 인해 붕괴될 것이라는 마르크스의 의견에는 동의하지 않았다. 많은 결점에도 불구하고 자본주의를 최대한 경제적 사회적 활력을 지닌 체제로 지지했던 것이다.[19] 그러나 자본주의의 원리가 그 자체로 우상화되는 것[20]은 반기독교적이다. 오히려 기독교의 여러 신학적 개념들과 상징들은 자본주의의 확산과 그에 따른 문제를 죄악의 상황으로 이해하고 이에 대한 실천적인 비전[21]을 제시할 필요가 있는 것이다. 다음에 제시되는 상징적인 공간성은 이러한 이유를 구체적으로 대변하고 있다.

"그와 함께 저 반대편, 정인의 욕망의 설교 반대편에 홀로 외로이 솟아 있는 심판의 마지막 도피처, 마사다가 보였다. 그 요새를 향해 죽기를 각오하고 기어오르는 일군의 무리들이 눈에 띄었다. 윤서의 모습이 보였고, 남루한 차림의 백성들이 드러났다. 그들은 정인의 설교에 의하면 반드시 극복되어야 할 게으르고 생떼만 부리는 이 땅의 낙오자들, 사탄의 늪에 빠져 버린 우매한 땅의 인간. 영원히 신의 축복을 받지 못할 이교의 개들이었다.

— 『망루』, 240쪽

지상의 공간에 불법과 파괴의 면죄부를 받은 용역 깡패들과 중무장한 경찰 병력들이 함께 존재하고 있다. 그들은 서로를 묵인하며 오직 하나의 대상, 지상으로부터 밀려나 타의에 의한 유배를 감행한, 억지로 땅 위로 내몰려진 존재들을 박멸하려는 목적에만 혈안이 되어 있는 것이다. 과연 그들의 눈에 성문당 4층, 그리고 곧 최후의 항전을 위해 마련된 푸르른 망루에 오르게 될 철거민들은 무엇으로 보일까. 과연 그렇다면 이런 식의 대치가 가능할 수 있을까.

— 『망루』, 276쪽

기독교가 선민의식의 도그마에 빠지거나 금력을 추구하며 세속화될 때, 사회적으로 경제적으로 선택받지 못한 존재를 타자화시킬 수밖에 없다. 생존의 터를 빼앗기지 않기 위해, 죽음을 각오하고 망루에 오르는 그들이, "생떼만 부리는 이 땅의 낙오자들"이나 "사탄의 늪에 빠진 우매한 인간", 심지어 신의 축복마저도 피해가는 "이교의 개들"로 낙인을 찍는 것은, 종교의 탈을 쓴 야만의 행태일 뿐이다. 특히 한국 개신교의 윤리에 있어 지나친 성장주의는 패권주의와 결합하여 배타적, 반지성적 상황으로 신앙생활을 몰고 간다.[22] 이런 상황에서 교회권력은 자신의 패권적 질서에 반대하는 세력을 악으로 규정하고 이들을 처단하고자 한다.

이를 비호하는 세력은 정치권력이고, 이들은 언제나 공권력의 이름으로 민중을 불법이라는 명목 하에 사지로 내몰게 된다. 비로소 종교와 자본과 권력의 삼각구도가 완성될 것이다.

5. 구원과 침묵의 배리(背理)

『망루』가 서 있는 또 하나의 서사의 축은 재림예수를 통해서 본 진정한 인간 구원의 의미를 묻는 데 바쳐진다. 한씨 아저씨라고 불리는 어수룩한 시장의 손재주꾼인 한경태를 "검붉은 환부에서 싱싱한 새 살이 돋아 오르는 기적"(『망루』, 148쪽)을 행하는 재림예수로 설정한 것도 바로 이러한 이유에서다. 이는 이 작품에서 '한씨와 윤서'의 이야기 사이에 교차편집하고 있는 '재림 예수와 벤 야살'의 이야기에서도 찾을 수 있다.

> 재림 예수는 망설이지 않았다. 방금 전까지만 해도 졸지에 남편을 잃은 유대 여인의 사타구니를 헤집던 짐승 같은 만행의 주범을 향해 몸을 웅크린 그가 하늘을 우러르며 기도하며, 로마 군인의 잘려 나간 두 팔과 다리를 다시금 접합시키는 경이로운 치유의 기적을 일으키고 말았던 것이다.
>
> —『망루』, 105쪽

재림예수의 이러한 이적은 벤 야살에게는 이해하기 어려운 일이었다. "사지를 잘린 로마 군사 한 명"이 "고통의 비명을 지르며" 버둥거리자, 재림예수는 만행의 주범인 그의 두 팔과 다리를 접합시키는 이적을 벌인 것이다. 심판의 대상인 자에게 치유의 은사를 베푼 재림예수를 벤 야살은 이해할 수가 없었다. 이러한 일은 다시 성문당 망루 위에서 다시 재현된다.

'불길이 망루 전체를 휘덮고 있다. 이젠 정말 땅으로 내려가지 않으면 안 된다. 이것이 현실이다. 내려가야 한다. 내려가야만.'
그러나 민우의 눈앞엔 현실보다도 더욱 잔혹한 대립과 좌절의 악다구니가 그의 영혼을 압도하고 있었다. 한 가지 놀라운 장면, 납득할 수 없는 장면이 펼쳐졌기 때문이다. 불타는 망루를 벗어나기 위해 안간힘을 쓰는 특공대의 접진 발을 무릎을 꿇고 어루만지는 한씨의 행동이 그대로 윤서와 민우의 두 눈에 여보란 듯 발각되었기 때문이다.
— 『망루』, 287쪽

구원의 대상인 철거민들이 아니라 불 타는 망루에서 이들을 폭력적으로 진압한 "특공대의 집진 발을 무릎을 꿇고 어루만지는" 재림예수 한씨의 모습을 윤서는 이해할 수 없다. 재림예수는 왜 이러한 모순된 일을 반복하고 있는 것일까. 이 반대편에는 재림예수를 향한 또 하나의 모순에 분노하는 이가 있다. 그는 세명교회 서리집사 '강맹호'이다. 병든 아들을 두고 그는 말한다. 재림예수는 "주님을 갈망하던 자들의 것이어야 하"는데, "고맙다는 말조차 인색한 거리의 노인들, 행려병자, 예수쟁이들이라면 욕하고 침 뱉는 인간 말종들에게만 치유의 기적"(『망루』, 230쪽)을 행하는 그가 무슨 구원자란 말이냐고 분노하는 것이다. 여기서 재림예수를 바라보는 두 가지 시선을 읽을 수 있다. 악마의 무리들에게 치유를 베푸는 예수와 예수쟁이라고 욕하는 천한 인간들에게 치유의 기적을 행하는 예수가 그것이다. 왜 그런 것인가.

> "바로 그렇기 때문에 난 저들을 심판할 수 없소."
>
> "뭐요?"
>
> "저들 역시 내가 창조해 낸 피조물들이기 때문이오."
>
> "……."
>
> "저들의 욕망, 저들의 쾌락, 저들의 욕구, 저들의 야만, 저들의 타락, 저들의 비열함, 저들의 마성 모두 나의 창조의 터전 안에 있는 것들이오."
>
> "……."
>
> "그렇기 때문에 난 저들을 심판할 수 없소. 심판할 권리가 없는 것이오."
>
> "……."
>
> ─『망루』, 316쪽

문제는 그 모든 이들이 신의 피조물이기 때문이다. 모든 이들의 욕망과 야만과 타락과 마성이 모두 신의 창조한 것이기 때문이다. 여기서 왜 재림예수는 2000년 전 로마병사를, 오늘날 특공대원을 향해 이적을 행한 것인지 분명해진다. 그러나 한 가지 짚고 넘어가야 할 것은 이들이 악의 무지한 하수인들이지 악의 핵심이 아니라는 사실이다. 악의 근원은 로마의 권력자들이고, 오늘날 세명교회와 같은 종교 권력 안에 웅거하는 타락한 성직자들이다. 물론 재림예수는 벤 야살과 마찬가지로 윤서라는 인물을 통해 죽게 되고, 이는 "쓰러져 가는 신의 무력함"(『망루』, 317쪽)을 의미하는 것 같지만, 작가의 의도는 이러한 단순한 논리 안에 있지 않다. 심판의 칼은 결국 인간의 것이고, 그 칼로 무력한 신을 찔러야만 정의가 회복된다는 논리는 단지 인물이 드러내고 있는 표면적 사실이다. 아마도 신은 이 땅의 악을 심판하지는 않았을지언정, 이 땅의 아비규환을 철저하게 외면한 것은 아니었다. 가장 소외된 자들, 가장 아픈 자들, 자신이 무엇을 하는지 알지도 못한 채 죄를 짓는 자들, 이들을 모두 어루만진 것일 수도 있다.

진정한 종교적 구원은 단순한 죄와 징벌이라는 이분법적 구도 안에 있지 않다. 생존을 위해 망루에 올라간 철거민들만을 구하고, 그 나머지를 징벌해야 한다는 단순한 구도 속에 진정한 구원이 깃들어 있지 않다는 것을 재림예수는 보여준 것이다. 억압된 자들을 구원하지 않는 무능하고 무책임한 신을 제시한 것이 아니라 이를 통해 진정한 구원이 무엇인지 당신의 피조물들에게 끊임없이 묻고 있는 것이다. 인간의 눈으로 구분한 선악의 이분법의 틀 안에는 진정한 구원이 있을 수 없다. 오히려 이러한 '구원과 침묵의 배리' 속에 진정한 구원의 비의가 숨어있는지 모른다.

6. 법과 국가와 종교의 한계

손아람의 『소수의견』과 주원규의 『망루』는 자본독재 시대에 끊임없이 주변부로 밀려나고 마침내 한 평 딛고 살 집과 땅조차 빼앗긴, 우리 시대의 노웨어맨(Nowhere man)[23]들을 그려내고 있다. 『소수의견』은 표면적으로는 법정 소설로 읽히지만, 작품의 외연은 갑론을박을 주고받는 법정의 좁은 지평 안에 있지 않다. 이 작품은 법이 정의를 실현할 수 있는가 하는 심각한 의문을 던지는데, 사태를 낱낱이 밝혀 시시비비를 가려내야 할 법이, 오히려 형식논리에 매달려 진리를 사상(捨象)시켜 버리는 결과를 초래한다는 점에 강조점이 있다. 더 나아가 법의 기반 위에 존재하는 통치 집단인 국가에 대해서도 심각한 의문을 제기한다. "나이 나라가 무서워요."(『소수의견』, 208쪽)라는 이준형 기자의 말은 폭력을 독점하고 있는 국가 기관이 거악으로 작용할 수 있음을 보여준다.

주원규의 『망루』는 생존 자체가 억압받고 있는 우리 시대의 철거민들과 종교 권력과의 대립을 통해 종교 권력이 금력과 결합하여 대형화 자본화하는 종교의 타락상을 예각적으로 드러내는 한편, 재림예수를 통해 진정한 구원의 방식과 의미를 묻고 있다. 이러한 당대 현실의 문제를 첨예하게 드러내면서도, 아득한 구원의 비의에 대해 질문을 던지고 있는 이 작품은 사회적 문제를 끌어안은 뛰어난 기독교적 상상력으로 읽힌다.

자본주의의 자기중독 상태[24]는 반인간적인 가치를 끊임없이 확대재생산하고 있다. 실물재화와 관계 맺지 않은 금융 자본은 스스로의 흐름을 형성한 채 경제 주체와 유리되어 있으며, 자본의 전지구적인 확대는 무한 경쟁, 무한 파괴, 무한 오염을 가속화시키고 있음에도 불구하고, 자본주의 시스템 자체를 성찰할 계기를 저 버리고 증가되는 속도 속에 스스로를 내맡기고 있는 것이다. 이러한 사회적 체제는 법·국가·자본·종교 권력 등의 결속을 강화시키고 자본은 살을 찌우고 법과 권력은 이를 비호하며, 그 속에 존재하는 수많은 사람들을 체제의 이탈자로 만들어가고 있다.

이미 우리 시대는 탐욕적인 자본주의 제체를 재검토해 보아야 하는 임계점에 와 있다. 체제의 자기중독증을 스스로 파악하지 못하고, 전세계적인 금융 위기와 같이 체제가 통제의 범위를 벗어나는 것이 바로 그 증좌이다. 생존의 터를 빼앗기고 오로지 살기 위해 오늘도 망루에 오르는 이들이 있다. 소설은 이들의 삶에 대답한다. 법도 권력도 종교도 체제에 이바지하기 보다는 그 안에 살고 있는 다수의 민중들을 위해 존재해야 한다고 말이다. 불타는 망루, 거기에 위기의 한계점에 와 있는 우리 시대의 지옥도가 있다.

주 … | 우리 시대의 벌거벗은 생명들 |

1) 이 사건은 2009년 1월 20일 서울시 용산구 한강로 2가에 위치한 남일당 건물 옥상에서 농성을 벌이던 세입자들과 이들을 무리하게 진압하는 경찰·용역 간에 충돌이 벌어지면서 철거민 5명과 경찰특공대 1명이 사망한 사건을 가리킨다. 이후 언론에서 이 비극적 사건을 '용산참사'라고 명명하였다.

2) 김윤식·정호웅, 『한국소설사』, 예하, 1993, 398쪽.

3) 작품 수용의 지속적 생명력은 내용적 측면에서만 비롯된 것이 아니라 내재적인 문학성을 구유한 작품이기 때문에 가능한 것이다(우찬제, 「조세희의 ≪난장이가 쏘아올린 작은 공≫의 리얼리티 효과」, 『한국문학이론과 비평』 21집, 한국문학이론과 비평학회, 2003. 12, 178쪽).

4) 이 작품의 텍스트는 '손아람, 『소수의견』, 들녘, 2010'이며 출전은 인용문 말미에 '작품명, 인용쪽수'의 방식으로 밝히기로 한다.

5) 자크 데리다, 진태원 옮김, 『법의 힘』, 문학과지성사, 2004, 34쪽.

6) 위의 책, 144쪽.

7) 카야노 도시히토, 김은주 옮김, 『국가란 무엇인가—국가의 본질에 대한 역사적 고찰』, 산눈, 2010, 11~13쪽.

8) 위의 책, 14쪽.

9) 위의 책, 20쪽.

10) 이언 브레머, 차백만 옮김, 『국가는 무엇을 해야 하는가』, 다산북스, 2011, 28쪽.

11) 5월은 드골을 공포로 몰아넣었다. 이 지경에 이르면 무엇을 하든 그는 두려움을 느끼게 되는데, 이 두려움은 타자의 제거로 이어지는 인종차별적 공포이다. 타자는 언제나 거주지도, 권력도 없이, 길을 잘못 든—거리의 자식?—으로 취급되는 것이다(모리스 블랑쇼, 고재정 옮김, 『정치평론』, 그린비, 2009, 176~177쪽).

12) 가라타니 고진은 국가의 고유한 기반을 수탈과 재분배라는 교환형태로 생각하고, 국가의 존재가 본질적으로 강탈, 수탈에 있다고 본다(가라타니 고진, 조영일 옮김, 『근대문학의 종언』, 도서출판 b, 2006, 140쪽).

13) 유시민, 『국가란 무엇인가』, 돌베개, 2011, 22쪽.

14) 존 롤즈, 황경식 옮김, 『정의론』, 이학사, 2003, 36쪽.

15) 김선희, 「정의 개념의 두 국면」, 『한국여성철학』 16, 한국여성철학회, 2011. 11, 77쪽.

16) 하지만, 『소수의견』에서 아들을 잃은 박재호 씨를 위해 싸우는 나(윤 변호사), 이준형(기자), 이주민(형법학 교수)의 연대는 우리가 기대할 수 있는 최선의 대안일 수 있다. "이들 각자는 온전히 선하지 않지만, 이들의 만남과 연대는 서로를 성장시키는 동력으로 작동하면서 개인의 한계를 극복하게 하고 어쩌면 점차 역사의 방향을 돌려놓을 수도 있을 것이다."(이선우, 「서울은 어디에 있는가」, 홍승희 외, 『서울의 문화적 완충지대』, 삶이보이는창, 2012, 164~165쪽).

17) 이 작품의 텍스트는 '주원규, 『망루』, 문학의문학, 2010'이며 출전은 인용문 말미에 '작품명, 인용쪽수'의 방식으로 밝히기로 한다.

18) 양창삼, 「문화 및 자본주의에 대한 기독교적 인식」, 『현상과인식』 통권 40호, 1987. 10, 한국인문사회과학회, 105쪽.

19) 볼프강 몸젠, 이상률 편역, 「자본주의와 사회주의─베버의 마르크스와의 대화」, 『칼 마르크스와 막스 베버』, 문예출판사, 1985, 173~192쪽.

20) 권진관, 「강화되는 자본주의의 원리와 기독교」, 『기독교사상』 36, 대한기독교서회, 1992, 32쪽.

21) 위의 책, 32쪽.

22) 이원규, 『한국교회 어디로 가고 있나』, 대한기독교서회, 2000, 241~255쪽.

23) The Beatles의 노래 Nowhere Man(1965)에서 따온 것으로 '어디에도 머물지 못하는 이들'을 가리킨다.

24) 임태훈, 『우애의 미디올로지─잉여력과 로우테크(low-tech)로 구상하는 미디어운동』, 갈무리, 2012, 27쪽.

종말의 묵시록, 그 이후
—근대문학 종언론 다시 읽기

1. 근대문학의 기원과 문학의 제도성

가라타니 고진(柄谷行人)이 말하는 '풍경'은 단순히 객관 세계를 드러내는 것이 아니다. 그것은 오히려 외부세계에 대해서 도착적이며, 고독하고 내면적이다. 이러한 의미에서 '풍경'은 초월적인 공간을 통해서 선험적인 개념의 세계를 드러내는 '산수화'와 대비되며 '풍경'은 이러한 중세적인 관념성에 대응하는 '근대'의 제도이자 인식틀이다. 여기서 '풍경'이 하나의 제도로서 출현했다는 사실이 중요하다. 이는 문학에서 '언문일치'라는 근대적인 문학적 제도에 비견될 수 있는데, 가라타니 고진은 일본 근대문학의 기원을 바로 이 '풍경의 발견'에서 찾는다.

리얼리즘은 바로 이 풍경 속에서 자리를 잡게 된다. 그것은 리얼리즘이 단순히 풍경을 그리는 것이 아니라 항상 풍경을 창출해 내야만[1] 하기 때문이다. '풍경'이 일단 성립되면 그 기원은 은폐된다. 왜냐하면 현실이 '풍경' 그 자체이며 결국 우리의 자의식이 되기 때문이다. 고진은 번역의 과정에서 메이지 1920년대 말 구니키다 돗포(國木田獨步)가 그 이전 세대 후타바테이 시메이(二葉亭四迷)와 같은 정신적 고통을 느끼지 않았다는 사실에 주목한다. 이것은 그의 내부에서 '언문일치'가 근대의 제도라는 사실이 잊히고 있었다는 것을 말해준다.

문학적 에크리튀르(écriture)에 있어 '言=文'은 무엇을 의미하는가. 그것은 곧 文에 의해 '표현'이라는 사고가 비로소 가능해졌다는 것을 의미하며, 이는 바로 '내면의 발견'으로 이어진다. 외부세계에 등을 돌리는 '내면적 인간'(문학적 근대성)은 바로 '언문일치'라는 제도에 기원을 두고 있었던 것이다. 이러한 근대적 주체 혹은 내면의 형성은 메이지 1920년대 이후 '근대국가'의 성립에 대응된다. 이 시기 '국가'와 '내면'은 대립으로 읽히지만, 실제 역사적 국면에서 '국가' 쪽에 선 사람과 '내면' 쪽에 선 사람은 서로 보완하는 관계에 놓여 있었으며 바로 이 시기 "그들의 상호침투가 시작"[2]된 것으로 이해할 수 있다.

요컨대 언문일치라는 문학적 제도(풍경)가 근대문학을 가능하게 했고, 그러한 근대문학 자체가 국민문학으로 기능하면서 네이션(nation)의 기초를 만들었다는 것이다. 이처럼 그는 사회변동의 불연속 국면에서 나타나는 다양한 담론체계 속에서 새로운 예술 장르의 형성 과정을 설명하고 있다. 그렇기 때문에 예술은 어떠한 항구성을 갖는 것이 아니라 역사적 국면에서 새롭게 등장하고 변모해 가는 것이다. 특히 언어(언문일치)를 근간으로 이데올로기(내셔널리즘)와 예술(근대문학)의 관계를 설명하는 것은 문학적 제도가 관계 맺고 있는 사회적 생산양식을 변증법적으로 이해하게 한다. 이러한 의미에서『일본 근대문학의 기원』은 그의 이후 저작에서 뚜렷하게 제시된 '자본주의=네이션=스테이트'의 등식관계를 사유하게 하는 하나의 기원이 된다. 그러나 일본 근대문학의 기원을 살피는 행위는 종언을 위한 것이었다.

　　내가 '기원'을 쓰게 된 것은 바로 그것이 끝나가고 있었기 때문이었습니다. 근대문학의 특성이 '내면성'이고, 그것이 어떤 전도에서 생겨났다는 것을 이해할 수 있었던 것은 그 시기 그와 같은 내면성을 부정하는 작품이 나왔기 때문입니다. 다만 그때는 근대문학이 끝나면 그로부터 뭔가 새로운 것이 생겨날 가능성이 있다고 생각했습니다.
　　(…중략…)
　　그러나 최근은 이미 그런 것을 생각할 수 없게 되어버렸습니다. '근대문학의 종언'에서 나올 게 아무것도 없습니다. 끝은 단적으로 끝입니다.[3]

근대문학의 기원을 설명하는 데 있어 언문일치가 내면의 발견을 가능하게 하고, 그것이 네이션을 형성하는 국민문학에 전적으로 복무했다고 할 수 있을까. 한국 근대문학사의 서두에서 이광수의 위치가 바로 그러하다고 한다면, 그 이후 전개된 문학사는 모두 근대의 제도를 강화하는 데 기여한 것인가. 근대국가가 민족주의 이데올로기와 맞물려 형성된 '상상의 공동체'(imagined communities)라고 한다면, 문학은 이에 전적으로 당위적 반응만을 취했는가 생각해 보아야 한다.

근대문학에 대하여 "끝은 단적으로 끝"이라고 말할 수 있는 조건도 바로 그가 기대고 있는 '제도성'에 기원을 두고 있다. 『일본 근대문학의 기원』에서 고찰하였던 푸코적인 담론의 형성과 변환 과정은 그가 말하고 있는 근대문학 제도의 성립과 그 종말을 뒷받침해주는 논리적 양상의 기초가 된다. 그러한 측면에서 푸코가 전통적인 형이상학을 거부하고, 담론이 형성되는 과정을 메타적인 차원에서 설명한 것과 같이, 제도에 대한 주체의 저항과 부정의 과정은 "주체의 희박화"[4]라는 맥락 안에서 질식당하고 만다. 기실, 근대 이후의 문학(예술)의 흐름은 산업화·도시화, 근대적 정치권력의 수립·국가적 정체성의 형성, 가치와 규범의 세속화 등을 함의하는 역사적 근대성(modernity as a stage in the history)에 대항해 온 미적 근대성(aesthetic modernity)의 역사라고 할 수 있다. 따라서 이 둘 사이의 동화와 이화, 수용과 반발은 근대문학을 이해하기 위한 두 축인 것이다.

여기서 중요한 것은 근대문학은 자명한 현실에 대한 자명한 재현이 아니라, 스스로의 가능성과 불가능성에 대한 메타적 성찰을 통해 구성되는 특수한 언어적 실천의 역사적 생성물로 구성된다[5]는 점이다. 그런 의미에서 근대문학은 역사적 불가능성을 스스로 내재하고 돌파구를 모색하는 과정에서 스스로 생성된 것이

라면, 근대문학의 묵시록은 근대문학의 역사와 함께 하고 있다고
할 수 있다. 정신현상에서 '지양'의 세 가지 뜻, 즉 버리다, 보존하
다, 더 높은 단계로 나아가다에서 볼 때 부정되는 것은 해당 항의
추상적인 형식이고 보존되는 것은 해당 항의 내용이며 더 높은
단계로 나아가는 것은 다음항과 긴밀한 관련성을 뜻한다.6) 바로
이러한 현상학적 과정이 곧 지(知)의 생성과정을 설명할 수 있고,
이것은 역사·사회적으로 근대문학의 내맥(來脈)에 상응한다.

가령, "근대예술에서 '미메시스'의 철수는 반란과 동일시된다.
그 반란을 통해서 예술은 재현의 의무로부터 해방됐으며 그때까
지 외적인 목적을 위한 수단으로 변질됐던 예술의 고유한 목적을
재발견했다."7) 재현에 대한 깊은 회의는 예술적 모더니티의 기원
이 된다. 그 '지양'의 움직임이 바로 스스로의 불가능성에 대한
회의를 동반하고 있으며, 이를 통해 "예술의 고유성"8)을 규정하
게 되는 것이다. 따라서 이러한 변증법적 과정 자체를 긍정한다
면, 종말론적 묵시록은 근대 예술의 보편적인 요소라는 사실을
인정할 수밖에 없을 것이다.

2. 근대문학의 종언과 그 유효성

일본의 비평가가 선언한 근대문학의 종언이 현해탄을 건너 한
국에 상륙하자, 그렇지 않아도 문학의 위기라는 말이 넘쳐나던
한국 문학계에 큰 파문이 일었다. 그것도 근대문학의 종언을 실

감한 것이 바로 "한국에서 문학이 급격하게 영향력을 읽어갔기 때문"이라고 고진이 말했기 때문이다. 그러나 그 반응은 문학의 종언에 대해 반기를 들거나 쉽게 동조하지 못하는 어중간한 제스처로 나타난다. 그래서 근대문학의 종말에 대해 논리적으로는 의문의 여지가 없지만, 문학적 글쓰기의 의미와 가치는 아직도 유효하다는 견해[9]가 나타나는 것이다. 황종연에 따르면 고진이 수용하고 있는 코제브(Alexandre Kojève)의 견해, 즉 '반(反)동물적 인간의 가능성'을 전거로, 인간적 존엄성이라는 관념을 포기하지 않는다면, 주어진 자연과 문화에 대한 부정성은 촉진되어야 하며, 이것이 쇠퇴의 징후를 드러내고 있는 문학에 미련을 버리지 못하는 이유라고 설명한다.

황종연은 일본의 에도시대에 행해진 노(能)·다도(茶道)·꽃꽂이 등의 부귀계급의 문화가 동물적인 것을 부정하는 '기율'이라고 주장하는 코제브의 논의를 받아들이고 있지만, 실제 고진이 말하고 있는 일본의 스노비즘은 이와 정반대이다. 이 시기의 일본은 일체의 역사적 쟁투가 정지되어 있던 시기였으며 이들은 그러한 무위의 상황에서 벗어나고자 '타자에게 인정받고 싶다는 욕망'으로 가득 찬 속물적인 문화를 만들었던 것이다. 따라서 고진이 말하는 일본의 스노비즘은 반(反)동물적 기율이 아니라 "역사적 이념도 지적이고 도덕적인 내용도 없이 공허한 형식적 게임에 목숨을 거는 생활양식"[10]이라는 극단적인 동물적 상황을 의미한다. 고진은 바로 여기서 일본적 스노비즘을 '타인지향의 사회심리=대중소비사회의 속성=아메리카적 생활양식'의 등식관계로 그 함의를 확장하고 있다. 따라서 황종연은 문화적 기율과 동물적 상황의 또 다른 표현인 극단적 스노비즘 사이에서 개념적 착종을 노정하고 있다. 헤겔의 '예술의 종언'11) 이후, 예술이 문화 속에서 차지하고 있는 의미와 가치를 들어 근대문학의 종언에 대한 반론을 제기하고 있는 것은 논리라기보다는 신념에 가깝다.

고진이 선언한 근대문학의 종언은 근대소설에 내린 사망선고다. 고진에 따르면 근대소설의 '공감의 공동체'는 네이션의 기초를 형성하는 데 기여했다. 공감의 공동체에서 특히 '언어'적인 측면은 무시할 수 없다. '민족'은 1900년대 말 조선에서 그러했던 것처럼, 언어, 영토, 역사, 혈족 등 일련의 추상적인 기제들에 의해 실체 '로서/처럼(as)' 상상된다.12) 이때, 언어적 공속감은 베네딕트 앤더슨(Benedict Anderson)에 의하면 "민족을 수평적 동료의식으로 상상"13)하는 기반이 된다. 이러한 맥락 하에서 형성된 근대소설은 리얼리즘 소설의 원칙인 3인칭 객관 시점=기하학적 원근법이 의심받기 시작하고, 새로운 미디어의 출현에 따른 매체경쟁에서 소설이 더 이상 우위를 점할 수 없게 됨에 따라, 종말의 길로 접어들었다는 것이 고진의 주장이다. 이를 다시 범주화하면 다음과 같은 이유를 들 수 있다.

첫째, 영화·텔레비전·비디오·컴퓨터 등의 경쟁매체의 등장이다. 미국의 경우 텔레비전을 중심으로 한 대중문화의 발호는 1950년대부터 나타났고, 그 이후 문학은 마이너리티가 되어갔다. 이런 시대에 활판인쇄의 획기성이 부여된 활자문화 또는 소설의 우위가 없어지는 것은 당연하다.

둘째, 근대문학은 근대사회에서 지적·도덕적 과제를 떠맡았지만, 지금은 그것이 현실적으로 상실되었다. 한국의 비평가 김종철은 문학을 그만두고 『녹색평론』이라는 잡지를 내고 있다. 문학이 정치에서 개인에 이르기까지, 현실적으로 해결할 수 없을 것 같은 모순조차 떠맡았지만, 언제부턴가 문학이 협소한 범위로 한정되어 버렸고, 그래서 문학을 그만두었다는 김종철의 발언에 대해 고진은 깊은 공감을 표한다.

셋째, 대량생산·대량소비에 의한 대중소비사회의 영향(전 세계의 아메리카화)에 따라 나타난 타인지향의 사회심리는 결국 내면성을 상실하게 했다. 이러한 아메리카적 생활양식은 전통지향도 내부지향도 아닌 철저히 타인지향형의 세계(리스먼의 용어)이기 때문이다. 여기서 말하는 아메리카적 생활양식, 즉 대중소비사회는 강력한 체제순응주의(conformism)를 동반한다. 특히 고진은 소비사회의 지배문화인 포스트모더니즘이 더 이상 '비판'으로서가 아니라 하나의 단계 또는 상태로 간주되어질 때, 예를 들어 소비사회가 포스트모던인 것처럼 간주될 때―실제 일본에서는 그렇지만―그것은 더 이상 외부성을 가지지 않는다[14]고 말하고 있다. 이는 비판의 임팩트나 그 외부성이 사라져 공동체 내부에 갇혀가고 있는 것을 말하는 것이다. 이처럼 근대와 근대문학은 근본적인 조건인 내면성이 상실된 사회심리와 같이 사라진 것이라고 할 수 있다.

사실, 이러한 원인을 한국의 문학인들이 모르고 있었던 것도 아니며, 더 이상 새로운 것도 아니다. 한국문학이 높은 문화적 지위를 누렸던 것은 과거 한국사회가 문학의 퇴조를 논할 만큼의 문화적 볼륨을 가지지 못했다는 점, 정상적인 언로가 차단된 폭압적인 정치구조 하에서 문학의 역할이 그만큼 클 수밖에 없었다는 점, 누대에 걸쳐 형성된 문(文)을 숭상하는 전통적 의식이 잔존하고 있다는 점 등에 이유가 있다. 그러한 의미에서 한국 사회에서 근대문학은 문화적으로 제자리를 잡지 못했거나 본령에서 벗어난 채 편향된 지위를 가지고 있었다고 보는 것이 타당할 것이다. 여기서 고진이 들고 있는, 근대문학의 종언에 대한 이유를 재음미해볼 필요가 있다.

첫째, 매체경쟁에 있어 활자매체에 의존하는 문학(소설)이 퇴조할 수밖에 없다는 견해는 이미 상식화된 견해이지만, 이러한 상대적 비교가 곧 열세에 있는 매체의 위기를 설명해 주는 필요충분조건은 되지 못한다. 이는 매체의 문제라기보다는 이러한 현상을 유발하고 있는 사회·문화적 조건에 본질적인 원인이 있다. 단순한 매체 위기론이나 고급문화 위기론으로는 몇 백 년 전의 클래식 음악이 아직도 넓고 깊은 마니아층을 형성하고 있는 데 대해서 아무런 이유를 대지 못한다. 모든 문화현상은 부상하는 것과 현존하는 것과 잔존하는 것의 단면을 살펴봐야지, 그저 부상하고 있는 것이 모든 것인 것처럼 말해서는 안 된다.

둘째, 근대문학이 짊어진 지적·도덕적 과제가 상실되었다는 점에 대하여 고진은 다음과 같이 말한다. "실제 한국에서 문학은 학생운동과 같은 위치에 있었습니다. 현실적으로는 불가능하기 때문에 문학이 모든 것을 떠맡았던 것입니다." 학생운동의 퇴조와 맞물려 문학도 종말을 맞았다. 여기서 한국의 학생운동을 은유적으로 받아들인다 하더라도, 문학이 과도한 정치적·사회적 과제를 떠맡은 것이 과연 근대문학의 정상적인 상황이었는가에 대해서는 의문이 생긴다. 굳이 예술의 자율성을 언급하지 않더라도, 아도르노(T. W. Adorno)가 언급했듯이 자율성을 사회적 기능으로써 보상하려는 생각이 모두 실패15)에 그쳤다는 사실은 분명하다. 문학을 포함한 예술 일반의 정치화는 한시적인 상황에서 배태된 것이며 그것은 모두 예술을 버리고 정치로 나아가게 했다.

물론 고진과 김종철과 같이 문학보다 시급한 문제가 있다고 판단한다면, 당연히 문학을 포기해야 한다. 문학을 포함한 예술 일반은 직접적인 방식을 취하지 않고 극히 간접적인 방식으로 현실과 관계 맺고 있기 때문이다. 그러나 그것은 어디까지나 개인적인 선택의 문제이다. 근대문학의 역사에서 과연 지금보다 더 시급한 현실 문제가 없었겠는가. 계급투쟁이 있었고, 파시즘이 있었고, 제국주의가 있었고, 그로 인한 세계대전이 있었다. 고진 식으로 말하자면, 이들은 당시 붓을 놓고 죽창을 들거나 반전운동을 위해 길거리로 뛰쳐나와야 했을 것이다. 고진이 NAM(New Associationist Movement)을 한 것이나, 김종철이 『녹색평론』을 내는 것은 문학이 협소해서가 아니라, 그들이 문학을 포기하고 다른 운동 방식을 택했기 때문이다.

고진은 다음과 같이 말했다. "내가 1990년대 만났던 한국의 문예 비평가 모두가 문학에서 손을 떼었다는 것입니다." 이것이 한국에서 문학의 종언을 고하는 준거가 될 수 있는가. 국내 문학평론가들이 문학에서 손을 떼었다는 판단은 실제로 문예지 편집위원들의 세대교체와 논문 실적주의와 관계된 평가 기준 때문일 가능성이 크다. 고진이 1990년대 한국에서 만난 문학평론가가 누군지는 몰라도, 그들이 스스로의 결단에 의해서 문학평론을 그만두었다는 얘기는 들은 적이 없다.

셋째, 대중소비사회의 영향(전 세계의 아메리카화)에 따른 내면성의 상실에 대하여 생각해 보자. 여기서 말하는 내면성의 상실이란 타자의 욕망을 욕망하고 그것에 의해서 움직이는, 주체성이 없이 부유하는 '타인지향'의 존재의 상태를 말한다. 고진의 말처럼 미디어가 만들어내는 의사사건(pseudo-event)은 자아의 내면을 상실하게 만드는 허구의 산물이다. 따라서 이러한 것이 보편화된 세계에서 근대문학은 생명을 부지할 수 없다는 것이 그의 논리이다.

그러나 입신출세코스로부터 탈락하고 배제되었을 때, 바로 여기서 근대문학의 내면성이 생겨난다는 견해는 생각해 보아야 할 문제이다. 입신출세가 '탈전통'(부모의 뒤를 잇는 신분제를 부정하기 때문에)과 '타인지향'(타인의 인정을 쟁취하고 싶기 때문에)을 가진다면, 그것의 좌절이 곧 내부지향이라고 할 수 있을까. 이것은 적어도 문(文)을 숭상하는 전통이 아직도 이어져 오거나 잔존하고 있는 상황을 생각한다면 응분의 보상심리 혹은 또 다른 방식의 타인지향일 수도 있다. 특히 한국 근대문학에서 입신출세의 좌절이 곧 내면성으로 이어진다는 것은 일반화될 수 없는 가설이다. 이광수나 김동인의 경우 그들에게 문학은 또 다른 입신출세의 방식일 수 있으며, 문학 수업을 위해 현해탄을 건넌 식민지 시대 문인들에게 있어 일본 유학은 입신출세와 전적으로 무관한 것이라고 할 수 없을 것이다. 그들에게 유학은 선진 문학을 접할 수 있는 기회가 되었겠지만, 더불어 일본 유학이라는 상징폭력을 함께 획득할 수 있는 계기가 되었을 것이기 때문이다.

또한 타인의 욕망을 욕망하는 대중소비사회의 특성이 내면성의 상실로 이어지는 것은 현대 대중심리의 상황을 설명하는 데 용이하나, 근대문학의 내면성이 이처럼 사라졌다는 것에는 논리의 비약이 숨어있다. 대중소비사회에서 이러한 측면이 더욱 강화되어 대중이 주체성을 잃고 부동(浮動)한다는 것은 이미 대중문화 비판이론에서 충분히 다루어진 내용이다. 이것이 어제 오늘의 일이 아닐진대, 문학은 어떤 자리에 있어야 하는가. 문학은 부박한 타인지향의 삶을 각성하게 하고 끊임없이 내면성을 환기하는 자리에 있어왔고, 또 그러한 기능을 담당하고 있지 않은가. 적어도 현단계 한국 문학은 무성한 문학의 위기론 속에서도 작가들은 "정치적 주체들의 이견적(dissensuelle) 발명들이 만들어내는 형태들에 맞서 그 자신의 형태들을 대립시키는"16) 미적 아방가르드의 메타-정치적 요소를 수행하고 있고, 최근 '문학과 정치'에 대한 활발한 논의를 통해서, 한국문학에서 근대문학의 윤리와 주체가 파산선고를 당하지 않았음을 실체적으로 보여주었다.

3. 국가와 역사
─ 어소시에이션이즘과 가상성의 한계

　가라타니 고진은 근대문학이 끝났다고 해서 자본주의와 국가의 운동이 끝난 것은 아니며 그 한복판에서 대항해 갈 필요가 있다고 역설한다. 그러나 이에 대해 문학에 아무 것도 기대하고 있지 않다는 말로 「근대문학의 종언」이란 강연록을 마무리한다. 그렇다면 그가 근대문학의 죽음을 선언하고 떠난 자리에서 국가와 역사를 바라보는 시각은 어떠한가.

　고진은 국가를 수탈과 재분배라는 교환형태로 이해하고 있다. 나아가 국가는 자본주의에서 중요한 역할을 하고 있다. 이를테면 아메리카의 기업은 다국적 기업이지만 아메리카라는 국가 없이는 해나갈 수 없다. 따라서 자본, 네이션, 국가, 어소시에이션 (association)의 구조가 그려지는데 이는 상호의존적이고 상호규정적이다. 바로 어소시에이션 X는 자본, 네이션, 국가의 연관 속에서 그것에 대항하기 위해서 나오는 것이다.

　여기서 어소시에이션-X는 무엇인가. 고진은 시장에서 이루어지는 세 가지 형태의 교환이 있는데 이는 상품교환, 레시프로시티(호수제), 수탈(재분배)이라고 말한다. X란 유토피아이다. 그것이 제일 처음 나타난 것은 보편종교이다. 그것은 공동체를 부정하고, 또 시장사회를 부정하는 것에서 나왔다. 물론 그것이 발전함에 따라 반드시 공동체나 국가의 종교가 되어 버리지만 X는 국가와 자본의 '지양'이라는 측면에서 나타나는 초월론적 가상이다.

그런 의미에서 X는 종교적인 또는 이념적인 것에 매우 가까우며, 그것은 자본제 바깥에서 만들어지는 것이 아니라 자본제 안에서 그것을 만들 계기를 찾아내야 하는 것이라고 말한다. 이를 위해 "소비자로서의 노동자 투쟁"이나 그가 실제로 벌였던 NAM과 그 속에서 실험되었던 '지역통화'(LETS)를 생각해 볼 수 있다.

고진은 노동자의 투쟁이 언제나 생산단계에만 국한되어 있다고 비판한다. 실제 노동자의 잉여이익이란 소비단계에서 발생한다. 따라서 노동자가 자본에 대해 여유를 가지고 싸울 수 있는 장소가 있는데 이것이 유통과정 또는 소비의 과정에서이다. 그러한 의미에서 오히려 노동자가 보편적이 되는 것은 생산지점을 벗어났을 때이다.

그는 노동자는 소비자이기도 하기에 소비자 운동은 노동운동이기도 하며 그로부터 새로운 어소시에이션이즘을 구상해야 하고, 또 그 연장선상에서 "가능한 코뮤니즘"을 전망할 수 있다고 말한다. 자본주의의 생산관계에 저항하기 위해 조직한 NAM의 경우를 예로 들어보자. 거기에는 중심이 있어서도 안 되지만 없어서도 안 되는 이율배반을 해결하기 위해 제비뽑기에 의한 선거로 중심이 아닌 중심을 선택한다든지, 화폐가 있어서는 안 되지만 없어서도 안 된다는 이율배반을 해결하기 위해서 LETS와 같은 지역통화를 도입하는 등 구체적인 제안도 이루어졌다.17) 그러나 NAM은 인간적인 알력으로 곤경에 빠지고, 결국 고진의 팬클럽처럼 되어 버렸고, 2003년 해산에 이른다.

그는 생산과정에서가 아니라 유통과정에서 자본제에 대한 대항의 방법을 찾아야 한다고 주장한다. 그것이 시민운동의 형태로 나타나기는 하지만, 추상적인 '시민' 따위는 어디에도 없다고 말한다. 소비만 하는 소비자는 어디에도 없으며 시민이나 소비자도 노동자로서는 스스로 환경을 파괴하는 물건을 만들고 있다는 것이다. 원론적인 의미에서 잉여가치가 늘 서로 다른 가치체계의 차액18)에서 발생한다면, 노동자의 입장에서 진정한 잉여가치는 소비의 과정에서 나타난다. 즉 자본가의 입장에서 잉여가치는 자본가가 산 노동력의 가치와 노동자가 실제로 생산한 생산물의 가치 사이의 차액에 있다면, 노동자의 입장에서도 총체로서의 노동자가 자신이 만든 것을 스스로 다시 살 때, 그 차액이 총자본의 잉여가치가 되는 것19)이다. 그렇기 때문에 노동자의 진정한 계급의식은 생산지점에서는 무리라는 결론에 다다른다. 이를 테면 노동자로서의 국제적 연대는 곤란하지만, 소비자로서의 연대는 충분히 가능하다고 생각한다. 요컨대 X란 제4의 교환형태의 공간으로서 상품교환, 레시프로시티(호수제), 수탈(재분배)라는 자본주의의 교환형태를 교란하고 이에 대항하여 결국 이것들을 '지양'히는 계기로서 존재하는 것이다.

그는 국가는 폭력으로 나타나지만 대항운동은 '비폭력'이어야 한다고 말한다. 자유주의적 제국주의의 양상을 노골적으로 드러내는 아메리카에 대해서 폭력으로 대항할 수는 없다. 예를 들어 그는 아랍 전체가 협의하여 무기를 버리면, 전쟁을 하고 싶어 안달이 난 선진국들은 무기를 팔 수 없게 된다는 논리이다. 그는 이러한 비폭력을 철저하게 실행하면 그 효과는 엄청나다고 판단한다. 고진의 이러한 논리는 희사(喜捨)라는 아이디어와 맞물린다. "오른뺨을 맞으면 왼뺨을 대라."라고 말한 그리스도의 경우를 모델로 한 푼도 들지 않는 증여의 방식이 바로 이것이라고 설명한다. 그는 이슬람이 서양세계에 대해서 뭔가 하고 싶다면 무장을 해제하면 된다고 말한다. 군사적으로 무방비의 나라를 제압하는 것은 국제적인 비판을 받게 될 것이기 때문이다.

군사적 대결이나 테러는 반드시 사라져야 할 것이지만, 아메리카에 대항하는 방법으로서 집단적인 무장해제를 선택하는 것은 곧 자유주의의 질서 속에 그대로 편입된다는 것을 의미할 수도 있다. 더욱이 가야노(萱野稔人)의 지적처럼 '테러와의 전쟁'과 같이 소위 "사적인(private) 적을 공적인(public) 국가가 공격하는 식"[20]과 같이, 공적 폭력과 사적 폭력이 용해되어 무차별적인 폭력을 행사하는 미국에 대항하는 논리가 전면적인 무장해제라면, 그들은 끊임없이 국가가 아닌 사적인 적을 찾아 전쟁을 일으킬 것이기 때문이다. 같은 예로 최근 발발한 이스라엘과 레바논의 전쟁의 경우, 아메리카를 등에 업은 공적인 국가인 이스라엘은 헤즈볼라라는 사적인 적을 향해서 무차별적인 공격을 저질렀다. 아메리카에 대항하는 사적인 무장단체를 국가가 배후에서 지원할 수는 있어도 이들의 무장해제를 강제하기는 매우 어렵다. 이들을 무장해제하기 위해서는 "같은 영토 내의 비국가적인 적"과의 전쟁을 또다시 치러야 할지도 모른다.

고진은 비폭력의 희사(喜捨) 원리를 일본 헌법 9조의 내용과 관련짓는다. 흔히 평화헌법으로 불리는 이 법은 다음과 같이 명시

되어 있다. "일본국민은 정의와 질서를 기초로 하는 국제평화를 성실히 희구하고 국권의 발동에 의한 전쟁과 무력에 의한 위협 또는 무력의 행사는 국제분쟁을 해결하는 수단으로서는 영구히 이를 포기한다. 전항의 목적달성을 위해 육해공군 및 그 밖의 어떠한 전력도 보유하지 않는다. 국가의 교전권 역시 인정하지 않는다." 이상과 같이 완전한 전쟁포기와 교전권을 부인하는 일본의 헌법 9조는 ① 전쟁을 부인하고(침략전쟁뿐만 아니라 자위전쟁도 포기한다), ② 무력의 행사나 위협도 포기하며, ③ 군비를 철폐한다는 뜻을 담고 있다.21)

고진에 따르면 이러한 일본의 헌법 9조는 단순히 '지키자'(좌익)라는 것만으로는 헌법개정론자들(우익)을 이길 수 없으며 이 법 하에서도 우리의 존속은 위협당하지 않는다는 사실을 적극적으로 보여줘야 한다고 말한다. 그러한 의미에서 고진은 UN이 국가를 구속할 뿐만 아니라, 국가의 '초자아'(super-ego)와 같은 것이 생겨 자기구속을 하게 되기를 바란다. 고진은 국가가 초자아를 갖는 현상은 전후 일본의 헌법 9조와 같은 것이라고 말한다. 그는 평화주의나 UN에 대해 편견을 가지고 있었으나 그것이 국가와 자본의 지양이라는 세계사적 과제 속에서 보았을 때 중요하다는 것을 깨달았다고 말한다. 그런 의미에서 일본의 헌법9조는 "주권의 방기"가가 아니라 세계사적 진보의 첨단에 서 있다는 결론에 이르게 된다.

고진은 디컨스트럭션의 철학이 유행처럼 번지고 있는 시점에서, 국가와 자본을 지양할 수 있는 실천적인 평화론을 주창한다.

그는 이를 위한 주체의 노력을 긍정하고 있으며 해체이론의 역사의식을 무책임한 둔사(遁辭)로 만들어 버릴 만큼의 설득력을 가지고 있다. 특히 자유주의적 제국주의에 대항하는 비폭력의 회사원리와 어소시에션이즘은 그 구체적인 실현가능성을 차치하고서라도 "와야 할" 가능성으로서 매우 소중하게 여겨진다. 그러나 자본, 네이션, 국가를 지양하는 제4의 X는 공동체를 거부하면서도 공동체적인 연대와 우애를 추구해야 하는 이중적 과제를 수행해야 한다. 이를 위하여 고진은 보편종교의 기능에 기대고 있는데, 이때 종교는 국가종교로 확대되는 것을 지양한다는 점에서는 반국가주의, 공동체적인 가치를 추구한다는 점에서는 반시장적이다. X는 국가(권력)와 자본과의 길항관계에서 그 어떤 것으로부터의 재영토화도 거부하는 공동체라는 점에서 아나키즘과 공동체적 이상주의의 모순된 지평 안에서 성립한다. 문제는 X가 국가주의 이데올로기와 세계화의 날개를 단 자본주의 논리를 내부적으로 교란시키는 대안적 힘이 될 수 있는가에 있다.

4. 문학의 위기와 아카데미화

가라타니 고진이 선언한 근대문학의 종언을 과잉반응(overreaction)으로 규정짓는다면, 오늘날 한국문학계에서 만연한 문학의 위기는 오히려 스스로의 문제에 근거한 것은 아닐까. 물론 디지털 미디어와 같은 새로운 경쟁매체의 등장과 대중문화의 발호가 전통적인 문학의 침체를 유발한 것도 무시할 수 없지만, 이것은 어디까지나 외부적 요인이고, 문학을 대중으로부터 이반시킨 내부적 요인을 뼈아프게 성찰해야할 필요성을 느낀다.

한국문학의 위기는 문학의 아카데미화에 원인이 있다. 80년대 후반에서부터 1990년대, 여러 대학에서 문예창작(학)과가 개설되면서 작가들이 대거 대학으로 거취를 옮겼다. 그것은 작가 개인에게는 생계의 위협으로부터 자신을 지켜주는 든든한 보루이자, 작가적 명예의 완성처럼 여겨졌다. 그러나 이것은 작가(교수)가 대학에서 문인을 양산하는 제도적 시스템을 구축했다는 것을 의미한다.[22] 이에 따라 문학의 소통공간은 대학으로 협소화된다. 이는 문단의 헤게모니를 모두 대학이 장악하고, 그 영향관계도 대부분 대학의 동업자 간에 이루어진다는 뜻이다.

최근 프랑크푸르트 국제도서전에 다녀온 문인들이 그곳에서 소설 낭송회라는 것을 보고 와서, 국내에서도 몇 번 그와 비슷한 행사를 흉내내긴 했지만, 그런 것을 수십 번 개최한다고 해서 문학이 대중화되지 않는다. 작가는 강단에 있는 비평가를 의식하며 글을 쓰고, 대학의 비평가들은 이를 평가하며, 작품은 강의의 교재로 활용되고(그것도 대부분 불법복사에 의해서), 아카데미의 평가에 따라 작가들의 위상이 결정되는 폐쇄적 체계가 오늘날 '대학으로 들어간 한국문학'의 모습이다. 결국 문학의 생산·소비·가치평가의 자리가 대학을 중심으로 한 동업자들만의 소통으로 외부와 단절되면서, 문학은 그들만의 축제로 전락한다.

문학의 위기는 서열화된 문학권력에 원인이 있다. 이로 인해 한국문학계는 과두정치체계를 유지하고 있다고 할 수 있다. 이른 바 손에 꼽히는 문예지는 스스로의 권력을 이용해 문학판을 독식하고 노골적으로 상업주의적 전략을 드러낸다. 서열화된 문학판은 문단의 스타시스템과 폐쇄적인 편집위원 체제에 의해서 문학의 중앙집권화를 영속화하고 있다. 이렇게 메이저라고 일컬어지는 좁은 판에서 치열한 적자생존이 이루어지며, 여기서 형성되는 담론이 문학계 전체를 독식한다.

이러한 문단의 승자독식체제는 한국문학 전체의 다양성을 해치는 것이기도 하지만, 이너서클 안에 있는 작가들에게도 유익한 것만은 아니다. 메이저 문예지에서 한껏 팔려나간 작가들은 어느새 힘이 빠지고, 그를 둘러싼 뜨거운 담론들도 맥이 빠져 썰물처럼 사라진다. 그리고 혜성처럼 어디선가 그런 스타가 다시 문학동네에 나타난다. 우리는 그런 작가들을 끊임없이 보아왔다. 작가들의 라이프 사이클이 짧아진 것도 문단의 스타시스템 때문이다.

문학의 위기는 한국문학계가 대중적인 신뢰를 상실했다는 데 원인이 있다. 무라카미 하루키나 요시모토 바나나 등 일본의 작가들이나 조앤 K 롤링과 같은 판타지 작가의 글은 읽히는데, 왜 우리 소설은 그렇지 않은가라는 투정이 나올 만한 대목이다. 국내 소설이 외면당하는 이유는 문학계가 그만큼 대중과 유리되어 있기 때문이다. 대중을 '왕따'시키고 자기들의 은거지 속에 동족부락을 형성했기 때문이다. 이 동업자들의 부락은 대학을 중심으로 움직이는 한국 문단의 폐쇄적 온상을 의미한다.

평론가는 과연 누구에게 보여주기 위해 글을 쓰는가. 난해한 이론과 현학적 언술로 작품을 더 어렵게 하는 비평은 결국 누구에게 읽히는가. 고작 몇 십 명 안팎의 자신의 동업자들이다. 아카데믹한 비평이 있다면 대중적인 비평도 필요할 것이다. '비평가=교수'의 등식관계가 강단비평을 만들고, 그로 인해 비평의 논리적 사유는 정교해졌지만, 그만큼 비평의 대중적 영역은 협소해져 버렸다고 할 수 있다. 또한 인문학에 불어 닥친 논문만능주의와 실적주의 역시, 비평 활동을 위축시키고 말았다. 현재 인문학 분야에서 씌고 있는 논문은 학자들의 생계 수단이라는 점에 주목할 필요가 있다.23) 창작과 저술 활동을 근간으로 하는 인문학에 계량화된 양적 평가를 도입하면, 결국 인문학의 토대가 황폐해진다는 사실을 이해할 필요가 있다.

문학이 그동안 누렸던 문화적 헤게모니가 약화된 것은 전세계적인 일이다. 이것은 전술한 바와 같이 디지털 미디어를 비롯한 강력한 경쟁매체의 등장과 함께 대중의 이목을 사로잡는 대중문화의 영향이 크다고 할 수 있다. 그러나 한국문학의 위기는 이러한 외적 요인뿐만 아니라, 아카데미화된 문학이 폐쇄적인 문단 권력 시스템과 결탁하여, 문학을 끊임없이 자신들만의 전유물로 여기고 높은 벽을 쌓아 올린 데 더 큰 책임이 있을지도 모른다. 적어도 지식독자층이 한국 문학(계)에서 이반되기 시작한 것은 '문학의 위기'라는 말이 문단 안팎에서 슬슬 기어 나오던 시점과 일치한다. 그럼에도 그 원인을 밖에서만 찾고 있는 모습이야말로 언어도단이다. 일본 소설과 서구의 판타지 소설이 독자들에게 인기가 있는 것은 그들의 작품이 갖고 있는 특성 때문이기도 하겠지만, 한국문

학에 대한 반작용이기도 하다는 것을 이해할 필요가 있다. 그때로
부터 한국문학은 당신들의 천국이 되어 버린 것이다.

1) 가라타니 고진, 박유하 옮김, 『일본 근대문학의 기원』, 민음사, 1997, 41~42쪽.

2) 위의 책, 127쪽.

3) 가라타니 고진, 조영일 옮김, 『근대문학의 종언』, 도서출판 b, 2006, 180~181쪽.

4) 담론들의 통제를 가능하게 하는 과정들의 세 번째 그룹이 존재한다고 생각한다. 이 세 번째 그룹에서 문제가 되는 것은 그들이 담지하는 권력들을 지배하거나 그들의 출현의 우연들을 쫓아 버리는 것이 아니다. 문제는 그들의 작동 조건들을 규정하는 것, 그들을 취하는 개인들에게 일련의 규칙들을 부과하는 것, 그리고 그렇게 함으로써 아무나 그들에게 접근하지 못하도록 하는 것이다. 이는 곧 말하는 주체들의 희박화이다(미셸 푸코, 『담론의 질서』, 이정우 해설, 새길, 1993, 33쪽).

5) 김홍중, 「근대문학의 종언론에 대한 비판적 고찰」, 『사회와역사』 83, 한국사회사학회, 2009, 239쪽(Maurice Blanchot, "La littérature et le droit à la mort", in *La part du feu*, Paris, Gallimard. 1947, pp. 311~314).

6) 유헌식, 「자기의 탈(脫)중심화를 통한 자기와 타자의 상호침투－G.W.F헤겔의 『정신현상학』」, 『철학과 현실』 61, 철학문화연구소, 2004. 6, 209쪽.

7) 지그 랑시에르, 주형일 옮김, 『미학 안의 불편함』, 인간사랑, 2008, 114~115쪽.

8) 위의 책, 115쪽.

9) 황종연, 「문학의 묵시록 이후－가라타니 고진의 「근대문학의 종언」을 읽고」, 『현대문학』, 2006. 8.

10) 가라타니 고진(2006), 앞의 책, 72~73쪽.

11) 200년 전 헤겔이 '예술의 종언'을 얘기했을 때, 그는 그리스를 모범으로 한 고전예술의 생명이 다했음을 예감했다. 또다시 예술의 종언을 얘기하는 단토. 이제는 20세기 모더니즘도 피로감을 느끼는 걸까?(진중권, 『미학 오디세이』 3, 휴머니스트, 2004, 356쪽) 따라서, 예술에 대한 종말론은 언제나 존재했으며, 근대문학의 종언론도 사적 흐름의 결절지점을 구성하기보다는 선험적으로 내재되어 있는 묵시록을 과대평가하고 있다고 할 수 있다.

12) 윤영실, 「국민과 민족의 분화」, 『상허학보』 29집, 상허학회, 2005, 83쪽.

13) 베네딕트 앤더슨, 윤형숙 옮김, 『상상의 공동체－민족주의의 기원과 전파에 대한 성찰』, 나남출판, 2002. 27쪽.

14) 가라타니 고진, 조영일 옮김, 「포스트모던에서 '주체'의 문제」, 『언어와 비극』,

도서출판b, 2004, 441쪽.

15) 테오도르 W. 아도르노, 홍승용 옮김, 『미학이론』, 문학과지성사, 1997, 12쪽.

16) 자크 랑시에르, 앞의 책, 66쪽.

17) 실제로 우리나라의 경우도 "지역화폐운동에의 참여경험은 지역사회주민의 자조능력 강화 기능을 효과적으로 수행하고, 지역사회의 공동체성을 회복하고 지역사회 정의를 실현하는 것으로 나타났다."(김현옥, 「지역화폐운동에의 참여경험에 관한 연구─송파품앗이와 한밭레츠를 중심으로」, 『한국사회복지질적연구』2, 한국사회복지질적연구학회, 2008. 12, 102쪽)는 연구 결과가 이미 도출되어 있다.

18) 가라타니 고진, 김경원 옮김, 「마르크스 그 가능성의 중심」, 『마르크스 그 가능성의 중심』, 이산, 1999, 63쪽.

19) 가라타니 고진(2006), 앞의 책, 103쪽.

20) 위의 책, 155쪽.

21) 이경주, 「자위대 해외파병과 일본국 헌법」, 『헌법학 연구』 제7집 4호, 한국헌법학회, 2001. 12, 60~61쪽.

22) 최근 일본의 대학에서는 '창작과'가 증가하고 작가들이 그곳의 교수가 되었습니다. 그러나 아메리카에서는 이런 현상이 1950년대부터 진행되었습니다. 포크너는 작가가 되고 싶다면 사창가를 경영해 보라고 말한 적이 있지만, 그건 고사하고 현실적으로는 작가가 대학의 창작 코스에서 나오게 된 것입니다. 그러나 현재 아메리카에서 문학부는 전혀 인기가 없습니다. 영화를 함께 하지 않으면 꾸려갈 수 없을 정도입니다. 일본에서도 문학부는 사라져 가고 있습니다(가라타니 고진(2006), 앞의 책, 47~48쪽).

23) 논문은 서구 정신문화의 정화(精華)로서 수입된 상품이며, 이 땅에서 서구 문화의 중계상(商) 노릇을 멈추지 않는 한 그 상품은 학계라는 시장을 계속 독식하게 될 것이다(김영민, 『탈식민성과 우리 인문학의 글쓰기』, 민음사, 1996, 16쪽).

우리 시단의 현단계
―지상 좌담: 시의 매혹, 그 분광의 양상을 진단한다

1. 시인을 언어 세공업자나 시 기능공으로 비하하는 발언을 심심찮게 접한다. 우리 시대, 시인의 위상과 존재 이유에 대한 생각을 말해 달라.

　이제 문학의 시대는 간 것처럼 보인다. 대중은 '아이돌'에 열광하며 '잘 먹고 잘 사는 법'을 철저하게 내면화하고 살아간다. 자본의 입장에서는 더 없이 좋은 시대가 아닌가. 대중이 더 이상 자본에 대한 대항담론을 만들어내지 않기 때문이다. 자본은 허위의 관념을 심어 대중의 스노비즘에 밑밥을 던져 주기만 하면 된다. 그럼 대중은 파블로프의 개처럼 침을 질질 흘린다. 그것이 명품 몸매든 명품 핸드백이든 말이다.

　문창과 학생들도 문단에서 나름 주목을 얻고 있다는 시인·소설가들의 이름조차 모르는 게 현실이다. 그렇다면 독자층을 형성하고 있는 소수의 작가들을 제외한다면, 우리 시대 문인들은 대부분 자기도취 상태로 살아가고 있다는 말씀? 불행히도 내 결론은 그렇다. 시를, 소설을 가르치다 보면 통절하게 깨닫게 된다. 그들이 도무지 느끼고 싶지 않은, 혹은 느낄 수 없는 감동을 강요(!)하고 있다는 사실을 말이다. 그럼에도 불구하고 시인은 왜 존재하는가. 다 자기가 하고 싶어서 하는 일이다. 고상하게 언어적 상상력의 가치나 문학의 사회적 길항력을 새삼 거론할 필요가 있을까. 종로에서 "김 시인!"하고 부르면 적어도 열 명은 뒤돌아본다는 얘기를 하면서 낄낄거리는 우리들의 자조(自嘲) 속에, 영락(零落)한 문학의 초상이 깃들어 있다.

2. 강단비평, 주례사 비평, 심지어 근친상간 비평이라는 말까지 오가고 있다. 현재 (시)비평의 문제는 무엇인가?

교수=비평가라는 등식이, 강단비평을 만들어낸 것이다. 원론적인 이해 없이 요란하게 이런 저런 주석들을 끌어오는 모양새를 보면, 구역질이 날 지경이다. 정년을 하려면 어쩔 수 없이 논문을 써대야 하겠지만, 자기 사유는 없고 이런저런 현학적인 논거로 무장한 논문들은 기실 종이 낭비요, 환경 파괴다. 논문은 생계, 비평은 취미인가. 이것이 모두 논문중심주의, 서열주의가 낳은 폐해요, 그 구체적인 작업은 한국연구재단에서 해왔다. 논문은 실적에 들어가고, 비평은 안 들어간다고? 창작과 저술 활동을 근간으로 하는 인문학에 계량화된 실적주의를 도입하면, 결국 학문적 토대가 황폐해진다는 사실을 모르고 하는 것인가.

　주례사 비평도 다 같은 게 아니다. 중요한 것은 평자의 비평적 감식안과 세심한 눈금자다. 문단이라는 게 사실, 고립적인 패밀리인데, 근친상이야 어쩔 수 없는 것이 아닌가. 나는 어디선가 이런 말을 한 적이 있다. "동종교배는 몰락의 전조다." 할 수 없는 일이다. 다만, 너무 속 보이는 비평적 감언(甘言)만은 삼가주길 바랄 뿐이다.

3. 우리 시의 세계가 다른 예술 장르에 비해 너무 협소하고 옹색하다는 지적에 대해 어떻게 생각하는가?

　크로스 오버든 컨버전스든 다 좋다. 모든 경계가 소멸되고 재결합하는 시대에 우리가 살고 있기 때문이다. 그렇다면 시는 어떻게 원심적으로 진화해야 하는 것일까. 시와 사진, 시와 그림, 시와 음악, 시와 조각, 시와 공연예술 등의 조합이 가능하겠지만, 이게 얼마만큼 대중적인 소통에 유용할지는 모를 일이다. 포스트모던의 시대에, 섞지 못할 게 뭐가 있겠는가. 어쨌든 시를 인접예술과 결합하여 전시를 하든 공연을 하든, 그것이 문학동네의 마을잔치가 되어 버린다면, 뭐하겠는가. 이제 시는 소수자의 장르가 되어 버렸다는 사실을 인정할 필요가 있다. 플래시 애니메이션으로 시를 감상하는 것도 좋고, '낭독의 발견' 식으로 공연을 해도 좋다. 그러나 시는 종이 위에 새겨진 시어들을 한 자 한 자찍어 누르듯이 음미하는 게 제 맛이다. 이렇게 협소하고 옹색하게 읽어야 좋다.

4. 최근에 10년 넘게 이어오던 모 시전문지가 폐간 위기를 겪고 있다. 경제적인 문제뿐만이 아니라 시 잡지가 안고 있는 문제에 대해 말해 달라.

더 많이 망할 것이고, 또 망해도 할 수 없다는 입장이다. 우수 문예지에 선정되어 문화예술위원회의 지원을 받든, 친위부대를 조직해서 자금줄을 만들든, 이 모든 일은 죽어가는 환자에게 산소호흡기를 대주는 것과 다를 바가 없다. 지금 누가 문예지를 사 보는가. 글쟁이들도 보내주지 않으면 절대로 사보지 않는다. 내게 보내오는 문예지도 몇 년 지나면 한 트럭이다. 문예지는 이제 무가지(無價紙)가 되어 버렸다.

그럼 현재 문예지는 어떤 역할을 하고 있는 것일까. 일차적으로는 출판사의 브랜드를 관리해준다. 문학지로 오랜 전통을 쌓아온 출판사에서는 이를 지키기 위해 안간힘을 쓴다. 이게 쉽지 않으니까, 상업적인 자회사를 설립해서 이윤은 그쪽에서 얻고, 출판사의 권위와 명맥을 유지하는 방식을 취한다. 그 다음으로는 작가들의 포섭망으로 기능한다. 그러나 여기에도 리스크는 있다. 몇몇 유명 작가를 제외하고 상업적 성공을 보장받을 수 없기 때문이다. 시인은 더 말할 것도 없다. 그렇지만 일단은 꾸준히 잡지를 낸다. 그것이 출판사의 상징권력을 유지해 주기 때문이고, 가능성이 있는 작가를 끌어들이기 위한 고비용의 서비스다. 이들이 돈도 안 되는 문예지를 울며 겨자 먹기로 내는 이유가 여기에 있다.

편집방향과 내용도 획일적이고 진부하다. 문예지가 '착'하고 오면, '척'하고 쌓아 놓는다는 말은 그래서 나온다. 특별히 관심 있는 글이나 필자가 눈에 띄지 않으면 목차만 들춰보고 지나가는 게 대부분이다. 나도 계간평을 쓰기 위해서 몇 십 가지의 문예지를 뒤적거린 일이 있지만, 그런 작업이 있지 않는 한, 문예지 한 권을 훑어보는 데 채 몇 분도 걸리지 않는다. 사진이나 화보라도 있으면 그나마 시각적으로 볼거리라도 있지만, 그들이 연예인이 아닌 이상, 대중들이야 어차피 모르는 사람들이다. 뭔가 잡아끄는 게 없다는 얘기다. 아무리 재미있는 글이 있어도 시인부락에서 읽히는 것이고, 대중들은 여전히 연예인 A양 섹스 비디오에 눈이 시뻘게져 있을 따름이다.

어차피 문학동네에서 돌려보는 책이라면, 단순하게 작품 발표 지면으로서의 역할에 머물러 있기보다는, 문학텍스트를 둘러싼 인문·사회의 영역으로 담론의 범주를 확대할 필요가 있다. 현재의 문화적 환경에서 '문학주의'를 고집하는 것은 폐쇄주의에 다름 아니다. 문학이 계속해서 사회적 담론에 있어 중심축을 형성하기 위해서는 이러한 노력이 필요하다. 마니아적 문학주의를 고집하는 것은 옹색한 문학판을 더욱 협소하게 만들 뿐이다. 이를 위해 비평적 담론의 혁신과 문예지 편집 방향의 대전회가 요구된다. 그러한 의미에서, '트랜스크리틱'을 통해 이루어지는 유연한 인문적 담론의 가치를 구현해야 할 필요성이 있다. 신작시·신작

소설·작가연구·리뷰 등 현재 문학주의를 표방하는 잡지들이 가지고 있는 태생적 한계는 결국 문예지를 '문학동네 소식지'로 전락시키고 있다는 데 있다.

5. 오늘날 시는 독자로부터 외면당하고 소수의 향유물이 됐다. 시인이 시의 생산자이며 소비자가 된 지 오래이다. 이러한 상황을 어떻게 받아들여야 할지 말해 달라.

어느 정도 고정 독자가 확보된 시인이나 작가라면 모를까, 어렵사리 책을 내봤자, 이른바 '우수도서'로 선정되지 않으면 출판사에겐 민폐요, 개인에겐 남세만 남는다. 고단한 발송 작업을 통해서 지인들에게 책을 돌리고 나면, 받은 사람들도 특별한 경우를 제외하곤, 이 사람 시집 냈군, 하고 휙 던져 버리면 끝이다. 이렇게 별 소득이 없는 짓을 왜 하고 있는 것일까. 동업자들도 제대로 읽어주지 않는 시를, 소설을 왜 쓰는 것일까.

김용택 시인이, 황석영 소설가가 TV에 나와 연예인들과 어울려 이런저런 얘기를 나누는 모습을 볼 때면, 뭔가 비애의 감정이 가슴을 훑고 지나간다. 저 분들이 방송에 출연한 것은 기실 대중적으로 널리 얼굴이 알려진 문인이기 때문이다. 연예인들만 나와서 영양가 없는 얘기로 짖고 까부는 프로그램이 아니라는 사실을 보여주기 위한 아이콘 그 이상도 이하도 아니다. 그들이 이물스럽게 앉아, 나름의 위트로 이야기의 코드를 맞추려 하는 것을 보면 안쓰럽기까지 하다.

우리 시대 문학의 위상은 안쓰러움, 그 자체다. 텍스트의 생산은 과잉되어 있는데, 문학동네 안에서도 소비가 제대로 이루어지지 않고 있으니, 대중들이야 말할 게 뭐가 있는가. 한 줌도 안 되는 문인들을 출판사의 브랜드로 위계를 나누고, 줄을 세우고, 메이저는 알아서 진골의 위세를, 마이너는 스스로 천민 행세를 하는 형국이라니!

종편에 출연하는 연예인을 욕할 수 없듯이, 메이저 출판사에서 책을 내는 이에게 뭐라 말할 수 있겠는가. 잘 됐네, 하면 그만이지. 100만 부 팔아먹는 출판사보다, 10만 부를 파는 10개의 출판사가 있는 게 문화적으로 훨씬 건강하다. 이러한 환경을 만들기 위해서는 시인이나 작가의 윤리적 선택이 필요하다. 현실의 승자독식체제와 서열주의를 비판하면서도 자신들은 기존 문단의 권위 속에 안전하게 편입되어 버린다. 타락한 시항이나 문단이나, 시정잡배나 문인이나 '개 긴 도 긴'이라는 말이다. 이른바 '강남좌파'들의 정치적 입장은 계급적 판단을 넘어선 윤리적 선택이라는 사실을 떠올려볼 필요가 있다.

6. 시의 문법 혹은 시 쓰기의 태도와 관련지어 우리 시가 안고 있는 가장 큰 문제점이 무엇인지 말해 달라.

전통에 빚진 바 없다고 말하며 열심히 미래를 좇는 일군의 시인들이나, 조금의 미적 모험도 없이 붕어빵 찍어내듯 고답적인 서정의 형식을 반복하는 시인들, 모두가 문제다. 전위가 아무리

난리법석을 떨어도 그것이 미적 울혈상태에 머문다면, 아무 것도 아니다. 서정의 공식을 복제하듯 재생산해 내는 것도 우리 시를 쇠락의 길로 떨어뜨린다. 나는 어디선가, 우리 시의 현실을 '외화 내빈'이라고 일축한 적이 있다. 텍스트의 양은 많지만, 그 진정성의 온도를 재보면, 거개가 미적지근이다.

미적 실험과 서정의 전통 사이의 길항을 바탕으로 수많은 가로지르기가 가능할 것인데, 그 교차를 추구하는 시인이 극히 드물고, 서로가 서로의 미적 준거를 밀쳐내기만 한다는 데 문제가 있다. 가장 좋은 시는 뜨거운 시고, 불온한 시고, 위험한 시고, 뼈아픈 시다. 사르트르가 경멸해 마지않았던 '일요화가'의 태도가 무엇인지 생각해 볼 일이다. 언어를 가지고 싸우는 자가 시인이다. 스스로를 언어의 벼랑으로 밀어내는 노력이 순도 높은 고통의 언어를 길어올린다. 벼랑 끝은 언제나 좁다. 이 지점이 바로 전위의 자리다.

제2부

그대라는
이름의 얼굴

내 거친 생각과 불안한 눈빛과
―박세현 시집 『사경을 헤매다』

    그걸 지켜보는 너*다, 오늘의 내가. 2005년, 그의 시집을 받고 아무 말도 하지 못했던 빚을 이제야 갚는다. 그 시절, 내 눈은 그의 시를 받아들일 준비가 되어 있지 않았다. 그렇다면 어디 밝은 눈을 가진 사람 한 두 명은 있어야 할 것이 아닌가. 그때나 지금이나 부박한 세상사의 속사정은 문단이라고 다르지 않았다. 영양가 없는 이론과 논쟁들이 출현하고, 유행을 만들고, 이에 쉽게 경사되는 상황에서, 한 시인의 문학적 궤적을 차분히 응시하는 깊은 눈을 가진 이는 없었다.

    꿈꾸지 않는 자의 행복의 역설을 지나, 내 속의 나를 너라 부르

---

* 가수 임재범의 「너를 위해」에 나오는 가사로, 시 「원주에서 보낸 칠 년」의 부제로 사용되었다.

며 우리는 건널 수 없는 강이라 절망하던 그가, 세속도시의 신산
함 속에서 길을 찾지 못하고, 정선으로 건너가 존재의 외곽을 탐
사하고, 다시 치악(稚岳)의 그늘에서 불통의 세월을 보내고, 9년
만에 사경을 헤맨 한 세월을 묶어 내놓은 것이었다. 시집『사경을
헤매다』(열림원, 2005. 3)는 그의 시력(詩歷) 22년 만의 일이다.**
몇 마디의 어구로 재단하여 그의 고단한 시간을 요약하는 일은
분명 불경스러운 일이다. 그는 지금도 영(靈)과 육(肉), 아(我)와 비
아(非我)의 경계를 넘나들며, 존재의 사이를 탐구하고 있다. 이 시
집은 그가 생의 세목들로부터 건져 올린, 이 '틈'의 비의(秘意)가
형이상학의 한 지평을 이루고 있다.

1. 유체이탈

무엇 때문에 정신이 몸을 버리겠는가. 이는 영육을 분리시키는
도력의 행위가 아니라, 곤고한 세속의 몸이 정신을 놓쳐 버리는,
일종의 견실이거나 무의식적인 방일을 의미한다. 고단하기 때문
에 넋이 나가는 것이고, 나갔던 넋도 제 집을 찾지 못해 지나친다.

** 박세현 시인은 1953년 강원 강릉에서 태어나 1983년『문예중앙』제1회 신인문
학상으로 등단했다. 시집으로『꿈꾸지 않는 자의 행복』(청하, 1987),『길찾기』
(문학과비평사, 1989),『오늘 문득 나를 바꾸고 싶다』(중앙일보사, 1990),『정선
아리랑』(문학과지성사, 1991),『치악산』(문학과지성사, 1996),『사경을 헤매다』
(열림원, 2005),『본의 아니게』(문학의전당, 2011)가 있다.

빗방울 툭툭 혹은 투두둑
끝내 끝을 알 수 없는 길이 있듯이
표정을 감추고 있는 하늘이 궁금하여라
간밤의 꿈자리가 허물 벗듯
길게 사라지는 걸
죽령터널을 빠져 나가며
몸으로 뜻없이 느낀다
시원하다
뿌리박을 데를 찾기 위해 길 떠나는
무량수전 배흘림기둥이
부석사 표지판 곁에 똑바로 서서
지나가는 여름을 붙잡아 세운다
낙동강 쉼터 나무의자에서
미처 따라오지 못한 정신을 기다리며
몸으로 서 있는데
꿈이 벗어놓은 허물이 몸을 알아보고
먼저 달려오다 제 속도에 놀라
몸을 지나치는 풍경
꿈을 꿈으로 보는 데
너무 많은 시간이 걸렸다

— 「중앙고속도로」 전문

화자는 죽령터널을 빠져나가며 "간밤의 꿈자리가 허물 벗듯"

한 시원함을 느낀다. 이때 터널을 통과하는 물리적 행위 속에는 "간밤의 꿈자리"라는 가역적 시간이 자리한다. 또한 "무량수전 배흘림기둥"이라는 물체는 "지나가는 여름"이라는 시간을 붙잡는다. 화자는 "낙동강 쉼터 나무의자"에 앉아 "미처 따라오지 못한 정신을 기다"린다. 이른바 유체이탈이다. 그런데 이 정신이 제 몸을 알아보고 뒤따라오는데, 그만 "제 속도에 놀라/몸을 지나치"고 말았다는 것! 화자는 드디어 자신의 몸을 벗어난 꿈(=정신)을 목도한다.

일상적 체험으로서 시간은 흐르고, 정신도 몸속에 있다고 믿는다. 그러나 이 절대적인 시공간은 더 이상 절대적이지 않다. 시간은 관찰자의 이동에 따라 늘어나기도 짧아지기도 하며, 공간은 중력과 같은 거대한 힘에 의해 휘어지기도 한다는 것을 현대물리학은 보여주고 있다. 그런 의미에서 이 터널이라는 블랙홀은 절대적 공간을 왜곡하고, 화자의 운동은 절대적 시간을 초월한다. 이 작품에서 과거-현재-미래는 모두 현재 속에 존재하고 있고, (또 그런 의미에서 현재란 없다) 흘러가는 시간도 정지한다. 이처럼 일상적 경험 속에서 시공간이 공존하는 비결정적 세계의 존재성은 결국 인과의 법칙을 깨뜨린다. 그러한 의미에서 "중앙고속도로"는 우주적인 시공간을 무한히 늘여놓은 물리학의 단면을 가리키는 것처럼 보인다.

원주 시가지가 한눈에 조감되는
5월 저녁의 회색빛 풍경

이방인뿐인 거리가 오늘은 저렇게 눈물겨운가
종로를 닮은 A도로의 극진한 드라마와
을지로 냄새가 나는 B도로의 박물학과
청계천의 복사판처럼 보이는 C도로가 각각 뻗치다가
통정하듯 한데 어울려 세속의 저녁마을을 풀어놓는다
A도로를 타고 가서 C도로에 얹혀 돌아온 하루
일으키는 멀미 그래 이건 멀미야
반포대교 쪽이 밀린다는 교통방송을 원주에서 듣고
서울사람보다 더 긴장하는 못된 버릇도 멀미일 뿐
(…하략…)

― 「치자꽃 핀 저녁」 부분

절대적 시공간이란 존재할 수 없음을, 시인은 원주 시내 도로의 조감을 통해 다시 한 번 보여준다. 화자는 원주의 도로를 내려다보며 서울의 거리를 떠올린다. "A도로의 극진한 드라마"는 "종로"를, "B도로의 박물학"은 "을지로"를, "C도로"는 "청계천"을 연상케 한다. 비동시적인 것의 동시적 공존! 이 도로는 다시 "통정하듯" 한데 어울리며 세속도시를 완성한다. 그런 의미에서 "A도로를 타고 가서 C도로에 얹혀 돌아온 하루"는 종로를 타고 가서 청계천 도로를 달려온 것과 같다. 여기서 화자가 느끼는 멀미는 바로 이러한 공간이동, 혹은 공간적 이접(離接)에의 현기증이라고 할 만하다. 그러니까 원주에서 반포대교 교통상황을 듣고 "서울사람보다 더 긴장하는" 버릇도 멀미다. 화자는 계속해서 원주 시

내 도로를 바라보고 있다. 그러면서 "사십대 말년의 시간"을 떠올리며 황당해 하다가 "원주역을 빠져 나가는 기차"에 놀라 제정신으로 돌아오니, "돌아갈 정신이 없"다는 것을 알아챈다. 다시 혼이 빠져 버린 것이다. 그 혼(=꿈=정신)은 어디에 있는가? 어디서 다시 화자와 만나는가?

2. 꿈

우리가 믿는 팩트(fact)는 무엇인가. 그것은 정말 리얼(real)인가? 프로이트적으로 꿈이 현실에 대한 해석이라면, 이 해석은 현실의 원리에서 벗어나 의미를 재소환하고 환원하는 일이다. 따라서 꿈의 해석은 현실에 대한 보다 분명한 팩트를 제공한다. 그런 의미에서 화자가 잃어버린 꿈은 현실 바깥에서만 찰나적인 재회를 허락한다.

> 봄밤에 누워 꽃 생각에 설렌다
> (…중략…)
> 강릉시 왕산면 대기리
> 닭목령에서 옆눈으로 만났던
> 원본(原本) 진달래 더미가
> 봄물살처럼 긴급으로 밀려와
> 잠 끝에 뿌리를 내린다
> 멀리 있던 혼들도 천천히 돌아와

문지방에 맑은 얼굴을 비벼대는 순간이다
간밤의 꿈속이 밝았던 이유를
이렇게 설명하고 싶을 때가 있느니

—「닭목령 진달래」 부분

　화자는 봄밤에 잠을 이루지 못하고 "꽃 생각에 설렌다". 화자의 꿈자리엔 "닭목령", "원본(原本) 진달래 더미"가 찾아와 "잠 끝에 뿌리를 내린다". "멀리 있던 혼들"도 "문지방에 맑은 얼굴을 비벼"댄다. 화자의 꿈속에 찾아온 진달래는 이처럼 눈부신 꽃놀이를 선사하고, 화자는 초혼(招魂)의 의식을 치른다. 리얼하다고 믿는 현실은 언제나 결여를 낳는다. 오로지 꿈(=소망)이 충족될 수 있는 자리는 무의식이다. "간밤의 꿈속이 밝았던" 이유가 이러한 홀황(惚恍)에 있었다면, 고향(시인의 고향인 강릉)의 봄에 대한 간절한 그리움이 꿈의 자리를 빌어 나타난 것이리라.

빗소리에 끌려 잠 늦추다가
아예 잠을 놓쳐버리고 나니
머릿속엔 닝닝한 빗물이 홍건하다
실은 태풍을 기다리고 있었는데
남해안을 애무하다 힘을 너무 빼
중부지방에는 이르지도 못한 채
입김 같은 빗줄기만 배달하고
사라졌다는 후문

헛바람에 설레던 관음죽도

오지 않는 소식에

새순내기를 미룬다

운 좋게 꿈자리에서

학수고대하던 태풍을 만나

엽기적으로 난파당하는

황홀을 이루다

— 「태풍을 기다리던 밤」 전문

  이 시에서도 화자가 기다리는 태풍은 오지 않는다. "남해안을
애무하다 힘을 너무 빼", "입김 같은 빗줄기만" 배달한 태풍에,
화자도 관음죽도 허탈하기만 하다. 그러나 꿈자리에서 그는 태풍
을 만나 "엽기적으로 난파당하는/황홀"을 이룬다. 여기서 '난파'
가 '황홀'과 연결되는 역설은, 태풍에 대한 낭만적 시혼과 그것을
향해 스스로를 내어던지는 자기파멸적 회열을 적시하고 있다. 이
꿈의 메아리를 다시 들어보면, 스스로에 대한 단순한 육체적 파
멸만을 지칭한 것이 아니라, 마멸되어 가는 현실에의 긴장과 고
뇌가 난파라는 형식으로 극화된 페르조나의 연극일 수도 있다.
그런 의미에서 그가 그려낸 꿈의 세계는 잃어버린 나를 재소환하
는 자리이다.

3. 역사

시인이 바라보는 역사는 인류와 국가와 그들의 이념에 복무하는 거대역사가 아니다. 그는 절대적 진리를 가장하는 온갖 허위에서 벗어나 집단적 해석으로부터 이단시되어 왔던 개인들의 시간을 그것과 맞세우며, 마침내 집단사에 가려진 개인사를 복원하려 한다.

> 김대중 대통령이 남북 정상회담을 위해
> 청와대를 떠나는 시간대에
> 나는 노트북을 챙기며 경호원도 없이
> 악수도 없이 중계동을 떠났다
> 하늘은 쾌청
> 모든 것은 오케이
> 충북 벤츠가 슬몃 끼어들며
> 깜빡이를 넣는다 나는 용서한다
> 네게 중요한 일은 오케이 뒤에 가려진
> 명명되지 않은 어떤 절절함
> 엊저녁 가슴으로 뛰어들어 실종된
> 빗방울이 몸 속 어딘가를 흐르고 있다
> 이대로 흘러?
> 너무 진지하면 의심받는다
> 대통령이 평양 순안공항에 착륙해

북조선 인민들의 영접을 받고 있을 즈음
나는 남원주 톨게이트에서
통행료를 내고 있을 것
거슬러 받을 삶이 남아 있었으면, 싶은 것이
지금 나의 역사다

— 「지금 나의 역사」 전문

거대역사와 개인사를 병치하는 묘미를 보라. 김대중 대통령의 방북과 시인의 원주행이 등가의 관계로 맺어 있는 아이러니! 시인에게 중요한 것은 "오케이 뒤에 가려진/명명되지 않은 어떤 절절함"이다. 가령, "엊저녁 가슴으로 뛰어들어 실종된/빗방울이 몸 속 어딘가를 흐르고 있다"는 사실이다. 김대중 대통령이 평양 순안공항에 착륙해 북조선 인민의 영접을 받을 때, 화자는 남원주 톨게이트를 빠져나가고 있을 것이라 말한다. 시인은 대통령의 방북을 조롱하는 게 아니다. 단지, 그것보다 "거슬러 받을 삶이 남아 있었으면" 하는 "나의 역사", 나의 실존이 중요하다는 얘기다. 시인은 모두가 환호하는 자리에 서 있으면 안 되는 것! 그 이면의 쓸쓸함, 절절함을 들여다보아야 하는 것!

초등학교 동창회에 나가
30년 만에 소집된 얼굴들을 만나니 그 낯짝 속에
근대사의 주름이 옹기종기 박혀있다
좀이 먹은 제몫의 세월 한 접시씩 받아놓고

다들 무거운 침묵에 접어들었다
화물차 기사, 보험 설계사, 동사무소 직원, 카센터 주인, 죽은 놈
만만찮은 인생실력들이지만 자본의 변두리에서
잡역부 노릇하다 한 생을 철거하기에
지장이 없는 배역 하나씩 떠맡고 있다
찻집은 문을 닫았고 바다도 묵언에 든 시간
뒷걸음치듯이 몇몇은 강문에서 경포대까지
반생을 몇 걸음으로 요약하면서 걸었다
술 마시고 노래하고 춤추었던 간밤의
풍경들이 또한 피안처럼 멀어라

— 「너무 많이 속고 살았어」 전문

여기에 등장하는 초등학교 동창생들을 보라. 그들의 얼굴엔 "근대사의 주름이 옹기종기 빅혀" 있지만, 이는 집단사에 수렴되지 않는 변두리 인생이다. "화물차 기사, 보험 설계사, 동사무소 직원, 카센터 주인, 죽은 놈", 이들의 역사는 누가 기록하는가. "잡역부 노릇 하다 한 생을 철거하기에/지장이 없는 배역"은 역사책 몇 페이지에 나오는가. 자본이 짜놓은 각본의 어쩔 수 없는 엑스트라이면서도 각자가 스스로를 지켜내기 위해 절정을 살았을 쓸쓸한 사람들. 그러니 우리는 "너무 많이 속고 살았어". 이때 눈가에 맺히는 짜디짠 눈물은 시인이 우리에게 던져준 생의 진여다.

4. 죽음

생의 곤고함은 시인이 만들어낸 생의 좌표들 안에서 잘게 부서지고, 길항하고, 다시 만나고, 멀어진다. 이것은 끊임없이 헤어지고 만나는 길과 같고, 이는 곧 생의 은유이기도 하다. 이런 생의 끝에는 반드시 죽음이 기다리고 있으니, 시인에게 죽음은 무위적정(無爲寂靜)한 열반을 경지로 제시된다.

> 수원 백씨(水原 白氏)
> 이름도 없이 성씨만으로 아흔 해 동안
> 이승에 머물렀던 할머니가 돌아가셨다
> 말년에 오체투지로 화장실도 기어다니고
> 밥도 엎드려 잡수셨는데
> 꿈에 소가 보이니 때가 됐다시며
> 자신의 갈 길을 예언하신 뒤
> 홀연 몸 벗어버리고 열반에 드셨다
> 강릉 옛집을 마지막 떠나시던 날
> 크고 고운 목련이 글썽이며 온몸으로
> 꽃을 피운 거 당신은 아시는지
> 가족들의 울음소리 뒤로하고
> 상여꾼보다 먼저 선산으로 향하시던
> 당신의 짠짠한 걸음걸이에
> 목련나무 밑둥이 잘게 떨리던

한 생의 메아리를
나는 듣고 말았으니

　　　　　　　　　　　　　—「할머니의 입적」 전문

　할머니의 입적(入寂). 이름도 없이 수원 백씨(白氏)라는 성으로만
한 생을 살았지만, 생을 마감하는 순간까지 스스로 온전히 책임지
기 위해 애쓰다, 열반에 드신 할머니를 보라. 이에 감읍하듯, "강릉
옛집을 마지막 떠나시던 날/크고 고운 목련"이 눈물을 글썽이며
온몸으로 꽃을 피웠다. "상여꾼보다 먼저 선산으로 향하시던",
"짠짠한 걸음걸이"는 할머니의 생을 압축적으로 보여준다. 그 걸
음에 목련나무가 잘게 떨리며 "한 생애의 메아리"를 전한다. 이
시에서 목련은 할머니의 자단(自斷)에 가까운 죽음과 개결(介潔)한
생애를 은유하며, 곧고 환한 생멸의 의미를 가르치고 있다.

　　구름들, 치악산 능선 타고 흐르던 시간에
　　몸을 앞세우고 구룡사에 다다르다
　　대웅전 섰던 자리에
　　저런! 한순간,
　　장엄스럽던 종교는 불타버리고
　　불에 그을은 주춧돌만
　　익은 감자덩어리처럼 웅크린 채로
　　포복하듯이 햇살 속에 엎드려
　　미처 소진하지 못한 뜨거움 식히려

몸을 들썩이다

잿더미에 묻힌 풍경을 집었더니

바람소리, 무거운 쇳덩이몸을 버리고

맑은 얼굴, 느린 박자로

산문을 벗어나다

법당 어딘가를 일념으로 떠받치다

뜨거운 불 끝내 못 견디고 검게

녹아버린 대못 하나

외로운 아상(我相)을 게워내고

비로소 착해진 물건을 받쳐들며

묵념에 빠지다

아랑곳없이 산으로 몰려가는

단풍객들 헤치며 하산하려니

물소리에 젖은 단풍 그림자

천천히, 내 안에서 불붙기 시작하다

— 「사경을 헤매다」 전문

　이 시집의 표제작이자 권말에 놓인 이 시는 화자가 불에 탄
구룡사 사경(寺境)을 헤매며, 날마다 사경(死境)을 헤매는 생의 번
뇌가, 비로소 어떻게 맑아지는지를 보여주는 작품이다. "사경을
헤매다"의 동음이의는 바로 이런 뜻일 것! 구룡사라는 "장엄스럽
던 종교"는 이제 잿더미로 변해버려, "불에 그을은 주춧돌만",
"몸을 들썩이"고 있다. 화마가 휩쓸고 간 절을 바라본 화자는 오

히려 "맑은 얼굴, 느린 박자로/산문을 벗어"난다. 어찌된 일일까. 절도 이제 "무거운 쇳덩이몸을 버리고" 마침내 무위로 돌아갔기 때문이다. 그것은 화자가 "검게/녹아버린 대못 하나"의 의미를 발견했기에 가능한 일이다. 다비(茶毘)를 견딘 대못은 "외로운 아상(我相)을 게워내고", "비로소 착해진 물건을 받쳐들며" 묵존(默存)에 들었기 때문이다. 이제 그 불은 다시 화자의 내면에서 불붙기 시작하며, 생의 번뇌를 게워내게 하는 도화선이 된다. 생의 시간을 뜨겁게 태울 것. 그리하면 맑은 무위와 만나게 되리라.

　시집 『사경을 헤매다』는 존재와 시간과 꿈과 죽음의 의미를 탐구한 사유와 직관의 성과물이다. 논리를 가장한 현학과 부박한 유행 속에 휘청거리던 2005년 우리 시단은, 『치악산』(1996) 이후 9년 만에, 사경을 헤매며 얻어낸 한 시인의 시적 성취에 무관심했다. 새 것은 곧 낡은 것이 되고, 유행은 곧 사라지고, 전위는 곧 후위가 된다. "이미 있던 것이 후에 다시 있겠고 이미 한 일을 후에 다시 할지라. 해 아래는 새 것이 없나니."(전1:9) 새 것에 도취된 얼치기 현자들이여. 시는 몇 년 쓰고 마는 게 아니라는 사실을 알아두시라.

'나는 없다'의 변주곡
— 박세현 시집 『본의 아니게』

일부러 다리에 힘을 빼고 걸어야 할 때가 있고, 목에 힘을 빼고 담담하게 노래를 불러야 할 때도 있고, 똑바로 보지 말고 빗봐야 할 때가 있다. 근 30여 년 동안 6권의 시집으로 생의 자리를 베어 내었으니, 그 곡절들이 지나간 만큼 관록이 몸에 붙기 마련이다. 김정호가, 김민기가 핏대를 세워 노래 부른 적이 있었던가. 그의 시에 화려한 수사와 기교가 있는가, 감정의 과잉이 있는가.

그의 첫 시집 『꿈꾸지 않는 자의 행복』(1987)으로부터 『사경을 헤매다』(2005)에 이르기까지 변하지 않은 점 하나가 있다면, 끊임없이 떠돌고 있다는 사실이다. 차를 몰고 떠돌고, 집으로 들어가지 않고 떠돌고, 음악을 듣고 떠돌고, 사람들 사이에서 떠돈다. 본의 아니게, 말이다. 그가 어딘가 정주하지 못하는 이유는 생래적인 변방의식의 소산일 수 있겠지만, 그 때문인지 그의 시의 구질은 언제나 직구와 커브의 중간쯤 되는 슬라이더다. 가장 직구를 던진 것처럼 보이는 『정선아리랑』(1991)의 경우도, 변방적 삶이 시인의 생에 켜켜이 들어앉은 시간이었겠지만, 그것은 보편적 지명으로서의 정선이었다는 것이 내 생각이다. 그런 의미에서 그 시절, 그의 시를 놓고 민중적 정서 운운한 사람들은 당대의 시대적 담론의 틀에 볼모가 되었을 가능성이 크다.

식자우환의 먹물과 고독한 한량의 중간 지점에 그의 시가 놓여 있다. 그의 시는 갑갑한 대학 연구실과 허름한 동네 호프집 사이에 심드렁하게 담배를 물고 앉아 있는 모습이다. 여기서 스스로를 생각해 봐야 답이 나오지 않는다. 내가 어디 있는가. 나는 늘 내가 생각하지 않는 곳에 존재할 뿐이다. 라캉의 말대로 나라는 기표는 늘 떠돌고, 결국 나는 없다는 얘기다.

말하자면 이런 식이다. 7번 국도를 따라가다가 38휴게소 구석에 있는 컴퓨터 운세기에 지폐를 넣는다. 그런데 거기선 에러 메시지만 흘러나와 스냅 같은 고장난 운명의 편린과 마주친다든지(「고장난 운명」, 『치악산』), 중앙고속도로를 질주하다가 낙동강 쉼터 나무의자에 앉아 미처 따라오지 못한 정신을 기다리며 꿈이 제 몸을 지나치는 풍경(「중앙고속도로」, 『사경을 헤매다』)을 바라보는 일이다. 고장난 운명에 수긍하며, 내가 나를 부단히 떠나 마침내 꿈을 꿈으로만 보았을 때, 비로소 "본의 아니게" 조금도 윤색할 수 없는 발가벗은 현실과 맞닥뜨리게 되는 것이다. 시집 『본의 아니게』(문학의전당, 2011. 10)는 그 본의 아닌 현실이, 홍상수 영화의 시선처럼 적나라하게 때론 삐딱하게 펼쳐진다. 「강원도 저쪽」에서 "대충 살다 죽어라"라는 라캉의 말을 곱씹고 있는 형국이랄까.

하지만 이 말을 해야겠다. 그의 시의 발화지점은 늘 날카롭고 위태롭다는 사실. 내가 말이야, 라고 말하고 싶을 때, 나는 늘 외출 중이기 때문이다. 그럼 나는 어디에 있는가. "되돌아올 수 없는 거리" 저편에 "나를 벌 세워놓았"다. 그의 시가 아픈 이유는 여기에 있다. 드러난 현상 저편에 늘 내가 외로운 형벌의 시간을 보내고 있는 것이다. 겉으로는 생을 관조하듯 냉소하지만, 그 안에는 곪아터진 시간과 상처가 있다.

여름밤이 찾아와서 나를 손짓했기에
반바지 입은 치악산 자락으로 빌빌거리며
놀러간다 산 속에 남아돌던 펑키한 바람 떼가
무작정 아래로 무너져내린다 이 저녁에는
작정 없는 꿈을 시링하자 저 바람의 민무늬가 몸에
닿는 대로 아련한 문신으로 터진다
마하반야바라밀다 불빛 밝은 국형사 설법전
수입산 기둥에도 바람의 입자국 묻었나
옛날 학예회 무대 같은 극락의 내부가
먹자골목의 소란처럼 시끌벅적하다
시간의 살집이 손에 미끈둥 잡힌다
죽으면 없어질 것들일수록 부피 두텁고
소란스럽구나 귓가로 몰려드는
절 옆구리의 물소리 따라가다 길 놓쳐주고

열대야에 얼굴 맞대고 무박으로 흘러간다

(이튿날)
다시 가보니, 국형사에는 설법전이 없다
(그럼, 엊저녁에 본 것은?
없다면 없는 것이지, 말이 많군, 거사가 본 것은
설법전이 아니라 관음전이었던 것
알겠나? 모르겠습니다)
손바닥만 한 대웅전이 더워서 붓다는
연방 손부채질을 하면서 관음전에
주로 거처하고, 낮에는 불사 중인
설법전 포클레인 공사를 감독한다고 들었다
–좀, 크게 지어라, 크게.
대웅전이 좁아서 내 말도 자꾸 좁아지지 않니
요즘엔 내가 한 말도 거의 잊어부렸다
이래 가지고야 영업하겠나!
범종각 옆 후박나무 짧은 그늘에서 붓다는
팔만사천 법문을 여여히 잊어가는 중이었다

　　　　　　　　　　　　　　　－「후박나무 짧은 그늘」 전문

　나는 이 시에서 그 특유의 위악적 포즈를 발견한다. 여름밤이
찾아와 손짓하기에 반바지 입은 치악산 자락으로 빌빌거리며 놀
러간단다. 산에 가니 "산 속에 남아돌던 펑키한 바람 떼"가 화자

를 맞는다. 여기서 빌빌거리다, 라는 자조적 술어와 댄스 음악을 지칭하는 펑키한, 이라는 관형어가, 여름밤 촌티 나는 원색 패션처럼 박혀 있다. 마찬가지로 설법전의 기둥도 "수입산"이며, 그것도 산사에 있다고 바람의 입자국이 묻어 있다. 극락 내부는 어떤가. "먹자골목"처럼 시끌벅적하다. 이 어울리지 않는 미장센을 도대체 어찌할 것인가. 화자는 말한다. "죽으면 없어질 것들일수록 부피 두텁고/소란스럽"다고.

그러니 이튿날 만난 '붓다'도 손바닥만한 대웅전 덥다고 연방 손부채질하면서, 포클레인 공사를 감독하고 있는 중이다. 좀 더 크게 지으라고, 이래 가지고 영업하겠나, 불평하면서. 이렇게 붓다는 공사장 감독관으로 취직하고, "팔만사천 법문을 여여히 잊어가는 중"이다. 이렇게 성속(聖俗)이 전도된 희극적 분위기 속에서 나도 없고, 붓다도 없다. 모두 죽으면 없어질 것들이다. 그러니 이렇게 소란스러울 수밖에!

1
가을 밤 65번 동해고속도로 위
차 한 대 없다
모두들 지나간 끝물에 나 혼자?
괴기스럽고 숭고한 지경이다
(설마 동해시장님이 시인을 위해
길을 비웠을 리는 없고!)
못 믿겠다면 당신도 밤 아홉시 시월 중순쯤

이 도로를 타보라
망상꽃을 피울 수도 있을 것이다

2
식은 죽 같은 공연을 끝내고 나니 객석 끝에
소설가 내 친구 지방신문 같은 표정으로 앉아 있다
시청 옆에서 맹물 같은 표준커피를 마시며 우리는
허벅지를 꺼내놓고 대로에 앉아 네온 빛을 쬐고 있던
가출 중인 여고생 일반을 추상했고
여기가 묵호와 북평 사이에 있는 천곡동이라는 사실
수령 400년 된 예술관 앞뜰 배롱나무를 감탄했으나
문학에 대해서는 일언반구하지 않았다
사랑을 확인하지 못한 연인처럼
톨게이트에서 우리는 군말 없이 헤어졌으니

3
망상과 옥계 사이를 지나며
온갖 답이 없는 생각을 맺었다 풀었다 하며
오매불망 나의 꿈이요 존재론적 삐끼였던
거시기에 관한 결정적 과대망상을 포기한다
밤바다 옆에 있는 옥계휴게소를 거치지 않고
망상과 옥계 사이 밤파도 뒤채는 소리를
듣는 둥 마는 둥, 폭음처럼 과속하며

그 밤을 빠져나왔다 훗날이여 오늘의 나를
기억하지 말고 단칼에 지워다오

— 「망상과 옥계 사이」 부분

여기 다시, 박세현 시인의 전매특허인 차 몰고 어디론가 떠나기! 장소는 차 한 대 없는 65번 동해고속도로 망상과 옥계 사이다. 동해엔 웬 행차였을까. 시인은 1과 3사이에 그 사연을 끼워넣었다. 무슨 공연(강연으로 추측됨)이 끝나고, 젊은 시절을 함께 보냈던 문우 한 사람을 만났으나, 문학에 대해서는 한 마디도 않고, 길거리의 가출 여고생이나 감상하고, 배롱나무의 수령에 감탄했을 뿐이라는 얘기다. 그들은 "사랑을 확인하지 못한 연인처럼" 허무하게 헤어지고 만다. 이제 다시 고속도로 위다. 망상과 옥계 사이를 지나치며, 화자는 답이 없는 생각 사이를 헤매다가, "나의 꿈이요 존재론적 삐끼였던 거시기에" 대한 과대망상을 포기한다. 문학이라는 이름의 거시기! 밤거리의 '삐끼'처럼 문학이 그를 유혹했고, 뭔가 있는 줄 알고 따라가니, '망상꽃'만이 초라하게 피어있더라는 얘기다. 그런 의미에서 시인에게 자신과 세계는 이미 맥 빠진 연극처럼 진부하다.

이제, 나는 세상과 좀 떨어져 있어야겠다
세상이라기보다 세상을 떠받들고 있는 손들과
헤어져야겠다
다 마신 커피잔을 들어서

바닥을 한 번 더 들이켤 때가
지금이다 다시는 입에 들어올 것이 없다는 것을
마지막으로 확인하는 입술처럼, 나는
입맛을 다시겠다
아침에는 커피 대신 무를 한 컵 마시고
무즙도 괜찮겠다 무의 즙은 겁 없이 늙은 남자의
소담한 폐허를 다스리기에 좋을 것이다
오후에는 아파트 뒷길을 걸어가서
논어를 읽고 있을 당신과 막국수를 먹고
당신에게서 갚지 못할 약간의 용돈을 빌리고
비브라토가 빠진 휘파람을 연습하겠다
식은 국물 같은 삶을 조심히 떠먹으면서
음악 없이 잠들도록 애쓰고
진짜로 꿈꾸지 않겠다고 서약한다
아무래도 나는 내가 아니다
찾지 마라, 나는 없다

— 「나는 없다」 전문

    세상과 거리를 두고, 삶을 떠받치던 손 내려놓고, 바닥에 고인 마지막 커피를 마시듯, 더 이상 아무 것도 없다는 듯이, 생을 살겠다고 화자는 말하고 있다. 이 "늙은 남자의/소담한 폐허를" 어찌할 것인가. 그 어떤 기대도 열망도 없는 허무한 남자를 위로하는 것은 "식은 국물 같은" 소소한 일상일 뿐이다. 그리고 서약한다,

"진짜로 꿈꾸지 않겠다고". 그러니 지리멸렬한 일상 속의 '나'는 앙꼬 없는 찐빵이다.

　이 남자, 혼자 사는 방으로 돌아와 하나하나 허물을 벗는다. 방안엔 "숫기 없는 아이처럼" 어둠이 저 혼자 고여 있다. 이 적적한 중년남의 고독을 보라.

　　　　먼 데서 돌아온 듯 착각하는 밤이다
　　　　방문 열고 들어서니
　　　　숫기 없는 아이처럼
　　　　방안의 어둠이 몸으로 놀라는 소리
　　　　저 혼미하게 널브러진 옷가지들
　　　　다 누구의 허물이냐
　　　　재킷을 벗고 바지를 내리고
　　　　양말을 벗고 차례로 다 벗겨내도
　　　　그래도 자꾸 남는 껍질은 무엇이냐
　　　　허물을 다 벗고 보니
　　　　오, 이런, 피부가 사라졌나
　　　　어딜 좀 만져주고 위로하고 싶은데
　　　　위로해줄 거시기가 없어졌다
　　　　피부가 나의 깊은 속이었구나!
　　　　　　　　　　　　　　　　ㅡ「4월의 어떤 밤」 전문

　이렇게 다 벗었단 말이다. 그런데 허물을 다 벗고 보니, '피부'

가 사라졌다. 그러자 어딜 어떻게 만져 스스로를 위로해야 하는 지, 화자는 당황하고 만다. 그때 깨닫는다. "피부가 나의 깊은 속 이었"다는 것을! 이때, 허물이란, 피부란, 우리 생을 채우고 있는 일상의 다른 이름인 것. 당신과 막국수를 먹고, 당신에게 갚지 못할 용돈을 빌리고, 울림 없는 휘파람을 연습하는(「나는 없다」) 소소하고 무의미하고 무료한 것들이다. 무의미한 일상을 포기하 면 생이 없고, 생을 포기할 수 없기에 무의미함을 껴안아야 하는 것. 이 모순된 생의 안과 밖이라니!

> 선생은 말했다.
> 가짜 양주가 더 화끈하게 취한다고!
> 야바위 영업을 위해 밤늦도록
> 고객과 주인의 자리를 바꾸면서
> 속임수를 연습하던 사기꾼들의 생계!
> 오래도록 잊을 수 없다
> 가짜 꿀 만드는 부부에게 방을 세놓고
> 틈나면 셋방의 일손을 거들었다는
> 가수 조영남의 어머니
> 아들: 권사님이 그런 일을 하면 쓰겠어요?
> 엄마: 그러니 어떡하니, 방세가 나오지 않는데
> 쪽 팔릴 때마다 민낯으로
> 숭고해지는 생이 있다
>
> ─「숭고한 생」전문

그러니까 가짜가 화끈하고 더 나아가 숭고한 것이다. 진짜 같은 눈속임을 위해 야바위꾼들은 밤늦도록 속임수를 연습한다. 가짜 꿀을 만드는 부부에게 세를 놓고 그들의 일을 거들어주어야 했던 가수 조영남의 어머니의 얘기는, 리얼한 생을 증언하고 있다. 권사라는 교회의 직분보다, 윤리보다, 살아가는 것 그 자체가 더 중요하다는 얘기다. 그것이 "엉금거리는 찌질이"들, 가령 "밥솥 바닥에 붙어 있는 밥풀 같은", "음료병 저 안에 묻어 있는 물기 같은", "정갱이에 남은 어린 날 생채기 같은 그것들"(「장사익 버전」)일지라도, 그것이 생의 맨얼굴이라면 쪽 팔릴 것 없다. 시인은 이를 "민낯으로 숭고해지는 생"이라고 했다. 그러니까 허울뿐인 고상함이나 겉치레 같은 윤리는, 실존을 선행하지 못한다. 허물은 단지 '껍질' 같지만 피부가 없으면 '속'이 없고, 살아가는 일이 죄다 '가짜' 같지만 그런 일상이 없이는 '진짜' 생도 없다는 것이다.

그러니까 노래방에서 "시적인 외모를 가진 여자"와 블루스나 땡기며, "멋모르고 살아가는 나의 증상에 딱 맞는/옷을 걸치고"(「구의동 블루스」), "삶이 형편대로 헝클어지듯이/말은 본래부터 제자리가 없으니/시는 아무렇게나 휘갈겨야 옳"은 것인지 모른다. 어차피 우리가 사는 "지구별의 사업이라는 게" 우주적인 시각에서 보면, 다 "헛울음"에 불과하니까. 그렇게 보면, 미학 운운하며 "말의 모서리를 맞추는 장난은/시들하고 치사"(「말의 헛울음」)한 것이다. 시인은 이미 우주의 속, 삶의 속을 깨달았기 때문이다.

사랑해

왜 자꾸 그런 말을 하는 거니?

너는 무슨 권리로 나를 사랑한다는 거니?

너가 그딴 말을 할 때마다

나는 울고 싶다

나는 내가 아니다

나는 모르는 인연이다

나는 네 속의 뻥 뚫린 구멍이다

사랑한다는 말만 삼가다오

나도 너를 사랑하고 싶어 미치겠다

— 「나는 내가 아니다」 전문

    그럼에도 불구하고, 시인이 가 닿을 기표는 너이고, 그 화두는 "사랑하고 싶어 미치겠다"이다. 그러나 나는 내가 아니므로 너도 없고, 너와 나는 모르는 인연이며, 나 역시 네 속의 텅 빈 기표다. 그러니 누가 누구를 사랑한다는 말인가. 따라서 사랑해, 라는 말은 주체도 없고 대상도 없는 말이다. 그럴 때마다, '나'는 울고 싶다. 여기서 '나'란, 라캉의 말대로 하자면 닻의 점(anchoring point)에 불과하다. 이것은 의미화 연쇄의 한 점일 뿐, 종결부호는 아니다. 나도 너를 사랑하고 싶어 미치겠지만, 나도 너도 어디론가 달아나고, 사랑의 의미는 산종된다. 이 과정이 결국 일상이고 생이지 않겠는가. 이를 통해 생은 부화하고 길을 만들고 분분히 퍼져나간다.

대충 살다 죽어라. 이것이 박세현 시인이 『본의 아니게』에서
가 닿은 뜨거운 본의다! 결국 그것이 시적인 것과 비시적인 것,
문학적인 것과 일상적인 것 사이의 삼투현상으로 구현된 것이
아니겠는가. 본의 아니게, 관조와 자조의 변주곡을 너무 열심히
들었다. 홍상수 영화를 시리즈로 본 기분이다. 찜찜하면서도 후
련하다. 그게 나의, 우리의, 피부이므로.

시적 진실의 두 층위
— 이상국 시집 『뿔을 적시며』·홍일표 시집 『매혹의 지도』

    감각 경험 이전의 선험성(a priori)을 전제한다면, 우리의 지각은 대상의 실체가 아니다. 감각 경험이 구상적으로 종합될 때, 현존재로부터 비약하게 되고, 이것과 저것을 넘어선 세계로 나아간다. 감각의 선험성과 지각에 개입하는 종합 능력, 이것이 곧 칸트와 콜리지 선생이 힘들여 얘기한 상상력의 원리다. 결국 이러한 지각을 조합 재조합하면서 상상력의 사유를 구가하게 되는 것이고, 시적 상상력이라는 것도 본질적으로 이와 다르지 않다. 우리의 상상력이 대상을 이미지화 하는 능력이라면, 그것은 단순한 미메시스적 충동으로부터 고도의 추상성이나 전위성으로 나아가기도 한다. 문제는 여기에 개입되는 미적 계기성의 차이가 한 시인이 자리하는 공시적 지점을 만들고, 담론의 질서를 형성하며, 통시적으로 예술사적 지형도의 변화를 나타낸다.

이상국 시인과 홍일표 시인의 거리는 단순한 수사학의 층위라기보다는 상상력의 차원의 것이다. 문제는 이미지가 현실에 취하는 거리가 예술의 무기이면서 함정이라는 사실이다. 감각이 인식론적 도약에 실패할 수도, 환하게 개화할 수도, 아니면 휘발되어 날아가 버릴 수도 있기 때문이다. 더 크게 말하면 모든 시는 심미적 길항의 장소이기도 하고, 미학적 도피처이기도 하다. 시인이 원튼 원하지 않든 간에 말이다.

1. 섭세(涉世)와 질실(質實)의 미학
― 이상국 시집 『뿔을 적시며』

신경림 시인은 이상국 시집 『뿔을 적시며』(창비, 2012. 2)를 평하는 자리에서 그의 시는 교언영색하지 않는다고 말했는데, 이것은 그의 시가 가지는 미적 특질을 단숨에 직관한 말이다. 그의 언어는 머리의 몫이 아니라 육체의 영역이다. 그렇기에 진솔하고 박질할 수 있다. 감각을 예민화해서 복잡한 사유를 전개하다보면 자기도 모르게 언어의 미궁 속에 떨어지는 것을 우리는 한두 번 보아온 게 아니다. 너무 나갔다, 는 말은 곧 이를 지칭하는 말이겠다. 가방끈 긴 족속들이 저지르는 수사학적 장식에 근거한 관념의 사치가 아니라, 평범한 일상적 상황에서 건져 올린 탁월한 직관과 혜안은, 범부의 일상으로부터 우주의 섭리에 이르기까지 커다란 자장을 형성한다. 겉은 작고 허술해 보이지만, 그 내부에는 큰 창을 열어 놓아 인세와 온 우주를 껴안는다. 천지일실(天地一室)의 형국이 곧 이상국의 시다.

아들과 천렵을 한다 다리 밑에서 웃통을 벗고
땀을 뻘뻘 흘리며 소주를 마시며

나도 반은 청년 같았다

이제서 말이지만 나는 어려서 면서기가 되고 싶었다
어떤 때는 벌레가 되고 싶기도 했다
그래도 나는 시인은 되었다
그게 어디 쉬운 일이냐
아들아, 시인에 대해서 신경 좀 써다오

저 빛나는 어깨와 한 소쿠리는 되는 사타구니
아들의 것은 다 내가 힘들여 만들었는데
아직 새것이다
근사하다 내가 저 아름다운 청년을 만들다니……

내가 어디서 왔느냐고 물어보지도 않는데 그전에
어른들이 다리 밑에서 주워왔다고 했을 때
나는 슬퍼했다
지금도 외로울 때면 그 생각을 한다

인터넷을 믿는 아들은 그런 슬픔을 모르겠지만

아직 세상에는 내가 망하기를 바라는 사람은 없다
가진 게 별로 없기 때문인데
다행이다
그래도 아들에게는 천지만물을 거저 물려주었으니
고맙게 여기고 잘 쓸 것이다

세월을 건너가느라 은어들도 엄벙덤벙 뛴다
저것들은 물이 집이다
요즘도 다리 밑에다 애들을 버리긴 버리는 모양인데
알고 보면 우리가 사는 이 큰 별도 누군가 내다 버린 것이고
긴 여름도 잠깐이다

한 잔 받아라
— 「아들과 함께 보낸 여름 한 철」 전문

이 작품은 여름날 아들과 함께 천렵을 한 기본적인 사건 속에 화자의 꿈과 그의 시선에 포착된 아들의 모습, 더 나아가 삼라만상의 본성까지 담아내고 있다. 이러한 사유는 인위적으로 조직되어 있는 것이 아니라 시인의 감정선을 따라 자연스럽게 플롯화되어 있다. 그렇기 때문에 무봉(無縫)의 시적 흐름을 얻어낸 것이 아닌가. 무위(無爲)하니까 작위(作爲)를 피할 수 있고 자연(自然)할

수 있는 것이다. 화자의 소박한 꿈과 시인의 길, "빛나는 어깨와 한 소쿠리는 되는 사타구니"로 상징되는 아름다운 청년인 아들, 생의 근원에 대한 질문, 아들에게로 힘써 물려준 생의 시간, 근원으로 돌아오는 은어떼들, 다시 "누가 내다 버린" 지구라는 별로 드러나는 신의 섭리, 살 같은 세월, 이런 식으로 물 흐르듯 써내려간 그의 작품은 도가자류(道家者流)의 한 풍모를 유감없이 드러내고 있다. 아들과 함께 보낸 여름 한 철이 곧 한 생애이고, 한 우주인 셈이다. 작지만 거대한 세계, 이것이 곧 이상국 시인의 얻어낸 시적 성취다.

오래 받아 먹던 밥상을 버렸다
어느날 다리 하나가 마비되더니
걸핏하면 넘어지는 그를 내다 버리며
어딘가 갈 데가 있겠지 하면서도 자꾸 뒤가 켕긴다
아이들이 아마를 맞대고 숙제를 하고
좋은 날이나 언짢은 날이나 둘러앉아 밥을 먹었는데……
남들은 다 어떻게 살든지
아버지가 그랬던 것처럼
때로는 하고 또 하는 잔소리에
아이들은 눈물밥을 먹기도 했고
그럴 때마다 아내는 누구의 편도 들지 못하고
딱하다는 눈총을 주기도 했지
나는 가장이라는 이름으로 그렇게

가족들에게, 실은 나 자신을 향하여
쓸데없는 호통을 치기도 했지
그러나 한끼 밥을 위하여 종일 걸었거나
혹은 밥술이나 먹는 것처럼 보이려고
배를 있는 대로 내밀고 다니기도 하고
또 어떤 날은 속옷 바람으로 둘러앉아
별일도 아닌 걸 가지고 밥알이 튀어나오도록 웃던 일들을
그는 다 알고 있을 것이다
오래 받아 먹던 밥상을 버렸다
그러나 그가 어딜가든 나에 대하여
아무 말도 하지 않으리라는 걸 나는 안다

— 「밥상을 버리며」 전문

이 작품은 한 가족의 희로애락을 묵묵히 받아낸 밥상의 약사(略史)다. 아니, 그 밥상에 대한 헌사라고나 할까. 아이들이 "이마를 맞대고 숙제를 하고", "좋은 날이나 언짢은 날이나 둘러앉아 밥을 먹었"고, 때로는 아이들에게 잔소리를 하기도 하며 눈물 밥을 먹이고, 별일도 아닌 데 "밥알이 튀어나오도록 웃던", 그런 인생사의 소소한 아픔과 즐거움을 함께한 밥상이다. 가장이라는 이름으로 "가족들에게, 실은 나 자신을 향하여" 호통 치던 기억, 그 한 끼니의 밥을 위해 세상을 걸어 다니던 일, 밥상은 다 알고 있을 것이다. 이것을 내다 버리는 데 어찌 뒤가 켕기지 않겠는가. 삶의 기억을, 인간사의 세목을 모두 알고 있는 밥상임에랴! 밥상

을 내다 버린 이야기 속에 순실한 가족사를 얹어, 시의 용적을
키우는 것이야말로, 이상국 시인의 시작 원리가 아니겠는가.

딸애는 침대에서 자고
나는 바닥에서 잔다
그애는 몸을 바꾸자고 하지만
내가 널 어떻게 낳았는데……
그냥 고향 여름밤나무 그늘이라고 생각한다

나는 바닥이 편하다
그럴 때 나는 아직 대지의 소작이다
내 조상은 수백년이나 소를 길렀는데
그애는 재벌이 운영하는 대학에서
한국의 대 유럽 경제정책을 공부하거나
일하는 것보다는 부리는 걸 배운다
그애는 집으로 돌아오지 않을 것 같다

내가 우는 저를 업고
별하늘 아래서 불러준 노래나
내가 심은 아름드리 은행나무를 알겠는가
그래도 어떤 날은 서울에 눈이 온다고 문자메시지가 온다
그러면 그거 다 애비가 만들어 보낸 거니 그리 알라고 한다
모든 아버지는 촌스럽다

나는 그전에 서울 가면 인사동 여관에서 잤다
그러나 지금은 딸애의 원룸에 가 잔다
물론 거저는 아니다 자발적으로
아침에 숙박비 얼마를 낸다
나의 마지막 농사다
그리고 헤어지는 혜화역 4번 출구 앞에서
그애는 나를 안아준다 아빠 잘 가

— 「혜화역 4번 출구」 전문

이쯤 되면 이 시가 혜화역 4번 출구를 얘기하는 것이 아니라는
것은 당연하다. 그럼 거기서 "아빠 잘 가"라고 말하며 화자를 껴안
아 준 딸에 대한 얘긴가. 그것도 아니다. 이제 대학생인 딸을 둔
아버지의 얘기일까. 그것만으로는 부족하다. 이 작품은 생의 시간
을 건너오며 모습을 달리하는 부녀지간의 정에 대한 이야기다.
딸의 원룸에서 하룻밤을 신세진 이야기를 기본으로 하고, 거기에
다시 과거사를 끼워 넣는 방식의 작시법이다. 그리하여 그 변화의
추이와 간극을 보여주는 이상국 시인의 비의적(秘意的) 원리.
　그 밤, 딸아이는 침대에서, 화자는 바닥에서 잔다. "내가 널 어
떻게 낳았는데……"라며 바닥을 "고향 여름 밤나무 그늘"로 여기
며 눕는 화자의 마음에서 진한 부정(父情)을 느낄 수 있다. 그 바
닥은 당연히 대지의 것이고, 화자는 수백 년 소를 기른 그 인류학
적 대지에서 누워 있는 셈이다. 그러나 딸은 이제 일하는 것보다
사람을 부리는 일을 배우고, 그런 경제학을 배우는 이상, 집으로

돌아오는 일은 없을 것이라 생각한다. 이제 몸도 정신도 모두 커버린 딸은, 유년시절 저를 키우며 불러주었던 아비의 노래도, 아름드리 은행도 모두 잊을 것이다.

이제 대지의 후예인 아비의 마지막 일은 "딸 농사"다. 이를 위하여 자발적으로 숙박비를 내고 돌아서는데, 혜화역 4번 출구에서 딸이 아빠를 안아 준다. 별하늘 아래서 업어 키운 딸이, 이제 커서 아비를 껴안아 준단 말이다. 아, 이 가슴 뻐근한 농사를 무엇이라 명명할 것인가. 일하는 것(노동)보다 사람을 부리는 일(경영)이 중요한 시대가 되었다고 해도, 변할 수 없는 것은 바로 이것이 아니겠는가. 사랑으로 기른 농사와 참된 보은으로서의 껴안음이 바로 그것! 혜화역 4번 출구에 아름다운 사랑꽃이 피었다. 이상국 시인이 힘써 키운 시가 피었다.

2. 여과(濾過)와 감각(感覺)의 미학
─ 홍일표 시집 『매혹의 지도』

한 시인의 시력은 영구 혁명의 과정이다. 늘 미적 혁신을 꿈꾸는 생리는 시인을 계속해서 미지의 영역으로 끌고 간다. 때문에 한 시인이 거둔 미적 성취는 부표 같은 것이고 그것은 미학의 바다에서 어디로든 흘러가기 마련이다. 홍일표 시인은 이번 시집 『매혹의 지도』(중앙북스, 2012. 4)를 통해 어디에 닿은 것일까. 앞당겨 말하자면, 그는 지금 이미지의 숲으로 깊이 들어갔다는 것이 내 생각이다. 전제했듯이 이곳은 참으로 위험한 곳인데, 그 이유는 탐미의 숲이 아름다울 수도 있지만, 숲 밖의 세계와 송신이 어려워질 수도 있기 때문이다. 그러나 시인은 이 경계를 아슬아슬하게 가로지르며 뜨겁게 진동하고 있다. 단순한 인생론적 화두를 던지는 시는 이제 신물이 났거나 진부하다는 얘기겠다. 그렇게 되면 이제 갈 수 있는 곳은 당연히 미학의 영역이다. 거긴 화려한 듯 보이지만 좁고 답답하며 앞이 보이지 않아 괴로운 곳이다.

시멘트 바닥에 나뒹구는 붉은 지렁이
몸을 꼬아보고 뒤집어보고
어쩌다 잘못 든 길

내 몸속으로 고물고물 지렁이 몇 마리 들어온다

가만히 앉아서
빗줄기를 거두는 마른 밭처럼

지렁이와 빗줄기

물로 빚은 노래의 다른 형식인 것
흙의 품을 향하는 동질의 슬픔인 것
구부러지고 끊어지면서 먼 길 가야 하는

3토막 난 철삿줄을 본다
숨이 멎을 때까지 많이 버둥거렸을
끝이 뾰족한 한 생애를 본다

그냥 돌아서지 못하고 다시 들여다보는
붉은 기호
탯줄 잘린 자리를 찾아가는 알몸의 빗줄기 같은

— 「모태」 전문

그렇다. 이 시는 이미지의 세계다. 흙의 품으로 돌아가려는 지
렁이와 땅으로 스며드는 빗줄기가 결국 같다는 것. 생이란 "어쩌
다 잘못 든 길"이고, 종국엔 "흙의 품"을 향하게 되는 모든 존재는
"동질의 슬픔인 것"이다. 구부러지고 끊어지면서도 가야하는 먼
길, "숨을 멎을 때까지" 버둥거려야 하는 생은, '모태'로 돌아가는
"붉은 기호"다. 유형(有形)의 지렁이든, 무형(無形)의 빗물이든 모두
흙의 품으로 스며드는 "알몸"이고, 형(形)의 유무와 상관없이 모두
가 대지에 뿌리를 두고 있는 물로 빚은 동일한 형식인 것이다.
"수술대 위의 재봉틀과 우산의 우연한 만남"이라고 로트레아몽이
말한 데뻬이즈망의 형식처럼, 시인은 지렁이(=토막난 철삿줄)와 빗
줄기를 모태로 향하는 기이한 동질성으로 통어하고 있는 것이다.
　그렇다면, 홍일표 시인이 말하는 이미지 사용의 매뉴얼은 어떠
한가.

희귀종이 되어 멸종 위기에 처한 달빛은
머잖아 박물관 한구석에 처박히거나
고서의 한 모퉁이에서 잔명을 이어갈 것이다
함부로 달빛 한 올 건드리지 마라
주의사항을 숙지하지 않으면
삽시간에 휘발할 것이다
여간해선 달빛 한 올 발굴할 수 없지만
용케 찾아낸 달빛은 쉽게 곁을 주지 않는다
달빛의 내심을 의심하는 자가 많은 것은 그 때문이다
극약 처방하듯
시인의 손도 조심스럽다
자칫 잘못하다간 전통주의자로 뭇매를 맞거나
한물간 음풍농월로 오해받기 십상이다
조심하라
당신 혼자 지리산 골짜기에 숨어들어
경전 해독하듯
한 올 한 올 달빛 줄기를 이어나가야 할 것이다
어설피 달빛 지팡이를 들고
섬진강 모래밭을 휘젓지 마라
한밤 달빛은 서서히 달아올라
뒤뜰 독 안에 스며들거나
한 대접 정화수에 몸을 풀 것이니
조심하라

당신의 몸은 아미 많이 야위었다

달빛이라는 이 죽은 상징을 어찌할 것인가. 도가류의 음풍농월이 표상하는 바와 같은 낡은 서정의 잔명(殘命)을 말이다. 화자의 말대로 머잖아 박물관 한구석에 처박히거나 고서의 한 모퉁이에서 쇠한 목숨을 연명하리라. 이제 우리는 더 이상 "달빛 지팡이"를 들고 설칠 수 없다. 그러니 달빛을 사용하는 시인의 손은 조심스러울 수밖에. 그렇다면 어떻게 한다? 이 죽어 버린 달빛을 어떻게 해야 하는가? 모든 텍스트는 다른 언술의 관할 아래에 놓여 있으니, (줄리아 크리스테바, *La Révolution du langue poétique*) 미적 혁신을 꿈꾸는 시인은, 단성적인 언어의 자장을 거부할 수밖에 없다. 말하자면 모든 시인은 최초의 언어를 꿈꾼다. 이제 바로 태어나는 언어, 아무도 재현하지 않은 언어, 아무도 꿈꾸지 않은 언어 말이다. 푸코의 말대로, 지식이 사유의 문법을 규정하고, 담론의 질서가 규범화되는 방식이 역사의 문법이라면, 역으로 문법을 믿는 자는 권력으로부터 자유로울 수 없다. 모든 시인은 실서의 파괴자이고, 그의 의식적·무의식적 충동으로부터 미지의 상상력의 지평이 열리는 것이다. 그렇다면 박물관에 처박히게 될 달빛을 어떻게 구원할 것인가. 몸이 야위도록 그 번뇌의 깃발을 나부끼면, 그 해답을 찾을 수 있을까. "뒤뜰 독 안에 스며"든 달빛, "한 대접 정화수"에 담긴 달빛을 조심해야 하리라. 이것이야말로 극약인 것! 새로운 자리에 놓일 달빛 한 올. 이 달을 누가 옮길 것인가. 거미다, 거미!

가느다란 실로 허공을 꿰어 집을 짓는다

이때 다양한 각도와 아침이 탄생한다
공중을 휘게 하거나 다치게 해서는 안 된다

허공은 쉽게 폭발하고
마지막 한 줄에 매달려 글썽이던 이슬방울도 터지고 만다

농약을 나누어 마신 저녁의 일가
검게 타버린 밤이 그들을 말없이 덮어주었지만
공중은 무표정한 얼굴로 또 다른 아침을 만나 몸을 섞을 것이다

한 마리 거미가 자근자근 허공을 씹는다
맛도 없고 배부르지도 않은

거미가 경작하던 공중은 있는 듯 없는 듯
아슬한 위치에 당신은 숨어 있고
눈처럼 스르르 밤 또한 녹아 없어질 것이지만
                                        ―「거미들」 전문

무상성(無常性)이라고 할까, 무용성(無用性)이라고 할까. 시를 쓰
는 일은 "가느다란 실로 허공을 꿰어 집을 짓는" 일이다. 허공도,
한 줄에 매달린 이슬방울도 연약하다. "농약을 나누어 마신 저녁

의 일가"로 상징되는 인간사의 절망에도 불구하고 공중은 "무표정한 얼굴로" 다시 아침을 맞이하고, 거미는 다시 허공을 씹는다. 그 "있는 듯 없는 듯"한 아슬아슬한 위치에 당신이 있고, 캄캄한 밤이 녹는다. 느릿느릿 공중에 줄을 치고 있는 거미의 무심함, 반짝이는 이슬방울의 영롱함과 덧없는 소멸, 인세의 절망과 무수한 낮과 밤.

"맛도 없고 배부르지도 않은" 허공을 씹는 거미의 상징인 시인은 위태롭다. 허공에 찰나처럼 맺히는 이미지를 먹고 공중에 매달린 시인은 불행하다. 어디로 어디까지 가시려는가. 미학의 숲은 허공처럼 붙잡을 곳이라곤 찾을 수 없기에, 거미처럼 스스로 집을 짓지 않고서는 견딜 수 없을 텐데 말이다. 홍일표 시인은 스스로 이 길로 들어섰다. 저수지를 "대책 없이 큰 눈알이다 온종일 글썽이는 눈망울이다"(「저수지」)라고 말할 때, 시인은 다시 포획된 이미지의 서편에 "여전히 가장 먼 아침인 것"처럼 형벌을 받고 있는 자신을 의식하지 않을 수 없다. 결코 나에게로 닿을 수 없는 기표들.

시집 『매혹의 지도』는 견고한 이미지의 성체다. 이 집을 짓기 위해 나는 그가 거미처럼 매일 허공을 기어올랐음을 알고 있다. 하나의 이미지를 얻기 위해 그가 행한 지난한 감각의 여과과정을 생각한다. 그것은 괴로우면서도 매혹적인 순간이었을 것이다. 그의 가능성과 극한을 동시에 느낀 내 숨이 가쁘다.

슬픈 꿈을 찍다
— 고형렬 시집 『유리체를 통과하다』

미적 자율성에 대한 해묵은 이야기를 꺼낸다. 칸트에게 미적
판단이란 "이해득실에서 벗어난", "사회성을 거부"하는 최적의
장소였다(피에르 부르디외, *La Distinction. Critique sociale du jugement*).
이것이 미적거리로, 혹은 무관심성으로, 무목성으로 불리면서,
미학의 자리에 예술을 배치하는 분리의 원칙을 수행해 왔다. 그
러나 알랭 바디우는 이러한 시적 정의를 플라톤적인 이데아의
이름으로, "낭만적 축하 안에 연루된 (반)철학에 자신의 진리를
종속"(자크 랑시에르, 주형일 옮김, 『미학 안의 불편함』, 27쪽)시킨다고
보고, 이를 배격한다. 결국 랑시에르가 지적하는 것처럼 미학은
단순히 감성의 영역이 아니라 "예술의 사물들을 규정하는 것을
허용하는 모순적인 감각중추에 대한 생각이다."(위의 책, 39쪽) 따
라서 예술이 재분배하는 감각은 사회적이고 정치적인 것이며, 그

러한 의미에서 미학은 옹호될 수 있다.

고형렬 시집 『유리체를 통과하다』(실천문학사, 2012. 4)는 미학적인 것과 사회적인 현실 사이의 삼투와 길항을 구체적으로 구현하고 있다. 따라서 그가 추구하는 미학적 저항은 단순하게 재앙의 시대를 증언하는 것에 머물지 않고, 그것을 감각적 실존 안에 보존하고, "재앙의 기억을 유지하는 보초병"(자크 랑시에르, 앞의 책, 80쪽)이 된다. 그런 의미에서 그의 시는 메타-정치적이며, 시인은 그러한 과정 속에 역동적인 언어의 질서를 부여함으로, 재영토화라는 역설적 구속을 피해 "이견적(dissensuelle) 형태"를 만들어 나간다.

> 먹고사는 데 아무런 걱정이 없는 시인의 시는 어떤 것인가
> 이런 제목의 시도 있을 수 있는가,
> 사회와 아무 상관이 없지만 유형(流刑)과 연결된 시인들이
> 아닌 시인들이 있는가, 기이한 이름의 저 素月, 李箱으로부터
> 그렇다면 지금까지 언어만을 매만지는
> 이 땅의 시인은 모두 사회적이며 심미적인 존재인가
> 이렇게 물어볼 수도 있는 것인가, 이것이 현대시의 영예인가
> 그 숨은 영욕이 진정한 한 인간의 길이라고 말할 수 있는가
> ─ 「시인의 사업─양평에서」 전문

그리하여 이와 같은 질문이 가능해진다. 모든 시인은 유형(banishment)의 삶과 연결되어 있는 것인가. 심지어 일요화가와 같은 사이비 예술가들조차도? 이에 대해 화자는 말한다. "언어만을

매만지는 이 땅의 시인들은 모두 사회적이며 심미적 존재인가"
라고. 언어만을 이리저리 꿰맞추며 유희를 즐기는 것이 곧 절대
적 미의 지평이고, 예술의 고유성이며, "현대시의 영예"인 것처럼
착각하는, 예술의 식별체계에 대해 시인은 의문을 제기하는 것이
다. 그렇다면 시인의 사업이란 무엇인가. "먹고사는 데 아무런 걱
정이 없는 시인의 시는 어떤 것인가"라는 질문 속에 담긴 묵시적
부정은, 바로 예술을 숭고의 온상 속에 보존하고, 그 어떤 비참함
이나 치명적 현실로부터 스스로를 방기하는 사이비 예술에 대한
거부가 담겨 있는 것인지 모른다.

> 그 후, 불쾌해서 이곳을 지나갈 수가 없다
> 나는 어디서부터 막히기 시작한 것일까
> 언제부터 사람들 귀에 들리지 않게 됐을까
> 이 도시는 아이들을 어떻게 교육시킨 것일까
> 손이 머리보다 먼저 허공을 받쳐 올렸다
> 그 손은 빈 도자기의 고배(苦杯)로 떠 있다
> 표어가 구두 옆에서 야비다리를 친다
> 나는 도시를 철저하게 인식하지 못했다
> 가장 짐승적인 것을 영구히 감춰버린 까닭
> 전 역에서 다음 역까지 내리지 못한다
> 후각은 환승하고 못 잊을 불쾌감을 경험한다
> 오늘은 무엇을 가르쳐야 할까,
> 다시 올라가는 아침 계단에서 웃을 수 없다

오장을 토할 듯 입을 막고 뛰어나간다

인간의 탈을 즉시 바꿔 쓴 직립의 새들이

건너편 승강장으로 날아가기 시작한다

　　　 ―「나는 계단에서 웃을 수 있다?」*―경복궁 2층 시강(詩講)을 가며」 전문

　* 지평역에서 청량리역까지 열차로 와서 1호선으로 환승하여 종각역에서 내
　　려 다시 3호선으로 환승하려고 지하 계단을 올라가다가 꿈처럼 '계단에서
　　도 웃을 수 있다'는 문장을 읽었다. 최근에 내가 찾던 문장이었다. 2011년
　　7월 14일 목요일.

　이 시에 나타난 화자의 '불편함'이 곧 고형렬 시집에 담긴 시의
동력학적 기원이라고 할 수 있다. 주석에서 밝히고 있는 것처럼,
수많은 계단을 오르내려야 하는 환승의 과정에서 "'계단에서도
웃을 수 있다'"는 교시적 표어는 그 자체로 기만적이다. 현실의
불만을 잠재우려는 "~수 있다" 식의 언술은 이데올로기와 같은
허구적 관념체계의 일단을 보여주기 때문이다. 그리하여 화자는
웃을 수 없으며, 이 불쾌감에 대한 신체적 반응은 "오장을 토할
듯 입을 막고 뛰어나"갈 정도에 이른다. 이 도시는 사람들을 이렇
게 교육시킨다. 아무리 힘들어도 웃을 수 있다고. 그리하여 마땅히
분노할 수 있는 권리를 박탈한다. 이는 부정하고 비판해야할 현실
임에도 불구하고, 그것을 개인의 힘과 인내로 견딜 수 있고, 심지
어 즐길 수 있다고 끊임없이 설득하는, 지배담론의 허구성을 적나
라하게 보여준다.

미안한 일은 아니다

이 차선에 아무도 발을 들여놓지 못하게 해도.

그들은 애인*들이 아니다, 기술경쟁사회에서

이런 말을 들어본 적이 없다

모든 것이 실용이고 정의이고 조직이어야 하는 도시에선.

현대 시인들의 꿈은,

언제나 헛된 꽃의 날갯짓으로 떨어지는 것

입문을 허락지 않는다, 그 어떤 선도 그리움도.

하얀 책 속 홀수 페이지에서 언어들만

자신의 길을 혼자 걸어간다.

— 「한 고층빌딩의 영지(靈地)」 전문

* 사람을 사랑한다는 '애인(愛人)'이란 말은 묵자(墨子)가 처음 사용하였다.

무소불위의 권력을 행사하고 있는 자본의 상징으로시의 고층
빌딩! 이곳을 신령스러움이 깃든 땅을 뜻하는 영지(靈地)로 표현
한, 지독한 패러독스를 어찌할 것인가. 이 발화의 뒤에서 아프게
이 시대를 견디고 있는 시인의 모습이 보인다. 기술만능사회에서
모든 것이 "실용이고 정의이고 조직"이 되어가고, 그런 도시의
현실에서 시인의 꿈은 "언제나 헛된 꽃의 날갯짓으로 떨어지는
것"이다. 자본의 대지에 서 있는 기술공화국에서는 그 어떤 선도

그리움도 없다. 선(善)도 없고, 더욱이 선(禪)도 없는 곳에서 "사람을 사랑한다"는 애인(愛人)도 있을 수 없고, 선적인 사유의 무아적 공간이 있을 리 만무하다. 기술이 인간을 진보시킨다고 믿는 이상, 인간은 "기계적으로 작동하는 물질적 분자"(박이문, 「과학 기술과 인간」, 『과학, 축복인가, 재앙인가』, 이화여대 출판부, 2009, 96쪽)이상도 이하도 아니다. 표백된 책 속의 사유는 혼자 걸어 나가고, 불온한 담론은 자본의 영지에서 퇴출당하고, 시대는 해독 불능의 상태에 빠지게 된다.

시대의 혜안을 지닌 진정한 시인은 언제나 "쓸쓸하고 멀리 있"으며, "눈 뜬 봉사들만 떠드는 잡지의 나라"에서, 장님 천재는 언제나 "슬픈 꿈을 찍는다"(「장님 천재」) 이것이 자본과 기술만능시대를 살아가는 시인이 그려낸 우리 시대의 초상일진데, 진정 우리 시대는 어디로 가는가. 그대가 원하는 것은 무엇인가.

타오르는 섬
— 이홍섭론

외로움이 힘이 되어
한없는 응시가 어느덧 사랑이 되어

저렇게
활활 타오르는 섬
    — 「불타는 섬」, 『강릉, 프라하, 함흥』

    시인의 탄생이 반드시 비극적 상황을 전제로 하는 것은 아니다. 비극은 사건의 비참함과는 무관하며 오히려 이는 인식의 문제이다. 여기서 비극적 인식이란 구조 밖에 있는 사건에 대한 의식 혹은 구조에 환원될 수 없는 것에 대한 의식이다(가라타니 고진, 『언어와 비극』). 오이디푸스를 보라. 고진은 『오이디푸스왕』이 아비를 죽이고 어미를 취하게 된다는 신탁 때문에 비극이 아니라, 오이디푸스 자신이 나는 누구인가를 추궁해 가는 인식의 과정이 비극을 야기한다고 말한다.

결국 밖(外)에 있는 인식의 문제가 비극의 씨앗이라는 말인데, 나는 여기서 하나의 시인이 태어나는 존재론적 비의를 확인한다. 시인은 외로운 섬이 되어, 한없는 응시로, 마침내 사랑이 되어, 활활 타오르고 있다. 이때, 섬이라는 공간은 밖을, 외로움은 방외자의 인식을 뜻한다. 결국 타오르는 섬이란 '나는 누구인가'를 추궁해 가는 국외자의 뼈아픈 정념의 불꽃이다. 이홍섭 시인은 이렇게 섬이 되어 타오른다. 그리하여 그는 자신의 운명과 싸우며, "바다을 치는 시"(「모래무지」)를 쓴다.

> 마음이 척추를 다쳤으니
> 세상이 어찌 그늘이 아니겠는가
> 함부로 돌아누울 수도 없으니
> 그대가 어찌 나를 껴안을 수 있겠는가
>
> 뜬눈으로 밤을 지새우는 그대여
> 머리맡에 놓아둔 물이 다 마르면
> 내가 그대를 껴안아주리라
>
> 마음 약한 별들만 가득한
> 내 품속 새벽하늘을 보리라
>
> — 「마음은 척추를 다치고」 전문

이렇게 시인은 마음의 척추를 다치고 세상의 그늘을 응시한다. 이런 불구의 마음으로 나는 '그대'의 사랑을 받을 수 없고, '그대'는 뜬눈으로 밤을 새운다. 그런 불면의 밤이 지나고 나면, 나는 허물어진 마음 일으켜 세워 그대를 안아주겠다고 말한다. 내 마음속에는 "마음 약한 별"만이 가득하다. 그러나 그 품속에 바로 "새벽하늘"이 있다. 무너진 마음 다시 세우고 일어선 그 간절함에 바로 새벽이 있다. 그의 시 쓰기는 통절한 상심의 자리에서 그대를 품고, 마침내 맑은 여명의 시혼을 열어가기 위한 형극의 작업이다.

길 위에 버려진 똥을 보고 있노라면
똥 눈 짐승의 창자가 들여다보인다
놀라워라, 똥 눈 짐승의 내부가 보인다

밤샘 끝의 새벽녘, 거울 속의 너를 보고 있노라면
퍼질러 앉아 멍하니 쳐다보는 너를 보고 있노라면
놀라워라, 세상이 환히 들여다보인다

시퍼런 멍이 보인다

— 「시인 이솝 씨의 행방 2」 전문

시인은 시마(詩魔)라는 천형의 대가로 새로운 눈을 얻는다. 사물의 이면이 보이고 세상의 그늘이 오롯이 그 모습을 드러낸다. 그는 "길 위에 버려진 똥"에서 "똥 눈 짐승의 창자"를, 그 내부를 본다. 같은 이치로 "거울 속의 너"로 지칭되는 자아를 밤새 보고 있으면, 내면의 "시퍼런 멍"이 보인다. 문화적인 약호 내에서 이해되는 스투디움(studium)이 아니라, 응시자의 주관적 시각인 푼크툼(punctum)이 바로 '창자'와 '멍'의 세계다. 푼크툼이 날카로운 물체에 찔린 상처와 작은 점을 의미(바르트, 『카메라 루시다』)하는 것처럼, 객체적 형상에서 이탈한다는 것은 강렬하고도 아픈 것이다. 그것은 자아와 세계에 대한 새로운 발견이자, 인식의 모진 벼랑으로 스스로를 내모는 일이다.

> 거리를 활주로 삼아 획획 솟아오르는 빈 봉지들 바다를 활주로 삼아 하얗게 날치떼가 솟아오르곤 했다 날개 달린 물고기…… 시를 쓰는 일은 행복 없이 사는 훈련 같다고 어느 시인은 썼었다 어떤 빙신이 행복 없이 사는 훈련을 한단 말인가 행복이란 대체 있기나 하단 말인가 획 솟아올랐다가 컴컴한 골목 속으로 사라지는 저 빈 봉지들 헛것인 영혼들
> ─「시인 이솝 씨의 행방 3─1990년」 부분, 『강릉, 프라하, 함흥』(문학동네, 1998)

그리하여, 시 쓰기는 "행복 없이 사는 훈련"이다. 시인은 어느 "빙신"이 이런 훈련을 하느냐고 자문한다. 날치떼가 하얗게 날아올라도, 그것들의 비상은 찰나에 지나지 않는다. 빈 봉지는 솟아오르지만 사라지고, 날치가 날개를 가졌어도 결코 물을 떠날 수 없다. 『法句經』에 이르기를 방일하지 말고 탐욕의 즐거움에 길들여지지 말라고 하였으니, 세상 도처에 널려 있는 행복을 줍는 것은 획 솟아올랐다가 사라지는 "빈 봉지"처럼 허망한 일이다. 곧

생의 자각을 얻기 위해, 행복에 대한 몰각에서 벗어나, 행복 없이 사는 연습을 해야만 한다. 이것이 시인의 길이다.

이렇듯 그의 첫 시집 『강릉, 프라하, 함흥』(문학동네, 1998)에는 시의 발생학 혹은 시인의 존재론에 관한 시편들이 주조를 이룬다. 시인의 길은 "외로움을 비수(匕首)처럼 견디는 길"이자 "그대에게로 가는 먼 길"(「두 갈래 길」)이다. 이 두 갈래 길은 기실은 바다로 가는 한 길이어서, 어디로 가든 외롭고, 어디로 가든 서럽고, 또 어디로 가든 사랑 아닌 길이 없다.

두 번째 시집 『숨결』(현대문학북스, 2002)에서부터는 구체적인 생의 세목들을 통해, 세계에 대한 통찰과 자아의 재발견으로 나아간다. 숨결이 들숨과 날숨으로 이루어져 있듯, 시인의 투사(projection)는 대상을 맞추는 행위가 아니라 상호 과녁이 되는 행위이어야 한다.

시골에시 올라오신 어머니 손을 잡고, 태어나 처음으로 어린이대공원에 소풍을 갔습니다. 때마침 공작도 활짝 날개를 펴 우리 모자를 반겨주었습니다. "참 먼 데까지 왔구나" 어머니는 이국의 동물들을 어루만지듯 비리보있습니다.

뱅골산 호랑이 지나고, 아프리카 어디쯤에서 왔다는 원숭이 무리도 지나 우리 모자는 인도산 코끼리 모자 앞에 섰습니다. 어미 코끼리는 앞에, 새끼 코끼리 뒤에 서서 그 지순한 표정으로 우리 모자를 가만히 들여다보았습니다. 어머니는 새끼 코끼리를, 저는 어미 코끼리를 한참 동안 들여다보았습니다. "참 먼 데까지 왔구나. 그지?" 어머니는 코끼리 모자가 먼 데까지 온 것이 못내 안타까운가 봅니다. 그 순간 하마터면 어머니의 손을 놓칠 뻔했습니다. 어미 코끼리도 우리 모자를 보며 어머니처럼 말하는 것 같았기 때문입니다. 저는 코끼리처럼 잔뜩 주름진 어머니의 손을 꼭 잡고, 식물원으로 발길을 돌리고야 말았습니다.
— 「코끼리 모자(母子)」 전문

"참 먼 데까지 왔구나"라는 어머니의 말씀! 시골에서 올라오신 어머니와 함께 처음으로 어린이대공원으로 소풍 갔을 때, 이국의 동물들을 바라보며 어머니가 하시던 말씀이다. 여러 동물들을 지나 마침내 모자는 인도산 코끼리 모자(母子) 앞에 선다. 어머니는 새끼 코끼리를, 나는 어미 코끼리를 한참 들여다본다. 이 때, 어머니는 다시 말씀하신다. "참 먼 데까지 왔구나. 그지?" 바로 이 순간, 어미 코끼리도 우리 모자를 보고 같은 말을 하는 것 같다는 사실을 발견하게 된다. 이 상호 응시와 별견의 순간이야말로, 서정의 원리로 받아들여졌던 낭만적 투사의 한계를 뛰어넘는다. 더 나아가 코끼리처럼 주름진 어머니의 손을 잡고 발길을 돌리는 장면을 통해, 코끼리와 어머니를 하나로 합치시키고 있다. 결국, 이 작품은 분리(splitting)되어 있는 자아와 타자가, 바라봄과 보여짐이라는 상호 투사(projction)로, 다시 투사적 동일화(projective identification)로 나아가는 과정을 통해, 인식의 입체성을 획득한다.

나 죽으면
한 마리 열목어가 되리니

핏발 선 두 눈을 식히지 못해
차디찬 물 속을 헤매다니는 눈먼 고기

어제는 밤새 전화하고
오늘은 하루 종일 문을 닫고 산다
밀물이 왔다 갔는지
방안은 온통 뻘밭이니

창밖에서는
붕대를 감은 목련이 터지고
오동나무는 자기를 붙잡고 운다
울어본들
이 세상 울음을 다 가질 수는 없는 일

나 죽으면
한 마리 열목어가 되리니
핏발 선 두 눈
온몸에 핀 울음꽃

차디찬 물 속을 헤매다니는
눈 먼 고기

―「열목어」 전문

"핏발 선 두 눈"을 식히려 찬물 속을 헤매다니는 "눈먼 고기".
시인은 죽으면 이런 열목어가 되겠다고 말한다. 응시를 통해 독한
회의를 구한 시인의 눈은 붉게 충혈되어 있다. '방안'으로 상징되
는 시인의 자리는 온통 "뻘밭"이다. 바깥세상도 붕대를 친친 감은
채로 목련이 터지고, 오동나무는 제 설움에 운다. 이렇게 운들
세상이 내 것이 되겠는가. 일평생 울음 울어 온몸에 울음꽃이 피
고, 두 눈엔 핏발이 선다. 적안(赤眼)! 이는 시인이 스스로 짐져온
천형의 뜨거운 증거다.

세 번째 시집 『가도 가도 서쪽인 당신』(세계사, 2005)으로 가면,
이제 시인은 자신의 슬픔과 외로움으로, 울고 있는 세상의 수많
은 당신들을 껴안으며 위로한다. 그 따뜻한 위무의 정점에 「서귀
포」가 놓여있다. 이 시야말로 그를 우리 시대 빼어난 서정시인의
반열에 당당하게 등재시킨 작품이라 할 수 있다.

울지 마세요
돌아갈 곳이 있겠지요
당신이라고
돌아갈 곳이 없겠어요

구멍 숭숭 뚫린
담벼락을 더듬으며
몰래 울고 있는 당신, 머리채 잡힌 야자수처럼
엉엉 울고 있는 당신

섬 속에 숨은 당신
섬 밖으로 떠도는 당신

울지 마세요
가도 가도 서쪽인 당신
당신이라고
돌아갈 곳이 없겠어요

― 「서귀포」 전문

　　나도 누군가처럼 이 시를 책상 앞에 붙여놓고, 생의 헐벗은 순
간을 견딘 바 있거니와, 이처럼 이 시는 무수한 사람들의 쓸쓸한
마음자리를 보듬어 주었으리라. 당신은 어디에 있는가. 구멍 숭
숭 뚫린 담벼락을 더듬으며, 머리채 잡힌 야자수처럼 엉엉 울고
있다. 이런 당신에게 시인은 말한다. 울지 마세요/돌아갈 곳이 있
겠지요/당신이라고/돌아갈 곳이 없겠어요, 라고. 그러나 내 위로
에도 불구하고 당신은 섬 속에 숨고, 또 섬 밖으로 떠돈다. 당신이
응시하는 곳은 언제나 서쪽이다. 가도 가도 서쪽. 그 피안을 찾아
당신은 계속 헤맨다. 서귀(西歸)란 기실 불귀(不歸)의 지점이다. 시
인은 그런 당신을, 어디서도 만날 길 없는 당신을 거듭 위무한다.
당신이라고 돌아갈 곳이 없겠느냐고. 존재의 고통과 그 운명적
엇갈림이 울혈진 언어의 빛깔 속에 곡진하게 스며있는 이 작품
에, 응당 느껴워할 수밖에 없다.

타오르는 섬　133

어려서부터 연민이 많아 스승도, 친구도, 연인도 모두모두 가난한
자들이었으니 그게 병이라면 병이었다. 벼슬살이하다 천성을 이기지
못할 때는, 조롱에 갇힌 새처럼 남쪽가지를 그리워하였느니*그게 병
이라면 병이었다. 마음 둘 곳 없어 시대를 거스르며 운수납자들과 어
울리고, 벽에다 유마거사의 초상을 걸기도 하였으니 그게 병이라면
병이었다. 시를 쓰되 시로써 무엇을 구하지 않고, 다만 지극히 간절하
고자 하였으니 그게 병이라면 병이었다.

바라건대, 여기 심히 병든 자가 묻혔으니, 지나가는 자들 중 병들지
않는 자가 있으면 곡(哭)도 하지 마라.

— 「許筠 略傳」 전문, 『가도 가도 서쪽인 당신』

* 허균의 시 「억감호(憶鑑湖)」에 나오는 구절.

시인은 여기에 '허균 약전'을 적고 있지만, 허균이라는 인물의
초상은 결국 시인이 삼은 참된 문사의 본(本)이다. 높은 자는 들이
받되, 낮은 자를 연민하는 시인의 마음은, 벼슬살이도 천성처럼
이겨내지 못했다. 시대를 거스르고, 도를 찾는 이들과 벗하며, 유
마거사를 숭모했다. 유마거사는 내 본디 병이 없지만, 중생이 앓
기 때문에 보살도 아픈 것이라고 말한 바 있다. 하나가 일체이고
일체가 하나(一即多 多即一)로 연결되어 있는 불이(不二)의 지평이
바로 여기에 있다. 시를 썼지만 이를 통해 명예를 탐하지 않았고,
다만 지극히 간절하고자 하였을 뿐이다. 여기서 '병'(病)이라는 것

은 세상을 열렬하게 사랑한 자만이 가질 수 있는 숭고한 마음의
병이다. 그러니 무병(無病)은 유병(有病)이요, 유병은 오히려 무병
인 것이다. 너무도 아름다운 병이다.

평자로서 나는 최근 몇 년, 이홍섭 시인의 신작에 주목해 왔다.
그 작품들 중에서 「한계령」(『미네르바』, 2009. 가을)은 단연 발군이다.

사랑하라 하였지만
나 이쯤에서 사랑을 두고 가네

길은 만신창이

지난 폭우에
그 붉던 단풍은 흔적 없이 사라지고
집도 절도 없이
애오라지 헐떡이는 길만이 고개를 넘네

사랑하라 하였지만
그 사랑을
여기에 두고 가네

집도 절도 없으니
나도 당신도 여기에 없고

애간장이 눌러 붙은 길만이

헐떡이며, 헐떡이며

한계령을 넘네

— 이홍섭, 「한계령」 전문(『미네르바』, 2009. 가을)

이홍섭 시인의 「한계령」은 황폐하고 고적한 시인의 영혼이 시리도
록 아프게 빛나는 시다. 그의 시는 산문적으로 변환이 불가능한, 오로
지 시 자체로서만 읽고 음미해야 할 작품이다. 읽으면 읽을수록 슬픔
의 시큼한 침이 입 안 가득 고이지 않는가. 그것은 바로 이 시에 내재
하고 있는 고독의 빛깔이며, 유려한 율(律)의 언어에 혼을 담고자 한
시인의 뼈를 깎는 노력의 결과다. 여기엔 한 치의 언어적 잉여도 존재
하지 않는다. 오로지 고적한 슬픔의 빛깔만이 가녀리게 숨 쉬고 있을
뿐이다.

— 졸고, 「진흙 속에 핀 연꽃」 부분(『내일을 여는 작가』, 2009. 겨울)

이렇게 유려한 언어로 고적한 영혼을 담아내는 시인이 이 땅에
몇이나 되겠는가. 나는 감히 그의 시혼이 저 멀리 김소월에게 가
닿아있다고 말하고 싶다. 그러나 소위 국민시인으로 지칭되는 김
소월의 시가 이미 낡은 서정의 문법으로 평가절하되거나, 겉멋
들린 수사학적 포즈로 빈약한 사유를 덧칠하고 있는 젊은 시단의
현실을 생각할 때, 그의 시 쓰기는 그 자체로 활활 타오르는 섬이
다. 그의 언어가 강고한 힘을 유지할 수 있는 비결은 어디에 있는
가. 그것은 스스로가 '안락'을 거부하기 때문이다.

맨체스터 유나이티드의 전설 라이언 긱스는 툭 하면 차를 바꾼다. 몸이 차의 안락에 적응하면 자기 폼이 나오지 않기 때문이다. 그는 잉글랜드의 귀화 요구를 거부하고 어머니의 조국 웨일즈를 고수해 단 한 번도 월드컵에 나가지 못했다. 대신 그는 툭 하면 차를 바꾸며 여전히 현역으로 그라운드를 누빈다.

가난한 나는 차 대신 툭 하면 의자를 바꾼다. 기어코 딱딱한 나무의자로 되돌아와 척추를 곧추 세웠다 허물기를 반복한다. 나에게 귀화 해달라고 애걸하는 나라는 없지만, 그런 날이 오더라도 이 남루한 조국을 버리지는 않을 작정이다. 대신 툭 하면 의자나 바꾸며 살아가려 한다. 의자가 나를 안기 전에 내가 의자를 버릴 것이다.

— 「나무의자」(『시와 사람』, 2010. 겨울)

운동선수에게 안락은 자세를 무너뜨리고, 시인에게 인식의 나태는 시의 파탄을 가져온다. 축구선수 라이언 긱스가 툭하면 차를 바꾸는 이유는 무엇인가. 그것은 자신의 몸이 차의 안락함에 젖으면 "자기 폼"을 잃어버리기 때문이다. 뿐인가. 그는 잉글랜드의 귀화 요구를 거부하고 조국 웨일즈를 버리지 않았다. 월드컵에 단 한 번도 출전하지 못했지만, 그는 언제나 자신의 신념을 지킨 명예로운 현역이다.

같은 맥락에서 시인도 툭하면 의자를 바꾼다. 결국 "딱딱한 나무의자"로 돌아와 척추를 곧추세운다. 시인은 말한다. "의자가 나를 안기 전에 내가 의자를 버릴 것"이라고. 의자가 나를 안으면,

그 안락 속에서 의식의 긴장이 풀어져 언어와 맞설 힘을 잃어버릴 것이기 때문이다. 앞으로도 딱딱한 의자에 자신을 앉히며 부단히 시혼을 벼릴 그의 모습을 믿는다. 차고 매서운 언어로 잠자는 의식을 깨우고, 섬세하고 따뜻한 언어로 울고 있는 수많은 당신들을 위로할, '서귀포'의 또 다른 시업(詩業)을!

> 수족관 유리벽에 제 입술을 빨판처럼 붙이고
> 간절히도 이쪽을 바라보는 놈이 있다
>
> 동해를 다 빨아들이고야 말겠다는 듯이
> 입술에다 무거운 자기 몸 전체를 걸고 있다
>
> 저러다 영원히 입술이 떨어지지 않을 수도 있겠다
> 유리를 잘라야 할 때가 올지도 모르겠다
>
> 시라는 게, 사랑이라는 게
> 꼭 저 입술만 하지 않겠는가
>
> ― 「입술」(『시인시각』, 2011. 봄)

시라는 것은, 사랑이라는 것은 "자기 몸 전체"를 걸어야 한다. 유리를 잘라내야 할지언정, 그가 입술을 떼지 않을 것을 알고 있다. 그는 시에 오체투지 하는 자다. 온몸으로 시인이다.

생을 자맥질하는 두 가지 체위

— 최종천 시집 『고양이의 마술』·한승엽 시집 『몰입의 서쪽』

문명의 난숙기로 접어든 것처럼 보이는 화려한 우리의 삶은, 기실 파국적 상황에 놓여 있다. 정치·노동·환경·문화·과학 등 우리 삶의 제반 영역에서 이를 통제하고 지배하는 무소불위의 권력은 자본이다. 현재 자본주의는 자본 독재를 지칭한다고 해도 과언이 아니다. 자본은 인간의 최소한의 권리조차도 무참하게 짓밟는다.

천만 원이 넘는 등록금과 출구 없는 암담한 현실 때문에 자살하는 대학생이 연간 300명이다. 등록금 반값은 정치 논리에 휘말려 그 본질을 잃고 대책 없는 선심성 정책만 폭죽처럼 터지고 있다. 자본은, 돈이 없으면 대학 가지 말라, 청년들이 눈높이를 낮춰야 한다, 고 말하며 그들의 문제가 사회적 문제가 아니라 개인적 선택의 문제인 것처럼 위장하고 있다.

하루아침에 290명을 정리해고하고, 이에 항의하며 크레인에 올라 고공 농성을 벌여도, 자본은 용역 깡패들을 내세워 조합원들을 폭력 진압하고, 그도 모자라서 노동자가 있는 크레인에 전기 공급조차도 끊고 음식물 공급도 차단하는 등, 전쟁포로만도 못한 대우로 일관하고 있는 것이다. 그들에게는 한 사람의 인권보다 자본의 가치 증식이 보다 중요하기 때문이다.

최종천 시인은 『고양이의 마술』(실천문학사, 2011. 3)에서 이러한 자본 독재의 현실을 재앙으로, 그 근원을 약육강식의 자본주의에서 찾았다. 한편, 한승엽 시인은 『몰입의 서쪽』(문학의전당, 2011. 4)에서 여러 삶의 애환과 질곡을 유려한 서정의 언어로 껴안는 뜨거운 승화의 경지를 보여준다. 같은 자리에 놓이기 어려운 이 두 시인의 시 세계가, 우리 생의 어떤 측면을 포착하고 또 그것을 예각적으로 드러냈을까.

1. 재앙의 현실 혹은 현실의 재앙
― 최종천 시집 『고양이의 마술』

한 노동자의 눈에 비친 생의 현실은 "시집가고 장가가"는 일상이 마술이 되어버린 모순적 지점을 적시한다.

우리 공장 고양이는 마술을 잘한다.
어떻게 암컷을 만났는지 그리고 역시나
도대체 어떻게 새끼를 여덟 마리나 낳았는지

네 마리는 엄마를, 다른 네 마리는 아빠를,

정확하게 닮았다. 밥집에서 밥도 오지 않았는데

일하는 나를 올려다보며 큰 소리로 외친다.

그 소리를 들어야 비로소 우리들 배가 고파온다.

녀석들은 어느 날 갑자기 찾아왔다.

점심을 먹고 있는데 니야옹! 하는 소리로 온 것이다.

땅바닥에 엎질러준 생선 대가리와 밥을 말끔히도 치웠다.

얼마 후엔 암컷도 같이 왔다.

공장장만 빼고는 일하는 사람 모두 장가를 못 간

노총각들이어서 그런지 고양이 사랑이 엄청 크다.

자본주의가 결혼하라고 할 때까지

부지런히 돈을 모으는 상중이가 밥 당번이다.

밥을 주면 수컷이 양보한다.

공장장은 한때 사업을 하나 안되어

이혼을 했다고 하지만,

내가 보기엔 자본주의가 헤어지라고 하여

헤어진 것이 틀림없다.

사람의 새끼를 보면 한숨만 터지는데

고양이의 새끼를 보면 은근히 후회되는 것이다.

사람인 나는 못하는, 시집가고 장가가고

돈 없이도 살 수 있는 고양이의 마술이다.

― 「고양이의 마술」 전문

암수가 서로 만나 새끼를 낳고 기르는 것이 기적같은 일이 되어 버렸다는 것은, 최종천 시인이 어법으로 하자면, 자본주의가 이를 허락하지 않았기 때문이다. 인간사에서 결혼과 이혼은 자본주의가 관장하고 결정하는 것이다. 존재의 결정권을 체제가 전적으로 틀어쥐고 있는 현실! 이 상황에서 시인은 "돈 없이도 살 수 있는 고양이의 마술"을 부러워한다. 자본주의라는 체제의 전횡은 돈이라는 무소불위의 권력이, 시집가고 장가가는 인간의 기본적인 권리조차도 박탈하고 있는 지점을 드러낸다.

올해가 모차르트가 죽은 지 250주년이라고
그를 추모하며 그의 음악을 듣자고 한다.
오늘은 모차르트만 죽은 날이 아니다
오늘은 우리 공장에서 기르는 간절한 눈빛의
거멍이가 죽은 날이다.
건너 공장의 수컷을 만나러 가다가 차에 치여 죽었디.
나는 모차르트보다 거멍이를 추모하리라.
누구는 "죽음은 모차르트를 듣지 못하는 것이다"라고 하지만
나에게 있어 죽음은 개 짖는 소리를 듣지 못하는 것이다.
모차르트는 죽은 것이 아니라 죽지 못하고 있다.

인간의 역사에는
개구멍을 통하여 구원받은 자들이 많다.
정문보다 개구멍을 통하여 드나드는 자들은

성공을 보장받게 된다.
개에게는 개구멍이 없다.
개만도 못한 사람들은 여전히 많고
모차르트의 죽음을 추모하는 것은 의무이다.
인간은 누구나 모차르트의 피조물이다.

나는 자신의 피조물이다 고로,
나는 거멍이를 추모하고자 한다.
모차르트는 듣다가 꺼버릴 수 있지만
거멍이의 짖는 소리는 꺼지지 않는다.
거멍이가 꺼버려야 비로소 꺼진다.
헛것인 나를 짖어주던 거멍이의 눈동자가
하늘에 떠 있다, 별이다.

—「오늘 거멍이가 죽었다」 전문

 이 시는 서양음악사의 거목 '모차르트'와 공장에서 기르던 개 '거멍이'를 등치시키는 방식으로, 대문자 히스토리를 희화화하고 탈신성화한다. 모차르트가 죽은 지 250주년이 되는 해라서 "그를 추모하며 그의 음악을 듣자고" 하지만, 시인에게 오늘은 모차르트가 죽은 날이 아니라 거멍이가 "건너 공장 수컷을 만나러 가다가 차에 치여" 죽은 날이다. "개구멍을 통해서 구원받은 자들이 많"은 "개만도 못한 사람들이 여전히 많은" 인간의 역사에 비하면, "개구멍이 없"는 개의 생이 오히려 순연하다 할 수 있다. 개만도 못한 인간들이 살아남아 모차르트를 추모한다? 그의 음악을 듣는다? 웃기는 얘기다. 그래서 시인은 거멍이를 추모한다. "헛것인 나를 짖어주던 거멍이"를! 그 간절한 눈빛의 거멍이가 하늘에 별로 떴다. 개만도 못한 인간의 역사는 개를 추모함으로써 그 오욕스러움이 환기된다. 거멍이를 경배하라!

7년 전인가…… 경기도 광주에서 일할 때
단골로 다니는 다방에 가던 길이었다.
코스모스가 하늘거리는 도로 옆에
낮술에 취한 사나이 하나가
성기를 바짝 세워놓고
코를 골며 자고 있었다. 누군가 팬티를 내려놓은 듯
국기게양대처럼 솟아 있었다.
내가 그걸 수습해주려다 자연스럽게
눈길이 앞 건물 2층 다방 창으로 꽂히는 거였다.
음, 그렇군. 다방으로 올라가서 창을 열어
나이 지긋한 마담에게 보라고 했다.
마담은 조용히 내려가 수습해주고는 마당 쪽으로
사나이를 들여다놓고 나무에 기대어 놓는 게 아닌가!

그 뒤로 내가 깨달은 사실은 모든 창녀는
어떤 의미에서 司祭라는 것이다.
사실, 그녀들의 사회적 역할은 치유하는 것이다.

그 누구도 못 하는 것을 그녀들은 한다.
교황이니 추기경 따위 사제들이 있지만
그들은 그녀들만큼 오래 남지 못할 것이다.
이데올로기를 재생산하여 권력을 누리는 그들보다
그녀들을 더 오래전부터 인간은 필요로 하였다.
사제의 진정한 의무는 우상으로서의 이데올로기를,
끊임없이 걸치는 데 있는 것이 아니라 그 이데올로기를,
끊임없이 벗겨내는 데 있는 것이다.

그녀들은 빨갱이, 목사, 거지, 공산주의자, 자본가를
가리지 않고 벗긴다. 이 지상에는 돈이나 재산 권력보다
더 평등하게 분배되어야 하는 것이 있는데, 그것이
바로 성이다. 성 앞에 인간은 평등하라!
생명으로 죽음에 맞서는
롯의 딸들에게 장미를!

— 「성(性) 앞에 평등하라」 전문

　낮술에 취한 한 사나이가 도로 옆에서 성기를 바짝 세워놓고
잠에 빠져 있다. 시인은 그를 수습해주려다 말고, 2층 단골 다방
으로 올라가서 "나이 지긋한 마담"에게 보라고 말한다. 그러자
마담은 두말없이 조용히 내려가 그 사나이를 수습해 마당 쪽으로
들여다 놓고 나무에 기대어 준다. 남자인 내가 한낱 관찰자가 되
어 있을 때, 마담은 그 사내를 수습하는 것이다. 그리하여 시인은

모든 창녀는 사제(司祭)이며, 그들의 역할은 치유에 있음을 깨닫는다. 진정한 사제란 "우상으로서의 이데올로기" 안에 안주하는 것이 아니라 그 이데올로기를 벗겨내는 데 있음을 강조한다. 그리하여 모든 성(性)은 돈이나 권력보다 평등해야 하고, 멸족을 막기 위해 아비와 동침한 롯의 딸들이야말로, "생명으로 죽음에 맞서는" 이들이 아니었겠는가.

> 용접을 다해놓은 구조물은
> 모래알만큼 많은 스파타*가 눌러붙어 있다.
> 그걸 말끔히 제거해야 기계가 완성된다.
> 그런데 이 작업은 상당히 공포스러운 것이다.
> 아무리 턴다고 털어도 페인트를 칠해놓고 보면
> 눈에 띄기 때문이다. 이 작업을 할 때마다 나는
> 달변의 혀를 가진 미당이나 춘수가 생각난다.
> 그 달변의 혀로 한 번 쓱싹 핥기만 하면
> 아주 말끔하게 청소될 것이 틀림없다.
> 사람의 혀를 말하는 데만 사용하라는 법이라도 있는가
> 나도 시를 쓰지만 달변이 아니고 눌변이다.
> 동료들 몰래 살짝 핥아보았다. 그러나,
> 혓바닥에 녹만 묻어나올 뿐 스파타는 제거되지 않았다.
> 시여 이제 말로만 하지 말고
> 얼굴에 깔아 붙인 철판을 핥아다오.
> 달변의 혀로 시만 핥지 말고 이제

철공장에 들어와 원고료보다는 조금 싼

일당을 받아가다오.

— 「달변의 혀를!」 전문

＊용접할 때 녹는 용접봉 물방울이 튀어서 주위에 달라붙는 것들.

그렇다면, 시(詩)는 어디에 서 있어야 하는가. 시인은 용접해
놓은 구조물에 여기저기 튄 "스파타"를 "미당이나 춘수"같은 "달
변의 혀"가 쓱싹 핥기만 하면, 말끔히 청소가 될 것이 틀림없다고
말한다. 지금 여기서 시인은 문학사라고 하는 대문자 히스토리를
향해 독설을 내뿜는다. 자신의 혀는 달변이 아니고 눌변이다. 그
러나 시인은 스파타를 혀로 핥아본다. 시는 말로만 하는 게 아니
다. 철판을 핥아야 하는 것이다. 현란한 비유와 상징으로 치장된
관념의 덩어리가 아니라는 말이다. 달변의 혀로 시만 핥아서는
시가 되지 않는다. 철공장으로 표상된 현실에 뿌리를 두고 있지
않은 혓바닥은, 생의 녹을 맛볼 수 없을 뿐만 아니라, 문학의 진정
성도 상실될 것이기 때문이다.

나는 믿었다. 가난한 사람들이 세상을 구원하리라고

하늘은 스스로 돕는 사람을 돕는다 했던가

강한 사람은 더욱 강하고 약한 사람은 더욱 약하고

가난한 사람은 가난과 함께 도태되어간다

내가 노동을 하여 만드는 모든 것들이

우리를 도태시키고 착취하고 경쟁하게 하고
먼 미래에는 강한 자들만 살아남아
포식자가 되어 서로를 낙오시키고 먹고 먹히리라
시집가고 장가가는 처녀 총각들은 명심하라
그대들의 二世들은 그들 포식자들의 소모품으로 제공되리라
노동계급의 유전자는 특히 약하다
자식들을 가르치고 양육하기 위해
죽도록 고생하며 살지 마라, 그러면 그럴수록
우리는 더욱 빨리 도태되고 소모될 것이다
나는 사랑하는 그녀에게 이 사실을 말해주었다
그녀는 눈물을 머금고는 손가락을 꼽아 헤아렸다
지금 우리가 사랑을 해도 二世가 생기지는 않을 거라고
　　　　　　　　　　　　　　　　　—「슬픈 운명의 노래」 전문

　시인이 바라보는 우리 생의 슬픈 운명은 결국 지옥의 묵시록에
가 닿는다. 아니라고 부정하고 싶지만, 우리 문명의 지침은 이
막다른 골목을 향해 전력으로 질주하고 있다. 이 자본의 생태계
는 적자생존만이 유일한 진리다. 모두를 "도태시키고 착취하고
경쟁하게" 하는 모든 것이 자본의 논리다. 오로지 강자만이 살아
남겠지만, 그들도 역시 서로에게 먹고 먹히는, 피도 눈물도 없는
시대가 된다. 우리들의 이세(二世)들도 마찬가지로 자본이라는 포
식자의 소모품이 될 뿐이다. 시인은 말한다. 자식들을 가르치고
양육하기 위해 고생하지 말라고. 그럴수록 더 빨리 소모될 것이

기 때문이다. 우리 시대 삶의 최종 심급은 무엇인가. 자본이다. 자본주의에 살고, 이를 의도적으로 포기하지 않는 이상, 우리는 모두 자본의 노예다. 최종천 시인은 구체적인 노동의 현장에서 현실의 재앙을 길어 올려, 자본 독재 시대의 허위와 모순을 통찰함으로써, 우리 노동시의 관념성과 이념성을 뛰어넘는 성과를 이룩하고 있다.

2. 재앙의 승화 혹은 승화된 재앙
   — 한승엽 시집 『몰입의 서쪽』

그렇다면 유려한 서정의 언어로 길어 올린 생의 풍경은 어떤 모습일까. 들끓는 감정을 온몸으로 감당하되, 이를 가라앉히고 여과시킨 고요의 소리라고 할까. 이 빼어난 승화의 한 궤적이 1100고지 습지에 고스란히 담겨 있다. 시인이 엿들은 고요는 무엇일까.

> 산정山頂이 습지에 잠겨 있다
> 물 위에 떠 있던 자주이삭귀이개가 산의 귀지를 파대며
> 세상의, 어느 늦은 밤길의 젖은 소리를 늘어놓으면
> 뿌리도 없이 식솔들을 거느리고
> 물살에 힘없이 흔들리던 저 산 아래 자욱한 어둠이
> 여러 개의 섬으로 보인다

무참하게 꺾이고 꺾일까 두려워 몸을 잔뜩 웅크린

난초들의 손가락만 한 생生의 마디가 위태하여도

눈빛 가득 시들지 않는 곳, 오늘도 바람에 젖고 있다

비록 아무도 찾지 않는다 해도

발자국 대신 남겨두어야 할 수생水生의 뒷모습

실처럼 가늘고 가닥가닥 흩어진 기다란 잎들은

깃털 같은 죽음을 꿈꾸지 않으며

무시무시한 공포가 짓누르고 반복되는 슬픔이 고여도

꽃대가 주렁주렁 피워 올릴 뜨거운 빛깔들

젖고 젖는 길 위에서 더 뜨거워지는데,

갑자기 까마귀가 검은 날개를 펴들고 날아와

부러진 나뭇가지 위를 돌고 돌다

더 크게 눈뜨고 있는 고요의 심장 소리를 엿듣는 순간,

별들의 씨앗을 삼키던 하늘의 중심이 잠시 찰랑거렸다.

— 「고요를 엿듣다−1100고지 습지에서」 전문

이 시는 1100고지 습지를 노래한 것이 아니다. 한승엽 시인에게 제주도의 자연이란 시인의 내면이 투사되고 다시 시인에게 재투사되는 상관물로서 존재한다. 산정 습지의 고요 속에서 시인은 "뿌리도 없이 식솔들을 거느리고/물살에 힘없이 흔들리던 저 산 아래 자욱한 어둠이/여러 개의 섬으로 보인다"고 말한다. 결국 시인은 자연을 노래하는 것이 아니라 생의 물살에 부평초처럼 떠밀리며 흔들리던 생의 어둠을 말하고 있다.

이처럼 시난고난한 생의 격랑을 떠올리던 시인에게, 습지에 살고 있는 '난초'는 자신의 섬약함을 딛고 일어서는 의지의 표상으로 제시된다. "손가락만 한 생의 마디가 위태하여도" 시들지 않고, "실처럼 가늘고 가닥가닥 흩어진 기다란 잎들"은 죽음을 꿈꾸지 않는다. 공포가 짓누르고, 슬픔이 찾아와도, 난초는 "꽃대가 주렁주렁 피워 올릴 뜨거운 빛깔들"을 꿈꾼다. 이제 화자는 습지처럼 깊은 "고요의 심장 소리"를 엿듣는다. 이처럼 자신의 깊은 내면의 소리를 듣는 순간, 하늘의 별들이 찰랑거린다. 시인의 눈앞에 그렁그렁 맺힌 법열의 눈물! 시인은 한라산 1100고지 습지에서 자신의 깊은 내면의 고요를 발견하고, 살아있음에의 느꺼운 감격의 순간을 맞이하고 있는 것이다.

　　물질하던 여자가 바위틈에 빗창*을 꽂은 채, 소망요양원에 누워 있다
　　먼 바다의 무자맥실이 멈춰버리고
　　봉함엽서 모양으로 벌린 입은 산소마스크가 덮고 있었으나
　　밥풀처럼 질리도록 따라붙는 죽음의 냄새

　　완전히 곡기를 끊어버린 날, 평소 앓던 두통은 거짓이었고
　　물 밑에서 쥐어짜던
　　푸르죽죽한 온몸에선 흙빛 미역이 돋아났다
　　터질 듯한 심장 너머 수십의 치어稚魚가 눈뜨는 동안

　　무릎조차 벌려주는 이 없는 시트 자락엔 비늘처럼 살 비듬이 수북

하고

젖무덤까지 딱딱해지면서도 물 한 모금 달라고 애원하지 않는
뼈만 남은 아스라한 정신이
살아생전 천을 끊어 물들인 분홍저고리, 연두치마를 꿰매고 있다

지독한 두려움을 지우며 스스로 차디찬 작별을 고했으나
한순간도 산 사람의 선택을 허락하지 않는 정지된 화면이다
어쩌면 초읽기를 하며
어떤 연민에도 찢기거나 닳아 없어지지 않을
미끈한 지느러미로 태어나고 있을 것이다

— 「존엄사에 대하여」 전문

* 빗창: 전복을 캐는 소도구

살아있음에의 감격이 이러하다면, 생의 의지는 죽음의 검은 장막
을 찢고 재생을 꿈꿀 수 있게 하는 원동력이 된다. 물질을 하던
여자가 소망 요양원에 누워있다. 곡기조차도 끊고 산소마스크로
생의 마지막을 연명하는 그녀의 모습은 비참하다. 그녀의 온몸에는
"흙빛 미역이 돋아났"고, 시트 자락엔 "비늘"처럼 살 비듬이 수북하
다. 평생을 바다에서 물질한 그녀의 몸은, 이처럼 바다의 것이지만,
물 한 모금 달라고 애원하지 않는 "뼈만 남은 아스라한 정신"은
"분홍저고리, 연두치마"를 꿰매던 젊은 날을 추억한다. 이때, 그녀
는 "산 사람의 선택을 허락하지 않는 정지된 화면"이다. 선택은

오로지 그녀의 것이다. 그녀는 이미 "미끈한 지느러미"로 태어나고 있기 때문이다. 그 "어떤 연민에도 찢기거나 닳아 없어지지 않을" 질긴 생의 의지다. 이때, 육신의 죽음은 새로운 재생의 통과의례다.

> 무덤 유물을 보고 나온 국립제주박물관 야외
> 덕판배 한 척이 물살을 가르고 있다
> 어디든지 갈수 있는 꿈이 밀려오고
> 삽시간에 멀어져가는 아찔한 빛의 속도
> 저 황홀함이 나의 근본이었다면
> 저 지극함이 나의 슬픔이었다면
> 어디서 왔는지 모를 원망을 길들여가며
> 유리구슬에 갇힌 채 다시 깨어나
> 누군가 동굴에 웅크려 창백한 길을 뒤돌아볼 때
> 석탑에 걸쳐진 깨달음은 노을처럼 붉게 밑줄을 긋고,
> 수면 위에 지문을 찍으며 날아오른 새들이
> 수만 리 기억을 타전해오면
> 나는 이동하는 꿈의 발자국 소리를 뒤쫓는다
> 헐렁한 육체를 떠나
> 먹물처럼 번지는 혈흔을 지우고
> 편안히 누워 손끝에 올려놓은 한 점의 따사로운 고요,
> 나는 시간의 공포로부터 아주 멀리 흘러가며
> 유령의 물결 같은 나의 이야기를 바라보고 있다.
>
> ─「햇살 한 점에 울다」 전문

덕판배는 못 하나 박지 않은 제주의 전통 배이다. 시인은 무덤 유물을 보고 나와 박물관 야외에 전시되어 있는 덕판배를 바라본다. 이때 덕판배는 무덤 유물이 표상하는 죽음의 공간과 햇빛 가득한 박물관 야외의 생의 공간 사이를 매개한다. 덕판배가 생과 사의 물살을 가를 때, 시인의 마음속엔 "어디든지 갈 수 있는 꿈"이 밀려든다. 이 아찔함, 황홀, 지극함이 바로 "나의 슬픔"이라면, 우리 생은 "어디서 왔는지 모를 원망"으로 "유리구슬에 갇힌 채" 살아가는 것인지도 모른다. 그러나 "수면 위에 지문을 찍으며 날아오른 새들"이 "수만 리 기억을 타전해오면" 시인은 "꿈의 발자국 소리"를 따라간다. 육신의 욕망에서 벗어나 생의 핏자국을 지우고, 이제 편안히 손끝 위에 따사로운 햇살의 고요가 머물자, 화자는 난폭한 생의 공포로부터 벗어나 "유령의 물결" 같은 스스로의 생을 비로소 관조하게 된다. 햇살 한 점에 우는 것도, 1100고지 습지의 고요를 가슴 속에 품었을 때와 같은 각득의 순간인 것이다.

내 몸이 오직 수직이기만을 꿈꾸었을 때
아무도 주목하지 않는 가파른 터에
세간도 없이 허리를 풀고 땀샘을 열었었다
시퍼렇게 어두운 땅의 가슴팍을 뚫고
막 피어난 민얼굴이 읊조리는 햇살의 노래가
오만상의 하늘가에 닿아 씁쓸하게 웃으면
푸른 콩대가 마르기도 전에
여물어야 할 어린 식구들의 낯빛이 비실거렸다

다시 살아날 듯 깜박거리는 피붙이들
기어이 부서진 달동네
부서진 달빛, 달빛에 스며들곤 하였다
폐지를 주워들고 허파꽈리 골목을 두런두런 살피는
검버섯 노인의 마른 기침소리가
일용할 양식의 멍울진 새벽을 깨우면
무당벌레에게도 두려움이 빨갛게 돋아나곤 했다
언제라도 들이닥쳐 싹둑 잘리더라도
막다른 골목이 없는 바람결처럼
어딘가에 닿아 허물 벗고 꿈틀거리고, 꿈틀거리다
눈멀고 누렇게 늙어가더라도, 이젠
욕망의 지붕도 없이 인적이 끊긴 곳
세상에 다시없는 지평의 끝자락에 살며
눈물 닦는 수평의 웅달이고 싶다.

— 「콩잎의 시간」 전문

　이처럼, 생을 끌어안고 긍정하기 위해서는 '수직'이 아닌 '수평'
의 의식이 필요하다. "내 몸이 오직 수직이기만을 꿈꾸었을 때"
시인은 "가파른 터에/세간도 없이" 살림을 시작했다. "어린 식구
들의 낯빛이 비실거"릴 만큼의 가난은, 매일 아침 일용할 양식을
위한 "두려움이 빨갛게 돋아나"게 했다. 그러나 시인은 이제, 바
람결처럼 여기저기 닿아 꿈틀거리고 꿈틀거리다 결국엔 "눈멀고
누렇게 늙어가더라도", "눈물 닦는 수평의 웅달"이고 싶다고 말

한다. 양지를 꿈꾸는 수직의 생이 아니라, 욕망의 지붕을 벗은 "수평의 응달" 말이다.

한승엽 시인의 시는 생의 들끓음을 다스려 고요를 얻고, 마침내 생을 긍정할 수 있는 수평의 시간을 획득하는 데 모아진다. 이것이 곧 승화된 재앙의 한 표징일 것이다. 그의 시가 감각과 수사라는 심미적 억압으로부터 벗어나, 보다 활달한 어법과 구체적인 시선으로 삶의 진면목을 드러낼 수 있기를 바란다. 잘 빚어진 항아리 속에 갇혀 있기 보다는, 시와 세계 사이의 역동적인 소통이 시의 진폭을 넓힐 수 있기 때문이다.

공(空)으로 생(生)을 긷다
― 이명수 시집 『룽다(風馬)』

제6시집 『룽다(風馬)』(책만드는집, 2011. 9)를 통해 이명수 시인이가 닿은 자리는 바로 생명(生命)의 본원적 지평이다. 더구나 관념을 덧입히지 않고, 생의 구체적인 지리에서 실어 올린 생명의 실체성이야말로, 체험(Erlebnis)이라는 근원적 장에서 얻어진, 뜨거운 생의 진여다. 이는 시인의 첫 시집 『空閑地』로부터 제5시집 『울기 좋은 곳을 안다』를 관통하는 시정신이라 할 수 있는데, 그는 작고 미미한 것에 대한 깊은 애정과 섬세한 관찰의 시선에 더욱 내밀하게 천착하여, 체험이라는 살아있는 현재의 정신성을 추구해 왔다.

동사무소에서
'어르신 교통카드'란 걸 받았다

올봄 나는 공(空)이 되었다
지하철 개찰구 센서에 카드를 대면
문이 열리고 '0'(空)이란 숫자가 뜬다
나갈 때도 '0'이 문을 열어준다
늘 잔고는 '0'으로 채워져 있다

출구를 빠져나와 계단을 오르는데
저 밑에서 누가 부른다
"어이! 지공 선사!"
두리번거려도 아무도 없다
3번 출구 밖
꽃가루 분분
내 봄의 잔액은
공空에 이르렀다

— 「지공(至空) – 상대적이고 절대적인 봄 1」 전문

　그가 지금 사실적인 생 체험의 뜨거운 정의(affect)적 영역으로
들어갈 수 있었던 것은, 그가 이미 하나의 공(空)임을 인식했기
때문이다. 텅 비어 있기 때문에 오히려 생의 근원을 온몸으로 받
아들일 수 있게 된다. 이 작품에 등장하는 "어르신 교통카드"는
단순한 행년(行年)의 문제라기보다는 '0'(空)을 비로소 받아들였다
는 것을 의미한다. "내 봄의 잔액"이 공(空)이 되었을 때, 충만해질
수 있는 생의 진성(眞性)!

우금티 넘어 뱁새울 가는 길

장대비 그치고 된새바람 분다

화냥년속고쟁이가랑이* 진저리 친다

속을 들여다본다

요상하게 생겼다

젖은 속고쟁이 입고 누워

다리는 하늘로 뻗어 올려 진저리 친다

고마나루 뚝방길에 지천으로 핀

화냥년속고쟁이가랑이

날 저물어 꽃문으로 들어간다

비거스렁이** 몰려오는 저녁 어스름

연미산이 진저리 친다

— 「진저리 치다」 전문

* 은방울꽃의 속명

** 비가 갠 뒤 바람이 불고 서늘해지는 현상

이렇게 자연물에게서 느끼는 진한 에로스(eros)의 정서는, 온 세상에 깃든 생명의 기운을 포착하는 근본적인 동력으로 작용한다. 장대비가 그치자 '화냥년속고쟁이가랑이'(은방울꽃의 속명)가 진저리를 친다. 속고쟁이를 입은 것 같은 꽃부리와, 다리를 하늘로 뻗어 진저리 치는 듯한 꽃술의 모습은 그 자체로 요상하게 보인다. 이제 저녁이 되자 '화냥년속고쟁이가랑이'가 다시 꽃문으로 들어가고, '버거스렁이'가 몰려오자 연미산이 다시 진저리를 친다. 자연의 섭리 안에서 세상 모든 만물이 관계 맺고 조응하는 모습을 군더더기 없는 언어로 간명하게 간취해 내고 있다. 장대비로 하늘의 사정(射精)을 받은 은방울꽃이 진저리를 치고 있는 모습이나, 비 그친 저녁나절 서늘한 바람을 맞으며 진저리치고 있는 연미산은, 온 생명의 기운이 소통하고 조화를 이루고 있는 경이로움이다. 진저리치다, 이것이 바로 꿈틀거리는 생명에의 기운이다.

차 끊긴 지하 4층 서울역,
어디선가 귀뚜라미 운다
유랑길 내 배낭에 묻어 온 것일까,
먼 산골에서 상경해 길을 잃고 헤매다
따라온 것일까,

귀뚜라미는 열차 침목 사이 자갈돌 틈에서 운다
열차 바퀴와 레일이 마찰할 때 생긴 열을
자갈들이 머금고 있는 곳
과자 부스러기 널려 있으니
배곯지도 않겠다
잘 자거라,
따스한 자갈돌 하나 손에 넣고
그 자리에 빵 한 조각 남겨둔다

지하 2층에서도 귀뚜라미들이 소리 없이 운다
라면박스에 등 대고 신문지로 얼굴 가린
길 귀뚜라미들,
지상엔 붉은 머리띠 두른 광장 귀뚜라미들,
입동이 지나도 아랑곳없이
지하철 근처에 모여 새된 소리로 울고 있다

전광판엔 '내일 지하철 파업!'
지하철이 끊기면
지하 4층 귀뚜라미들이 제일 타격이 크겠다
　　　　　　　　　　　　　　—「지하철 귀뚜라미」 전문

　　생명에의 경이를 노래하는 시인의 시선은 인간 중심의 한계를
뛰어넘어, 낮고 그늘진 곳에 사는 미미한 존재들에게까지 이어진
다. 서울역 지하 4층, 지하철 침목 사이 자갈돌 틈에서 귀뚜라미
울음소리가 들린다. 화자는 귀뚜라미에게 잘 자거라, 말하며 빵
한 조각을 남겨둔다. 지하 2층에는 라면박스와 신문지로 노숙하
는 "길 귀뚜라미"들이 있고, 지상엔 붉은 머리띠를 두른 "광장
귀뚜라미"들이 있다. 이들도 모두 "새된 소리"로 울고 있는 존재
들이다. 그러나 지하철이 파업하면 누가 제일 타격이 크겠는가.
화자는 지하 4층의 귀뚜라미라고 말한다. 열차가 다니지 않으면
따뜻한 자갈돌도 없고, 사람들이 다니지 않으면 과자 부스러기
하나 떨어지지 않을 것이기 때문이다. 인간 본위의 사고에서 벗

어나면, 삼라만상에 깃든 생명의 가치가 오롯이 다가오는 것이
다. 생명의 존재값은 인간이나 귀뚜라미나 한 가지라는 생각, 그
대등한 생명의식 안에서 귀뚜라미의 처지를 걱정하는 시인의 마
음이 값지다.

> 새끼 염소가 따라온다
> 졸래졸래 뒤따라온다
> 미안하다,
> 어쩌다가 내가,
>
> 낮에 그걸 보지 말았어야 했다. 가죽 벗기고, 뼈 바르고, 살점 도려
> 내는 원주민의 능숙한 칼놀림을. 그 저녁, 토야 아줌마와 뭉크트라
> 아저씨가 염소고기 바비큐를 내놓았다.
> 물어뜯는 게 볼품사나워 고기 몇 점 드는 둥 마는 둥, 게르에 돌아
> 와 잠을 청했다. 빗소리를 내는 모래바람 속 누군가 문밖에서 울고
> 있다.
> 화들짝 놀라 낮에 찍은 사진을 꺼내 들여다보았다.
> 아뿔싸, 능숙한 칼놀림만 보았지 칼끝에 피 흘리는 네 어미를 보지
> 못하였구나.
>
> 뜬눈으로 지새우고 이튿날, 짐을 꾸려 엘승타슬하*를 떠났다.
> 따라오지 마라, 따라오지 마라, 미안하다,
> 네 어미를 잡아먹은 게 맞다.

초원 한가운데 물끄러미 서 있는 새끼 염소 한 마리,
백미러 안에서 지워지고 있다.

고도 8,000미터, 밤하늘을 도망치듯 날아왔다.
인천공항 먼 하늘가 염소자리에서 별똥별이 지고 있다.

― 「새끼 염소-몽골몽夢 2」 전문

* 울란바토르에서 차로 대여섯 시간, 사막 언덕과 초원과 호수가 있는 곳에
  한국인이 경영하는 게르촌이 있음.

　항시 목숨에의 조건은 타자의 생명일 수밖에 없다. 우리가 먹고
마시고 입는 것은 모두 어디에서 온 것인가. 생명의 숨을 끊어
얻은 것이다. 『우리는 왜 개는 사랑하고 돼지는 먹고 소는 신을까』
(멜라니 조이)에서 육식주의의 모순과 폭력을 지적하는 것처럼, 우
리는 결국 생명이 있는 존재를 대상화(objectification)하고 이분화
(dichotomization)하여 이를 유린한다. 우리가 기르고 먹고 신는 모
든 것은 생명에서 온다. 육식에 길들여진 인간은 조금의 윤리의식
도 없이 마구잡이로 사육하고 무참하게 살육한다. 이렇게 존재를
생명이 없는 것으로 사물화시킬 때, 사육과 육식은 정당화된다.
　화자는 몽골의 게르촌에서 염소의 가죽을 벗기고, 뼈를 바르
고, 살점을 도려내는 살풍경한 장면을 목격한다. 이렇게 능숙한
솜씨로 죽임을 당한 것은 한 마리의 '어미 염소'였다. 새끼 염소가
졸래졸래 뒤따라오자 화자는 "미안하다, 어쩌다가 내가," 라고 말
하며 어미를 죽인 것에 대해 마음 깊이 굽죄인다. 새끼 염소는

모래바람 속에서 밤새도록 울고 있다. 화자는 뜬눈으로 밤을 지새운다. 살을 발리는 능숙한 칼 놀림에 정신이 나가 있었을 뿐, "피 흘리는 네 어미를 보지 못하였"음을 자책한다. 짐을 꾸려 그곳을 떠나올 때, 백미러에는 초원 한가운데 홀로 서 있는 새끼 염소가 보인다.

죽임에도 생명에 대한 윤리가 개입되어야 한다. 이 시에서 생명은 모성의 가치와 등가의 관계를 맺고 있다. 한 생명을 죽인 것이, 모성의 숨통을 끊고 새끼 염소를 외로움에 떨게 한 것이다. 화자는 다시금 속죄의 마음을 전한다. 따라오지 말라고, 미안하다고, 네 어미를 잡아먹은 게 맞다고. 그러나 그 염소는 도망치듯 떠나온 화자를 계속 따라와 인천공항 먼 하늘에 '염소자리'로 떠 있다. 거기서 별똥별이 지고 있다. 한 생명이 또 아프게 사라지고 있는 것이다. 이러한 성오(省悟)의 마음을 가능케 하는 것이 바로 생명에 대한 감수성이다. 시인의 마음을 아프게 했던, 그리하여 그 아픈 마음을 질기게 따라왔던 한 생명의 숭엄한 존재값은, 숨이 붙어 있는 모든 것들을 아유화(我有化)했던 우리 삶의 비윤리적 가치를 성찰하게 한다.

　　길 건너 타워팰리스엔 없는 것이
　　이 마을엔 있다
　　매일매일 쌓이는 3,000장 연탄재,
　　길 건너 타워팰리스에 있는 것이
　　이 마을에도 있다

매일매일 쏟아내는 4,000명분의 분뇨

분뇨가 분노로 발효되어 끓어오르는 날

그들은 비로소 유령에서 사람이 되리라

그때

길 건너를 향해

살아 있다고, 살아 있다고

던지며, 뿌리며 소리치리라

—「연탄재와 분뇨-구룡마을 3」 전문

    인간 사회에서도 생명에의 이분법은 더욱 잔인하게 구획되어
있다. 타워팰리스가 우뚝 솟아있는 대한민국 1번지 강남에, 서울
지역의 대표적인 판자촌 구룡마을이 있다. 초현대식 건물이 즐비
한 강남에 무허가 가건물촌이라니. 타워팰리스에는 연탄재가 쌓
이지 않지만, 거기에도 있고 구룡마을에도 있는 것은 매일매일
사람들이 쏟아내는 분뇨다. 우리들도 싸듯이 너희들도 싼다는 얘
기다. 이 평등한 진리! 그러나 사람들은 주소도 등록되어 있지
않은 이곳의 주민들을 '유령'처럼 여긴다. 말소된 생명으로서의
가치, 삭제된 인간으로서의 권리가 분노로 끓어오르는 날, 그리
하여 그들이 유령에서 사람이 되는 날, 저 우뚝 솟은 자본의 공룡
타워팰리스를 향해 "던지며, 뿌리며 소리치리라". 여기 사람이 살
고 있다고. 시인은 양극화된 사회의 현실을 오로지 생명의 관점
에서 바라본다. 시인의 현실인식이 편벽한 앙가주망의 태도와 구
분되는 것은 '살아 있음'이라는 생명에의 넓고 깊은 의식으로 현

실을 받아들이고 있기 때문이다.

나이 백다섯 된 집안 어른이 돌아가셨습니다.

여든다섯 아드님과 여든넷 며느님이 상주. 목회자인 장손자와 신도들이 둘러앉아 추도 예배 중인데, 뜬금없이 상주 며느님이 벌떡 일어나 웬 노래를 불러댑니다.

"꿩꿩 장서방 무얼 먹고 사나"

좌중은 한바탕 웃음판이 되고, 아드님이 안절부절못하는 게 보기에 민망했으나 호상에 흠은 아닐 듯합니다.

하지만, 속사정이 궁금했지요.

백다섯의 시어머님은 돌아가기 전까지 여든넷 며느님의 치매 수발을 드셨다 합니다.

며느님이 기억의 끈을 놓지 않게 매일같이 찬송가를 부르셨는데, 치매 오기 전까지 함께 불렀던 찬송가는 깡그리 잊고, 어린 시절 동무들과 불렀던 놀이 노래를 기억해 냈다는 겁니다.

치매가 가까운 과거부터 차례로 지워나가 마침내 어렸을 적 먼 과거로 돌아간다는 말은 들었지만 눈앞에서 목도하니 어안이 벙벙했어요.

"꿩꿩 장서방 무얼 먹고 사나"

당신이 떠나기 전, 며느님이 어린 시절 기억만이라도 꼭 잡고 있으라고 매일같이 이 구전동요를 함께 불렀던 영정 속 저 시어머님이 참 장한 장서방이 아니겠습니까.

날 저물어 시어머님은 하늘나라로, 며느님은 어린 날로 돌아가고,
나는 집으로 돌아갑니다.

"꿩꿩 장서방 무얼 먹고 사나"

— 「꿩꿩 장서방」 전문

이 시(제1회 계간 『시와시』 작품상 수상작)는 "우리 모두에게 삶과
죽음의 의미에 대한 근원적인 질문을 갖도록 한다."는 평과 같이,
생명의 본성을 구체적인 일화를 통해 담담하게 풀어놓고 있다.
백 다섯을 일기로 세상을 떠난 어느 시어머니의 장례식에서 여든
넷 며느리가 벌떡 일어나 웬 노래를 불러댄다. "꿩꿩 장서방 무얼
먹고 사나" 사연인즉, 백 다섯 시어머니가 돌아가시기 전까지 여
든 넷 며느리의 치매 수발을 들었다는 것. 치매가 오기 전까지
함께 불렀던 찬송가는 다 잊고, 며느리는 어린 시절 동무들과 불
렀던 노래만 남아있었던 깃. 화사는, 어린 시절의 기억이나마 붙
잡고 있으려고 이 노래를 함께 불렀던 영정 속의 시어머니야말로
정말 장한 장서방이 아니겠느냐고 말한다. 가까운 과거부터 잊
어, 결국 유년의 자리에 닿았던 며느리. 결국 근원의 자리가 가장
늦게까지 남아 있는 것이 아닌가. 시어머니는 하늘나라로, 며느
님은 어린 날로, 나는 집으로 간다. 모두가 본원적인 자리로 돌아
간 셈이다. 생은 근원을 찾아가기 위한 지난한 통과의례의 과정
이 아닌가. 매일 매일이 그러하고, 한 해가 그러하고, 한 생이 그
러하다.

삼순이가 새끼 네 마리 낳았다
두이레에 눈 뜨고 삼칠일에 귀 열리고
한달 만에 뒤뚱뒤뚱 걷는다
강아지 사 남매, 일보리, 이보리, 삼보리, 사보리,
달포 지나 날 풀리면 남의 집에 보내야 한다

한밤중 삼순이가 새끼 한 마리 물고 내 방으로 온다
다른 놈들에 치여 제대로 얻어먹지 못한
일보리 무녀리,
내 곁에서 젖 먹여 재운다
측은지심(惻隱之心)이, 보리심(菩提心)이 별거냐,
그래, 삼순아,
일보리 무녀리는 네 품에 남겨두마

육 남매 상머리에 언제나 1번이었던
무녀리 나,
그때 내 어미도 나를 그렇게 거두었지

― 「무녀리」 전문

　　존재의 본질이 생명이라 할 때, 그것을 수태하고 기르는 거룩
한 모성은 생의 모든 가치 중 으뜸의 자리에 놓인다. 나는 여기서
모성을 특권화시키거나 신비화하고자 하는 것이 아니다. 희생을
강요하는 모성 신화가 가부장적 이데올로기를 강화하고 또 지배

적인 양육태도로 자녀를 억압해왔다는 점을 부정할 수는 없다. 그렇지만 모성을 탈신비화하고 양성성을 강조하는 것만이 불평등한 성역할을 다시 자리매김하는 길이라고는 볼 수 없다. 성의 신비가 제거될 때 성이 쾌락의 도구로 전락하는 것처럼, 모성이 양성적·일상적 가치로 인식될 때 인간의 존재도 함께 절하되기 때문이다.

'삼순이'가 네 마리의 새끼를 낳았다. 순서대로 일보리·이보리·삼보리·사보리라 이름짓는다. 날이 풀리면 다른 집으로 입양을 보내야 한다. 늦은 밤, 삼순이가 일보리 무녀리(한 태에 낳은 여러 마리 새끼 가운데 가장 먼저 나온 새끼)를 물고 온다. 다른 새끼들에게 치여 제대로 젖을 먹지 못한 놈이다. 화자는 곁에서 젖을 먹여 재우며, "삼순아, 일보리 무녀리는 네 품에 남겨두마"라고 말한다. 그리고 떠올린다. 육 남매의 장남이었던 무녀리 '나'를 어머니도 그렇게 거두었음을. 숭고하고 거룩한 모성일진저!

이명수 시인이 이 시집에서 거둔 뛰어난 성취는 생명에의 가치와 그 알속을 구체적으로, 사실적으로 탐구했다는 데 있다. '지공'(至空) 선사가 된 연배에도 오히려 자신의 텅 빔을 충만하게 껴안아, 뜨거운 생명에의 비의를 길어 올리고 있는 것이다. 이 경지가 바로 불연기연(不然其然)의 세계가 아닌가. 수운(水雲) 최제우가 『東經大全』에서 말한 바와 같이, 기연은 기연이지만 그렇지 않음을 찾아서 생각하면 불연은 불연인 것이다(其然如其然 探不然而思之則 不然于不然). 텅 비어 있음이 기연(其然)이라면, 그 속에 깃든 충만함은 불연(不然)이다. 그는 이미 「성북동(城北洞) 168번지」

에서 자신의 지난날을 반추하며, 세월이 "나를 휩쓸고 간 강물" 같아도, "나 또한 강물 따라 흐르는 저녁 바람"이었다는 사실을 깨달았다. '그렇지 않다'와 '그렇다'의 경계가 무화된 경지, 그는 이미 불연기연의 세계에 닿았던 것이다.

*

꺼얼무에서 라싸로 넘어가는 탕구라 고갯마루에서
한 가족을 만났다
가장 높은 성산에 도달하기 위해
부처의 집에 마음 바치기 위해
이마를 땅바닥에 대고 대지와 입맞춤하는
五體投地 苦行家族
5,231미터 산정 타르초에
해진 옷을 걸어놓고 머리카락도 조금 잘라 던져놓고
고통에 감사한다
곤륜산 너머에서 왔을까, 수미산을 넘어왔을까,
묻지 않았다
비굴하지 않게 거룩하게 무릎 꿇어 보았는가
내게 물었다

빈 들녘에 룽다가 펄럭인다
새로 태어나는 바람에게 내 바람을 적어
말갈퀴 휘날리는 깃발에 걸었다

삶과 죽음이 바람이라고 날숨 들숨 사이에서 되뇌다
바람의 나라에서 잠이 들었다

*

히말라야 설산 눈부심 앞에 경배하고
조캉사원 바코르 광장 순례 인파 속에 선다
서서 걷는 것이 깨진 유리 파편 위를 걷는 고행이다
고통은 내 몫이지만 삶으로 나누어 가질 수 있을까

사람들은 한손으로 마니차를 돌리고
또 한손으론 염주 알을 굴리며 걷는다

인파 속에 서 있는 한 아이
광장에 몸을 던져 오체투지를 하다 일어나
사방을 두리번거리며 손을 내민다
한 무리 인파가 빠져나간 광장에
아이와 내가 물끄러미 서 있다
돈을 받기 위해 오체투지하는 척
인기척에 놀라 공부하는 척
아이와 내가 같은 길을 걸어온 것은 아닐까

*

조캉사원 주니퍼 향로에 향초를 던지며

아직 당도하지 않은 고행가족(苦行家族)을 기다린다

누가 보아주지 않아도 박수쳐주지 않아도

누가 시인이라 불러주지 않아도

노래하고 춤출 수 있기를

무릎 꿇고 타오르는 불길에

나를 던져 넣었다

— 「고행(苦行)을 만나다—티베트 순례기행」 전문

　그의 시가 생의 진여에 닿을 수 있었던 요체는 무엇일까. 그가 티베트 순례에서 고행(苦行)의 장면을 목도하고 그 의미를 되새기는 방식을 통해, 나는 그 작은 단초를 깨닫는다. 이 시에는 두 가지 모습의 고행이 나온다.

　그 하나는 "탕구라 고갯마루"에서 만난 고행가족이다. 그들은 높고 아득한 정신에 닿기 위해 가장 낮은 대지에 입맞춤하며 오체투지한다. 비록 헤진 옷을 입고 있을지언정, 그들은 고통에 감사한다. 이때 화자는 자신에게 묻는다. "비굴하지 않게 거룩하게 무릎 꿇어 보았는가"라고. 그리고 '룽다'(불교 경전이나 진언을 담은 오색 깃발로, lungdar는 티베트 말로는 風馬, 즉 바람의 말이란 뜻을 가지고 있다.)에 자신의 '바람'을 담아 '바람'에 내건다.

　두 번째 고행의 장면은 "조캉사원 바코르 광장"의 인파 속에서 발견한 아이의 모습이다. 아이는 오체투지를 하다가 사방을 두리번거리며 손을 내민다. 물론 먹고사는 일이 절박한 것이겠지만, 그 아이는 "돈을 받기 위해 오체투지하는 척/인기척에 놀라 공부하는 척"하는 것이다. 이때 화자는 다시 자신의 내면을 들여다본다. "아이와 내가 같은 길을 걸어온 것은 아닐까"라고.

이윽고 그는 "조캉사원 주니퍼 향로"에 향초를 던지며, 간절하게 발원한다. 누가 보아주지 않아도, 아무도 격려하지 않아도, 누가 시인이라 불러주지 않아도 "노래하고 춤출 수 있기"를. 그리고 무릎을 꿇고 스스로를 그 불길 속으로 던져 넣는다. 그의 가장 절실한 실존에의 방도는 오직 시 쓰기다. 생을 노래할 수 있다는 것! 이를 위해서는 자신의 모든 것을 걸고 기투해야 한다는 것! 숭엄하고도 위대한 꿈이다. 그는 아마도 생이 다하는 날까지 시에 오체투지할 것이다. 그의 영혼, 그 바람모지 들판에 휘날리는 오색 '룽다'에는 영원히 노래하고 춤출 수 있기만을 바라는 '바람'이 세차게 나부끼고 있다.

물(物)에 불어넣은 혼(魂)의 노래
— 홍순영 시집 『우산을 새라고 불러보는 정류장의 오후』

인간이 가진 본래적 영성을 체현하는 존재가 시인이다. 이것과 저것, 아(我)와 비아(非我)의 경계가 무화된 시적 언어의 세계에서, 우리는 분열 이전의 원초적 세계를 감득한다. 우주가 철저하게 과학적 인식의 대상이 된 지금, 이것이 저것이 되는 것은 시뮬레이션을 통해서 이루어진다. 여기서 매질의 저항은 조금도 존재하지 않는다. 이것은 단지 우리의 통각에 인위적인 신호를 보내 얻어지는 의사현실이기 때문이다. 현대사회에서 세계와의 대화는 모두 이런 식으로 대체되었다.

홍순영 시인은 사물에 혼을 불어넣는 자다. 그녀가 호명하는 것들은 모두 새로운 것으로 변이하여 저 너머의 세계를 꿈꾼다. 그녀의 시집 『우산을 새라고 불러보는 정류장의 오후』(문학의전당, 2011. 11)는 바로 이 영매의 기록이다. 이것은 "생의 이면을 읽는 독법"(「등」)으로, 우리를 근원의 세계에 근접시키며 우리 생에 끊어진 매듭을 하나하나 잇는다. 그러한 의미에서 그녀가 보내는 전언은 사라진 꿈의 자리이며 우리가 기억해야만 할 영통의 순간들이다.

젖기 위해 태어나는 운명도 있다
누군가는 탈출하기 위해 자신의 뼈 하나쯤 예사로 부러뜨리며, 골목에 쓰러져있기도 하지만

뾰족이 날만 세우고 좀체 펴지지 않는 고집도 있다
그런 것은 십중팔구 뼈마디에서 붉은 진물을 흘리기 마련,
정지된 시간 위로 녹슨 꽃 핀다

사람이나 동물에게만 뼈가 있는 건 아니라는 거
기민한 종족들은 물과 돌, 쇠에도 뼈가 있음을 일찍이 알아챘다
어긋난 뼈를 문 우산, 길 위에 젖은 채 쓰러져있다
그도 내 집 담장 밑에 저처럼 누워있었다
젖는다는 것은 필연처럼 물을 부르고
눈물에, 빗물에, 국 한 그릇에 젖는 허기진 몸들
젖은 몸으로 태어난 당신과 나
살면서 몸을 말릴 수 있는 날은 의외로 적다

우산을 새라고 불러보는 정류장의 오후
출발을 재촉하는 채찍 소리 도로 위에 쏟아지면

날고 싶어 퍼덕거리는 새들 몸짓 요란하다
기낭 속으로 반달 같은 슬픔 우르르 몰려들면
둥글게 휘어지는 살들 팽팽히 끌어당기는 뼈
긴장이 도사린 새의 발목은 차갑고 매끄럽다
새의 발목을 끌어당기다 놓친 사내가 도로에 뛰어든다
　　　　　　— 「우산을 새라고 불러보는 정류장의 오후」 전문

　시인이 우산을 부른다. "젖기 위해 태어나는 운명"이라고. 그 허약한 운명은 "자신의 뼈 하나쯤은 예사로 부러뜨리며" 골목에서 울고 있다. 생이 그러하듯이 살을 펴지 못하는 것들은 붉은 진물을 흘린다. 뼈가 어긋난 것들은 길 위에 쓰러져 누워있다. 우리의 생도 젖은 몸 말릴 날이 적다, 우산처럼. 그러나 시인은 우산은 자신을 말리기 위해 존재하는 것이 아니라, 젖기 위한 것이라고 말했다. 그렇다면 생의 시간은 젖은 몸으로 비에 맞서는 시간이지, 메마른 우산처럼 스스로를 간신히 말리기 위해서 존재하는 것은 아니다. 이것이 바로 축축한 생에 대한 긍정이 아닌가.
　시인은 다시 우산을 새라고 불러본다. "날고 싶어 퍼덕거리는 새"로. 비 내리는 정류장엔 "반달 같은 슬픔이 우르르 몰려"든다. 젖은 생을 피해, 새는 잠시 날개를 접는다. 그러나 새(우산)는 긴장을 놓지 않는다. 차고 매끄러운 발목이 그것을 말해준다. 새는 다시 젖은 날개를 펴고 날아갈 것이다. 젖고 마르고, 접고 펴고, 쓰러지고 날아가는 우산의 생은 우리 삶의 모습과 닮아 있다. 우산을 새라고 불러보는 정류장에서 시인은, 오후의 시간처럼 마침내 수긍해야 할 생의 시간과 통혼하고 있다.

　　우리의 탄생설화는 애초부터 불온한 것
　　난생의 후예들인 우리, 우물가를 헤매거나
　　골방에 틀어박혀 햇빛이나 구름을 오려붙이거나
　　난데없이 거북이를 협박하며
　　출생의 비밀 건드려보곤 했다

　　새장 속 앵무새를 들여다보고 있는 그녀
　　단단한 부리와 화려한 머리깃털에 푹 빠져있다
　　한때는 바람의 혼을 싣고 허공을 유영하는
　　날개가 그리웠다 -나의 날개는 퇴화한 것일까
　　근원에 대한 불신,
　　혹 의문의 각질층은 점점 더 두터워지고
　　그녀가 걸어온 길 위로 유랑의 피 흥건하다

　　허기가 때로 불안을 잠재우기도 하는가
　　허겁지겁 어둠을 삼킨 여자의 머리 위로
　　시간의 지층을 뚫고 날아 앉는 한 마리 새
　　-평화를 주마
　　거울 속에 새의 머리를 가진 여자가 들어있다
　　그녀가 빙긋, 웃을 때마다 앵무새 인간이 복제 된다
　　한 마리, 두 마리, 아니

한 사람, 두 사람, 아니
그 아무 것도 아닌 불협화음의 사생아가
거울 밖으로 걸어 나온다

자신의 혈관 속으로 끼어든 유전자를
받아들이기로 한 것인지
앵무새의 머리를 얹고, 화려한 꼬리 깃을 세운 그녀가
도심 한 복판을 당당히 걸어간다

우리의 미래는 부활한 새의 머리가 인도할지니
불멸하는 조상신의 가호를 받을지니
세세토록 이 불안한 평화를 누릴지니라

— 「불건전한 진화*—장호현의 사진 ‘관상용’을 보고」 전문
＊ 장호현 사진 ‘불건전 진화론’에서 차용

　장호현의 「관상용」은 유전자 조작(gene manipulation)이나 복제
등에서 나타나는 "불건전한 진화"의 단면을, 앵무새 여인의 모습을
통해 형상화하고 있다. 더구나 앵무새 여인의 앞에 놓인 거울이
복제의 메타포를 머금고 그 섬뜩함을 더한다. 앵무새는 더 이상
하늘을 날 수 없고, 인간도 더 이상 인간의 얼굴을 하고 있지 않다.
"바람의 혼을 싣고 허공을 유영하"던 기억은 이러한 자기복제 앞에
"의문의 각질층"으로만 남는다. 거울 속에 "새의 머리를 가진 여자"

▲ 장호현, freaky evolution 1 「관상용」
160×120(cm), 2008

는 유전자 조작과 같은 불건전한 변이의 상징이며, 이는 끊임없는 복제의 대상이 된다. 시인은 이를 "불협화음의 사생아"라 명명한다. 「관상용」의 앵무새 여인에게서 시인은 "불안한 평화"를 목도한다. 인간의 인간됨을 포기하는 끊임없는 변이의 과정에 대해 우리는 과연 어떠한 윤리적 판단을 내릴 수 있을까. 그럼, 인도에 누워 있는 호랑이는 어떤가.

　장난감 차와 인형들을 줄 세운 트럭 옆, 인도에 벌렁 누워있는 호랑이 한 마리 눈에 들어왔다 순간, 동물원을 떠올리는 나와 밀림을 떠올리는 내가 갈팡질팡, 인도 위 호랑이에게로 다가서는 동안, 그의 거처가 불안하다 그가 문득 허리를 뒤틀자 팔베개를 한 그의 입에서 포효 대신 한숨 새어 나온다 인도를 걷는 그 누구도 호랑이에게 말을 걸지 않는다 플라스틱 발톱은 닳고 닳아 아무도 몰아세우지 못하고 헐렁한 껍질 속, 영양실조를 앓는 이빨만 무방비로 신음한다 한때 맹수의 발톱 드러내며 생을 포식했던 밥통 속에서 허기진 자존심 꾸륵거린다 그의 몸에 모욕처럼 달라붙은 햇살 떼어먹으며 어둠이 다가선다 자신을 가두었던 껍질 벗어 아무렇게나 차에 던져버린 그는, 허울뿐인 가장의 벨트 바짝 조이며 집으로 향한다 오늘도 로드킬로 사람을 희롱하려 했던 계획은 한낱 허세에 그쳤지만, 달려라, 호랑아* 수중에 헐

렁한 껍질뿐인 그의 트럭은 요란한 시동을 걸며 질주한다
— 「호랑이는 왜 人道에 누워 있었나」 전문

* 고형렬 시 「달려라, 호랑아」 제목 인용

플라스틱 발톱을 달고 인도에 벌렁 누워 있는 호랑이 또한 복제품이다. 우리에게 밀림 속 호랑이는 없다. 호랑이는 모니터에, TV화면에서 포효하며, 캐릭터 인형으로 실체화된다. 원본은 없고 무수한 복제품들만이 즐비하다. 가짜가 진짜를 삼키고 가짜가 진짜처럼 돌아다니는 거대한 시뮬라크르의 세계에 우리가 살고 있다. 인도에 누워 있는 호랑이에게선 "포효 대신 한숨"이 새어나오고, 닳고 닳은 발톱은 아무도 위협하지 못하며, 영양실조를 앓는 이빨만 신음한다. 호랑이는 단지 한때 맹수였을 뿐이다. 공포는 거세되고 맹수의 지위가 사라질 때, 호랑이는 한낱 전시의 대상, 놀이의 대상으로 전락한다. 인도에 누워 있는 호랑이가 "로드킬로 사람을 희롱하려던 계획"은 차라리 눈물겹다. 시인은 다시 트럭에 내던져진 호랑이에게 말한다. "달려라, 호랑아"라고. 이렇게 본래성을 잃어가는 것이 어디 호랑이 뿐이겠는가. "허울뿐인" 인간도 문명의 "벨트 바짝 조이며" 점점 더 "헐렁한 껍질뿐인" 존재로 전락하고 있는 것이다.

　—야야, 내가 그 무엇이냐 '뽕' 좀 해보면 어쩌겠냐?
　순간, 뽕이란 단어가 내뿜는
　귀여우면서도 허망한, 몽롱한, 음습한

말풍선의 꼬리를 잡고 피식, 웃음을 흘리는데

주저앉은 어머니 가슴 위로
가라앉았던 꽃내음
스멀거리며 피어올랐다
불기 가신 줄 알았던 저 가슴은
잠깐 휴식 중이었을까
는적거리는 가슴 추스르는 어머니
훔쳐보는 순간
잊고 있었던 어머니의 비단 같은 봄날
눈앞에 펼쳐지며
은빛 연어 한 마리 푸드덕거렸다
이마 위 땀방울에 얹힌 빛의 손은
차라리 잔인한 구속이었을 터,
저 싱싱한 가슴 베어 물고 비대해졌던 욕망들
풍장 치르는 시간
나는 불쑥, 바람 들락거리는 가슴 속에
두둑하니 흙을 돋우고
실한 뽕나무 한 그루 심고 싶어졌다
초록바다 유영하는 뽀얀 젖빛 애벌레
손 위에 올려놓고
살아있는 것의 근지러움, 다시 맛보고 싶어

— 「뽕」 전문

껍질뿐인 생으로부터 벗어나기 위해선 생의 스멀거리는 "근지러움"을 다시 회복해야 한다. 시인은 '뽕'이라는 "귀여우면서도 허망한, 몽롱한, 음습한" 언어의 감각으로부터 생의 에너지를 피워 올린다. 그러자 "주저앉은 어머니 가슴 위로", "꽃내음"이 피어오른다. "는적거리는 가슴" 추스르는 어머니를 슬쩍 곁눈질 하는 동안, 화자는 어머니의 "비단 같은 봄날"을 눈앞에 떠올린다. 그러자 은빛 연어 한 마리 푸드덕거린다. 결국 모든 자식들은 어미의 청춘을 베어 물고 자라온 것이니, 화자는 바람 들락거리는 저 텅 빈 가슴 속에 "흙을 돋우고" 실한 "뽕나무 한 그루" 심고 싶어진다. 그리고 푸른 뽕잎 먹고 자라는 "젖빛 애벌레" 한 마리 손 위에 올려놓고 살아 있음의 근지러움을 맛보고 싶어 한다. 그렇다! 살아 있는 것은 껍질뿐인 가짜의 생을 통해서 얻을 수 없는 것이다. 구체적인 감각! 불기 가신 어미의 젖가슴에 다시 불을 피우고 흙을 돋우는 일이다. 그리하여 살아 있는 모든 것은 오감을 열고 생을 호흡할 일이다.

꽃들도 발자국을 남긴다는 걸 알았네
어제 내린 밤비에 물컹거리는 진흙바닥 디디며
막 계절을 건너가는 목련의 발자국
서두른 흔적 보이네
꽃잎 이리저리 어지럽게 흩어진 모습
상갓집 신발들 보는 것 같네
급히 우리들을 떠나간 당신도 빗물을 밟고 갔네

나의 일별을 쓸쓸해하며 돌아서는 당신의 발자국

내 발을 밟고 가네

몇 번이고 밟혀 짓이겨진 발등은

언제 이 봄을 다 건너려나

서둘다 보면 넘어지는 봄이네

넘어지면 일어서기 힘든 봄이네

당신처럼, 놓치고야 마는 봄이네

발자국은 점점 선명해지다 홀연히 사라지네

내 기억 속의 당신도 어느 날 문득,

저 꽃잎처럼 사라지고 말겠네

— 「목련 발자국」 전문

　화자에게 봄은 서럽다. 떨어지는 목련 꽃잎이 "상갓집 신발들"처럼 어지럽게 흩어질 때, 화자는 "우리를 급히 떠난 당신"을 떠올린다. 시인은 당신이 떠난 고통을 발등이 짓이겨지는 아픔으로 구체화하고, 봄이면 되살아나는 당신의 기억으로 "언제 이 봄을 다 건너려나" 한탄한다. 그러한 의미에서 화자에게 봄이란, "넘어지는 봄", "일어서기 힘든 봄", "놓치고야 마는 봄"이다. 그러나 기억 속 당신도 언젠가 "저 꽃잎처럼" 홀연히 살라질 것이다. 그때는 아마도 소월(素月)이 말했던 "먼 후일"이 아닐까. 그렇다면 당신은 매년 목련으로 살아오고, 목련 발자국으로 떠나갈 것이다. 목련에 불어넣은 당신의 혼은 "오늘도 어제도 아니 잊고" 매년 피고 지고 할 테니까.

생의 이면을 읽는 독법이다
둔감하거나 무관심에 함몰된 자의 시력으론 좀체 읽히지 않는다

굽어있거나, 꼿꼿하거나, 휘어져 있거나
솔직함이 드러나는 대목에서 가끔 울컥할 때도 있지만
그것이 自傳적일 때 솟구치는 짜증도 있다

생활은 정면충돌을 피한 채
우리 등에 맘껏 낙서를 즐기지만
자신의 등에 적힌 적나라한 문장,
본인은 읽지 못한다
때로 삶이 서글퍼지는 건 자의가 아닌 타의로 함부로 읽힐 때
사는 즐거움은 오독 아니겠냐고 말하는 누군가도 있겠지만

품어야 할 말이라도 있는 듯, 바짝 웅크린 그의 등에서
난해한 대목을 만난 것처럼 내 시선은 같은 자리를 맴돈다
밤이 깊을수록 그의 등은 외딴 섬을 닮아간다
섬을 적시는 거친 파도소리

그의 등에 가슴을 묻는다

아무도 읽지 못한 그를 오늘에서야 제대로 읽기 시작한다

—「등」 전문

홍순영 시인은 이렇게 생의 이면을 읽을 줄 아는 자다. 시를 쓰는 것은 "그의 등에 가슴을 묻는" 일이다. "외딴 섬"을 닮아가는 당신의 등을 읽고, 마침내 그를 위로하는 일이다. 자신의 등에 적힌 문장들은 누구나 읽지 못하는 법! 가장 아픈 것은 나의 삶이 "타의로 함부로 읽"히는 일이다. "아무도 읽지 못한 그를" 마침내 가슴으로 읽어내는 것. 말하지 못하는 것 말하게 하고, 날지 못하는 것 날게 하고, 달리지 못하는 것 달리게 하고, 숨 쉬지 못하는 것 숨 쉬게 하고, 존재하지 않는 것 존재케 하는 것. 이것이 바로 "우주의 사업에 동참"(이시영, 「내가 언제」)하는 진정한 시인의 길이다.

박인환 시의 모더니티
─ 실존적 사회의식에서 낭만적 서정성까지

1. 1950년대 문단사와 박인환

바인환(1926 -1956)의 시력은 『국세신보』에 「거리」(1946. 12)를
발표하면서 시작된다. 이후 그는 김경린·양병식·김수영·임호권
등과 함께 『신시론』 제1집(1948)을 발간하고 리얼리즘 경향의 초
기 작품들을 선보인다. 그러나 그가 1950년대 모더니즘 지형도의
한 부분을 차지하기 시작한 것은 앤솔러지 『새로운 도시와 시민
들의 합창』(1949)을 출간하고, 같은 해 '후반기' 동인을 결성하면
서부터다.

잘 알려진 바와 같이, '후반기' 동인들은 모더니즘 시론을 구체
적으로 피력하면서 청록파와 인생파로 대표되는 전통적 시정신
에 대하여 신랄하게 비판을 가한다. 이들이 주장하는 바를 직설적

으로 제시하면 반전통성·도시성·서구 모더니즘 기법의 수용1)이라고 말할 수 있다. 청록파를 중심으로 하는 소위 순수시를 비판한 것은 전통 서정의 세계에 대하여 부정한 것을 의미하며, 보다 혁신적 기법으로 "쇠잔한 회상의 울타리 안으로만 움츠려들려는 유파들"2)의 밖으로 나아가려는 근대적 지향으로 받아들일 수 있다. 더불어 이는 1930년대 모더니즘의 계승3)으로도 파악할 수도 있는데, 1930년대의 경우 일본으로부터 수입된 모더니즘 이론이 추체험적으로 수용된 측면을 무시할 수 없다면, 1950년대 모더니즘은 한국전쟁이라는 근대의 광기 속에서 형성된, 구체적인 문학적 경향이었다는 점에서 그 심화의 영역에 주목할 필요가 있다.

그러나 박인환의 시 세계는 모더니즘 문학이라는 좁은 문예사조적 경향에 머물지 않는, 보다 복잡하고 중층적인 면모를 드러낸다는 데 특수성이 있다. 초기 시의 경우에는 리얼리즘에 기반한 뚜렷한 현실인식이 나타나고, 후반기 동인 결성과 한국전쟁 체험 이후에는 강한 실존적 허무의식을 바탕으로 한 주지적 경향의 작품을 발표하였다. 한편, 미국여행 체험을 통해 쓴 시편들(『아메리카 詩抄』)에는 약소국민으로서의 자각과 문명 비판적 시각을 형상화하였고, 허무주의적 감성의 색채가 진한 대중시의 영역을 보여주기도 하였다. 이렇듯, 그가 남긴 70여 편의 시들은 하나의 특수한 사조로 수렴할 수 없는 다양한 시적 경향이 혼재하고 있다.

그 이유의 하나는 해방과 한국전쟁, 그리고 전후의 혼란상으로 대변되는 근대사의 격랑이 불러온 격변기적 시대 상황이, 시인으로 하여금 단일한 시적 경향을 고집할 수 없게 했을 가능성이다.

다른 하나는, 1950년대의 모더니즘을 이끈 세대가 다른 세대와 달리 20대의 나이에 전쟁을 직접 체험한 세대라는 점[4]을 고려한다면, 박인환의 경우 자신만의 뚜렷한 시 세계를 만들어가는 과정이 그의 시편에 그대로 반영되었을 가능성이다. 이러한 맥락에서 그의 시에 나타난 다양한 층위를 구체적으로 분석하면서, 감상적 낭만주의자로 축소되었던 편견을 넘어서 그의 시 세계의 실체성을 규명해야 할 필요성이 제기된다.

2. 현실인식의 맹아

박인환은 데뷔 이후 「남풍」(1947), 「인도네시아 人民에게 주는 시」(1949), 「精神의 행방을 찾아서」(1949), 「인천항」(1949) 등의 작품을 통해서 시내의 변화를 민감하게 포착하고 사회에 대한 구체적인 인식을 문학적으로 과감하게 수용하는 작품들을 발표하였다. 선행 연구자들에 의해서 범박하게 현실주의 경향의 시라고 언급[5]되는 이들 작품들은, 「인도네시아 人民에게 주는 시」와 같이 설득조·영탄조의 직설적 화법으로 채워져 아직 시적 완성도에는 미치지 못하는 작품이 있는 반면에, 「남풍」과 「인천항」과 같이 시대와 사회에 대한 인식이 일정한 문학적 성취로 이어진 경우도 있다.

거북이처럼 괴로운 세월이
바다에서 올라온다

일찍이 의복을 빼앗긴 土民
태양 없는 말레이
너의 사랑이 白人의 고무園에서
지스민(素馨)처럼 곱게 시들어졌다

민족의 운명이
쿠멜神의 영광과 함께 사는
앙코르 와트의 나라
越南人民軍
멀리 이 땅에도 들려오는
너희들의 抗爭의 총소리

가슴 부서질 듯 남풍이 분다
계절이 바뀌면 태풍은 온다

아세아 모든 緯度
잠든 사람이여
귀를 기울여라

눈을 뜨면
南方의 향기가
가난한 가슴팍으로 스며든다

　　　　　　　　　　　　　— 「남풍」 전문, 152~153쪽6)

이 시는 열강의 제국주의적 착취와 이에 대한 항쟁을 월남의 역사적 상황을 통해 형상화하고 있다. 전체적인 시간의 추이를 살펴보면 1~2연은 굴종의 역사를, 3~6연은 항쟁의 현재적 상황과 그것의 아시아적 확산이라는 내용을 담고 있다. 시제상으로 1연은 "거북이처럼 괴로운 세월이/바다에서 올라온다"로 현재형으로 서술되고 있지만, 이는 월남으로 밀려들어오는 제국주의 세력이 자행한 억압의 역사를 의미한다. 2연에서 월남민들은 "의복을 빼앗긴 土民"으로 제시되고 있을 뿐만 아니라 고무원(고무농장)에서 강제노역에 시달리는 피압박 민중의 모습으로 구체화된다. 3연에서 제시되는 이들의 반제투쟁의 총소리는 4연에서 "가슴 부서질 듯"한 남풍으로 불어온다. 이들의 항쟁은 신탁 반탁의 혼란스러운 해방정국에 놓인 한반도의 국제적 상황에서 결코 남의 나라 일로만 여길 수 없는 일로 받아들여졌을 것이다. 5연으로 가면, 시인은 "아세아 모든 緯度/잠든 사람이여/귀를 기울여라"라고 진술함으로써 월남의 반제 투쟁의 상황이 아시아적으로 확산되기를 소망하는 듯 보인다. 6연의 "南方의 향기가/가난한 가슴팍으로 스며든다"라는 진술에는 월남민들과 같이 역사의 질곡을 자주적으로 해결해나가지 못하는 가난한 현실에 대한 자조적 절망감이 스며있다.

이처럼 그의 초기시는 철저하게 당면한 역사적 현실에 대한 직설적 발언이 주조를 이루고 있다. 이를 두고 정제되지 못한 감수성과 시적 형상화의 미숙성을 지적한다면, 이에 변론의 근거는 찾기 어려울 듯하다. 다만, 이러한 경향의 시를 썼을 당시 시인은 20대 초반의 나이를 살고 있었고, 아직 자신의 시적 정체를 확보

하기 이전이었다고 말한다면, 전혀 이해할 수 없는 것도 아니다. 그러나 「인천항」이라는 작품으로 가면, 시인의 역사 인식이 탁월한 시적 직관과 맞물려 있어 이러한 비판을 불식시킨다.

사진잡지에서 본 香港 夜景을 기억하고 있다
그리고 중일전쟁 때
上海埠頭를 슬퍼했다.

서울에서 삼천 킬로를 떨어진 곳에
모든 해안선과 공통되어 있는
인천항이 있다.

가난한 조선의 프로필을
여실히 표현한 인천항구에는
商館도 없고
領事館도 없다.

따뜻한 黃海의 바람이
생활의 도움이 되고저
냅킨 같은 灣內에 뛰어들었다.

海外에서 동포들이 고국을 찾아들 때
그들이 처음 상륙한 곳이

인천항구이다.

그러나 날이 갈수록
銀酒와 阿片과 호콩이 密船에 실려오고
태평양을 건너 무역풍을 탄 칠면조가
인천항으로 나침을 돌렸다.

서울에서 모여든 謀利輩는
중국서 온 헐벗은 동포의 보따리같이
화폐의 큰 뭉치를 등지고
황혼의 埠頭를 방황했다.

밤이 가까울수록
星條旗가 펴덕이는 宿舍와
주둔지의 네온사인은 붉고
짠그의 불빛은 푸르며
마치 유니온 작크가 날리든
식민지 香港의 야경을 닮아간다

조선의 海港 인천의 埠頭가
중일전쟁 때 일본이 지배했던
상해의 밤을 소리없이 닮아간다

— 「인천항」 전문, 150~151쪽

사진잡지에서 본 향항(香港)의 야경을 기억하고 있다는 발언으로 이 시는 시작되고 있다. 아편전쟁의 패배로 향항을 영국에게 할양할 수밖에 없었던 청나라의 상황이, 한 장의 야경 사진을 통해 제시되고 있는 것이다. "중일전쟁 때 上海 埠頭를 슬퍼"한 이유도, 일본과의 전쟁에 패배한 중국의 상황 때문인 것으로 이해할 수 있다.[7] 이러한 제국주의의 팽창에 무기력하게 패배한 역사적 전례는 바로 '인천항'이라는 우리의 현실로 오버랩된다. "가난한 조선의 프로필을/여실히 표현한 인천항구"는 "商館도 없고, 領事館도 없"는 초라하고 무기력한 모습을 드러낸다. 상관조차 없는 모습은 경제적 낙후를, 영사관도 없는 것은 외교적 무능을 나타낸다. 해외에서 동포들이 고국을 찾아오던 관문이었던 인천항은 이제 "銀酒와 阿片과 호콩이" 밀수되는 곳이며 "태평양을 건너 무역풍을 탄 칠면조"로 상징되는 구미세력이 나침을 돌린 곳이다. 또한 국내적으로는 서울에서 모여든 모리배들이 "중국서 온 헐벗은 동포의 보따리같이" 방황하는 공간이다. 결국, 인천항은 "유니온 작크"가 날리는 향항의 모습과 같이, 성조기가 펴덕이고 네온사인으로 붉다. 결국 "조선의 海港 인천의 埠頭"의 모습을 "중일전쟁 때 일본이 지배했던/상해의 밤"과 겹쳐보고 있는 시인의 직관은, 미군정 하의 쇠락한 "조선의 프로필"을 극명하게 함축하고 있다.

3. 전쟁체험과 실존의식

전술한 바와 같이, 박인환의 초기시의 경우는 세계사적 시선에서 나라와 민중의 현실을 파악하고 자신의 역사인식을 형상화하였다. 그는 반제국주의 이념을 전면화했지만, 이는 시대적 소명의 일부였을 뿐, 맑시즘과 같은 특정 이념에 대한 경사로 이어지지는 않았다. 그는 후반기 동인의 결성과 앤솔러지 『새로운 도시와 시민들의 합창』의 발간을 통해서 모더니즘으로의 전회를 구체화한다. 이후 한국전쟁이라는 충격적인 체험은 시인으로 하여금 실존적 허무주의로의 경사로 이어지게 하는데, 이는 그의 시세계에 있어 가장 중심적인 색채로 나타난다. 일반적으로 중기시로 지칭되는 이 시기의 시는 박인환이 한국전쟁 발발 이후부터 1955년 3월 그가 미국여행을 떠나기 전까지 30여 편의 시세계를 포괄한다고 할 수 있다. 시기적으로나 시적 경향으로 그의 시력에서 중추를 형성하는 부분이다.

機銃과 砲聲의 요란함을 받아 가면서
너는 세상에 태어났다 주검의 세계로
그리하여 너는 잘 울지도 못하고
힘없이 자란다.

엄마는 너를 껴안고 3개월간에
일곱 번이나 이사를 했다.

서울에 피와 비와
눈바람이 섞여 추위가 닥쳐오던 날
너는 입은 옷도 없이 벌거숭이로
貨車 위 별을 헤아리면서 南으로 왔다.

나의 어린 딸이여 고통스러워도 哀訴도 없이
그대로 젖만 먹고 웃으며 자라는 너는
무엇을 그리우느냐.

너의 호수처럼 푸른 눈
지금 멀리 敵을 격멸하러 바늘처럼 가느다란
機械는 간다. 그러나 그림자는 없다.

엄마는 전쟁이 끝나면 너를 호강시킨다 하나
언제 전쟁이 끝날 것이며
나의 어린 딸이여 너는 언제나까지
행복할 것인가.

전쟁이 끝나면 너는 더욱 자라고
우리들이 서울에 남은 집에 돌아갈 적에
너는 네가 어데서 태어났는지도 모르는
그런 계집애.

나의 어린 딸이여

너의 고향과 너의 나라가 어데 있느냐

그때까지 너에게 알려 줄 사람이

살아 있을 것인가.

— 「어린 딸에게」 전문, 98~99쪽

　　살육과 절망의 터전 위에서 태어난 딸에게 시인은, "機銃과 砲
聲의 요란함"이 저지른 "주검의 세계"에서 태어나 "잘 울지도 못
하고 힘없이 자란다"고 말한다. 이러한 상황 속에서 3개월간에
일곱 번이나 이사를 해야 했던 상황은 그의 자전적 상황을 통해
충분히 짐작이 간다.[8] 딸은 입은 옷도 없이 벌거숭이로 화차에
몸을 실은 채 피난을 간다. 시인은 이런 자신의 딸에게 계속 속죄
를 늘어놓되, 고통스러운 현실이 극복될 것 같지 않은 절망감을
자조 어린 목소리로 그 위에 얹어 놓는다. "엄마는 전쟁이 끝나면
너를 호강시킨다 하나" 시인은 이 전쟁이 언제 끝날 것이며, 나의
어린 딸은 언제까지나 행복할 것인가 의문을 표한다. 자신의 딸
을 어디서 태어났는지도 모르는 계집애라고 지칭하는 것과, 고향
과 나라를 알려줄 사람이 과연 살아있을 것인가 하는 의구심에서
드러나는 바와 같이, 이 시는 속죄와 자조의 이중어법으로 전란
에의 깊은 상처와 허무를 표출하고 있다.

　　나와 나의 청순한 아내

　　여름날 純白한 결혼식이 끝나고

우리는 유행품으로 화려한
상품의 쇼우윈도우를 바라보며 걸었다.

전쟁이 머물고
평온한 地平에서
모두의 단편적인 기억이
비둘기의 날개처럼 솟아나는 틈을 타서
우리는 內省과 悔恨에의 여행을 떠났다.

평범한 수확의 가을
겨울은 백합처럼 향기를 풍기고 온다.
죽은 사람들은 싸늘한 흙 속에 묻히고
우리의 가족은 세 사람.

토르소의 그늘 밑에서
나의 불운한 편력인 일기책이 떨고
그 하나 하나의 紙面은
음울한 回想의 지대로 날아갔다.

아 창백한 세상과 나의 생애에
종말이 오기 전에
나는 고독한 피로에서
氷花처럼 잠들은 지나간 세월을 위해

詩를 써 본다.

그러나 窓 밖
암담한 商街
고통과 嘔吐가 동결된 밤의 쇼우윈도우
그 곁에는
절망과 기아의 행렬이 밤을 새우고
내일이 온다면
이 정막의 거리에 폭풍이 분다.

― 「세 사람의 家族」 전문, 12~13쪽

　　실제로 박인환의 자전적 사실을 검토해 보면, 그의 결혼(1948년)
과 그 이후 전개되는 가족사 사이에는 한국전쟁이 흉터처럼 가로지
르고 있음을 확인할 수 있다. 1연에서는 "純白한 결혼식"으로 대표
되는 도회적 화사함과 "화려한 상품의 쇼우윈도우를 바라보며"
걷는 평범한 산책가적 일상이 제시된다. 그러나 곧바로 2연의 "전쟁
이 머물고"에서 이러한 도회적 일상은 파국을 맞게 되고 "우리는
內省과 悔恨의 여행을 떠"나게 된다. 이 여행은 결국 내면으로의
여행을 의미한다. 전쟁은 뼈아프게 스스로 돌이켜 보거나 뉘우치고
한탄할 실존의 대지 위에 우리를 남겨두고 사라졌다. 박인환은
전후의 현실을 이렇듯 다분히 실존적 니힐리즘의 관점에서 부조한
다. 3연에서 시인은 당시의 상황을 "평범한 수확의 가을"이라 말하
며 "겨울은 백합처럼 향기를 풍기고 온다"고 말하고 있지만, 이는

"죽은 사람들이 싸늘한 흙 속에 묻힌" 슬픔과 절망 위에, 아무 일도 없다는 듯이 찾아오는 시간의 추이를 말하는 것이기에 반어적 상황을 환기한다. 4연에서 팔·다리·머리 없이 몸통만으로 된 조상 (彫像)인 토르소의 불구적 이미지는 "불운한 편력인 일기책"이 떨고 있거나 그 종이들이 모두 "음울한 회상의 지대로 날아갔다"는 사실과 결합하여 전후의 허무의식과 절망적 분위기를 형성하고 있다.

5연에서 '나'는 "창백한 세상과 나의 생애에 종말이 오기 전에", "詩를 써본다". 그러나 그 시 역시 자학과 환멸의 표상일 터이다. 6연을 보면, 전쟁이 1연에서 제시되는 쇼우윈도우를 바라보며 걸을 수 있는 도회적 일상을 모두 빼앗아갔음 확인할 수 있다. 그곳은 이제 "암담한 商街"이며, "고통과 嘔吐가 동결된 쇼우윈도우"일 뿐이며, "절망과 기아의 행렬이 밤을 지새우"는 처절하고도 절박한 삶의 공간이다. 이렇게 전전(戰前)과 전후(前後)로 나눠지는 두 겹의 일상에서, 우리는 전쟁이 만들어낸 파국의 현실을 극명하게 파악할 수 있다. 시인은 "내일이 온다면/이 정막의 거리에 폭풍이 분다"는 마지막 시행에서 절망의 끝을 확인한다. 그 어떤 전망도 없는 극단적 종말의식의 일단이다.

한편, 한국전쟁 당시 종군기자로 고향인 강원도 인제를 취재하던 상황을 보여주고 있는 「고향에 가서」는 그 체험의 엄숙함과 그 표현의 진솔함으로, 그의 시를 단지 도시적 센티멘털리즘이나 절망의식으로 묶어둘 수 없음을 강하게 시사해 준다.

갈대만이 한없이 무성한 土地가

지금은 내 고향.

山과 강물은 어느 날의 繪畫
피 묻은 전신주 위에
태극기 또는 작업모가 걸렸다.
학교도 군청도 내 집도
무수한 포탄의 작열과 함께
세상엔 없다.

인간이 사라진 고독한 神의 토지
거기 나는 동상처럼 서 있었다.
내 귓전엔 싸늘한 바람이 설레이고
그림자는 망령과도 같이 무섭다.

어려서 그땐 확실히 평화로왔다.
운동장을 뛰다니며
미래와 살던 나와 내 동무들은
지금은 없고
연기 한 줄기 나지 않는다.

황혼 속으로
感傷 속으로
車는 달린다.

가슴 속에 흐느끼는 갈대의 소리
그것은 비창한 합창과도 같다.

밝은 달빛
은하수 토끼
고향은 어려서 노래 부르던
그것뿐이다.

비 내리는 斜傾의 십자가와
아메리카 工兵이
나에게 손짓을 해 준다.

            — 「고향에 가서」 전문, 106~107쪽

   전쟁이 휩쓸고 간 황폐한 고향의 모습을 담담하게 묘사하고
있는 시인의 눈은 이미 절망의 빛이 가득 들어차 있다. 피 묻은
전신주에 태극기나 작업모가 걸리고, 관공서는 물론이거니와 고
향집도 모두 포탄 세례를 맞고 흔적도 없이 사라져 버렸다. 시인은
이를 바라보며 동상처럼 서 있다. 그는 자신의 그림자조차도 "망
령처럼 무섭다"고 말한다. "밝은 달빛/은하수와 토끼"와 같이, 고
향은 어렸을 때 부르던 노래 속에만 존재할 뿐, 연기 한 줄기 오르
지 않는 폐촌이 되었다. 오로지 "斜傾의 십자가"로 상징되는 좌절
된 구원의 이미지[9]와 "아메리카 工兵"으로 표상되는 전쟁의 이물
적 조응만이 이 시의 대미를 허무하게 장식하고 있을 뿐이다.

4. 아메리카 기행과 문화비평

　박인환은 1955년(만29세)의 나이에 화물선 만해호의 사무장으로 미국을 여행하고, 귀국 후『조선일보』에「19일간의 아메리카」를 기고하였으며, 그 여행의 시적 성취라고 할 수 있는『아메리카 詩抄』 12편을 쏟아 놓는다.10) 이 작품들은 단순히 여행지의 풍물이나 여행자의 감상을 늘어놓고 있는 시가 아니다. 여기에는 광대한 문명 대국인 미국에서 느끼는 약소국 지식인의 자화상과 냉철한 문명비판 이 가로지르고 있다. 이는 1930년대 김광균의「外人村」이나「瓦斯燈」 에서 느낄 수 있는 막연한 문명인식과 도회적·이국적 정서와는 구별되는 구체적 경험의 소산이라는 점에서 특장을 찾을 수 있다.

　　당신은 일본인이지요?
　　차이니이즈? 하고 물을 때
　　나는 불쾌하게 웃었다.
　　거품이 많은 술을 마시면서
　　나도 물었다.
　　당신은 아메리카 시민입니까?
　　나는 거짓말 같은 낡아빠진 역사와
　　우리 민족과 말이 단일하다는 것을
　　자랑스럽게 말했다.
　　황혼.
　　타아반 구석에서 흑인은 구두를 닦고

거리의 소년이 즐겁게 담배를 피우고 있다.

女優 가르보의 傳記 책이 놓여 있고
그 옆에는 디텍티브 스토리가 쌓여 있는
서점의 쇼우윈도우
손님이 많은 가게 안을 나는 들어가지 않았다.

비가 내린다.
내 모자 위에 중량이 없는 억압이 있다.
그래서 뒷길을 걸으며
서울로 빨리 가고 싶다고
센티맨털한 소리를 한다.
　　　　　　　　— 「어느 날의 시가 되지 않는 시」 전문, 78~79쪽

　　전후의 약소국민의 한 사람으로서 미국 땅을 밟은 시인은 일본인이 아니면 중국인으로 인식된다. 이때, 시인은 그 반응으로 터져 나오는 불쾌한 웃음과 함께 "당신은 아메리카 시민입니까?"라고 묻는다. 질문을 던진 사람에게 오히려 야유 섞인 반문을 던짐으로써 대화의 우위를 선점한다. 이어서 시인은 "거짓말 같은 낡아빠진 역사"와 "민족과 말이 단일하다는 것을" 자랑스럽게 이야기한다. 민족과 언어의 단일성을 자랑하는 것은 민족적 자존의식의 표출로 이해할 수 있으나, 민족사를 거짓말 같은 낡아빠진 역사로 말하는 데는 의아심을 품지 않을 수 없다. 이러한 언술 방식은 타자의

시선에서 그들의 비아냥거림과 조롱까지도 이미 예상했다는 듯이 말해지는, 자학을 가장한 공격적 대화법이라고 말할 수 있다.

2연에서 "女優 가르보의 전기"나 "디텍티브(탐정: 인용자 註) 스토리"가 쌓여있는 서점을 통해 미국식 대중문화의 일단을 보여주고 있다.11) 시인은 손님이 많은 서점 안으로 들어가지 않는다. 이러한 화자의 태도는 단순한 이방인적 자아의 소외된 모습이라기보다는 미국의 문화를 경이원지(敬而遠之)하는 이중적 태도인 것처럼 보인다. 이윽고, 비가 내린다. 시인은 "내 모자 위에 중량이 없는 억압이 있다"고 말함으로써 미국에서 받은 문화적 충격과 혼란을 상징적으로 보여주고 있다. 결국 시인은 이러한 소외와 양가적 감정의 혼란 속에서 도시의 뒷길을 걸으며 서울로 빨리 돌아가고 싶다는 감상적인 말을 주절거리는 것이다. 식민지 시대, 김기림이 「바다와 나비」라는 시를 통해서 식민지 지식인의 근대문명을 향한 동경과 좌절의식을 보여주었다면, (이른바, 현해탄 콤플렉스) 박인환은 미국으로 상징되는 근대문명의 한 복판에서, 전후 한국인으로서 어쩔 수 없는 선망과 부정의 양가감정을 품을 수밖에 없었던 것이다.

대낮보다도 눈부신
포틀란드의 밤거리에
단조로운 그렌 미이라의 랩소디가 들린다.
쇼우 윈도우에서 울고 있는 마네킹.

앞으로 남지 않은 나의 잠시를 위하여

기념이라고 진 피이즈를 마시면
녹슬은 가슴과 뇌수에 차디찬 비가 내린다.

나는 돌아가도 친구들에게 얘기할 것이 없고나
유리로 만든 인간의 묘지와
벽돌과 콘크리트 속에 있던
도시의 계곡에서
흐느껴 울었다는 것 외에는…….

天使처럼
나를 매혹시키는 허영의 네온.
너에게는 眼球가 없고 情抒가 없다.
여기선 인간이 생명을 노래하지 않고
침울한 상념만이 나를 구한다.

바람에 날려온 먼지와 같이
이 異國의 땅에선 나는 하나의 미생물이다.
아니 나는 바람에 날려 와
새벽 한시 기묘한 의식으로
그래도 좋았던
腐蝕된 과거로
돌아가는 것이다.

—「새벽 한時의 詩」전문, 87~88쪽

이 시는 박인환의 『아메리카 시초』 중에서 가장 구체적인 문명 비판적 시선을 던져주고 있는 작품이라 할 수 있다. 여기서도 미국으로 대표되는 문명사회에 대한 이중적 시선을 발견할 수 있다. 시인은 "대낮보다 눈부신" 밤거리에서 "그렌 미이라의 랩소디"를 들으며, 울고 있는 쇼우 윈도우 안의 마네킹을 바라보고 있다. 그리고 얼마 남지 않는 미국에서의 시간을 떠올리며 "진 피이즈"를 마신다. 시인은 휘황한 현대도시의 한복판에 놓여 있다. 이 공간 속에서 그는, 액면적으로 말하지 않았더라도, 분명 현대적 문명에 매혹되어 부유하고 있는 상태이다.

그러나 시인은 "유리로 만든 인간의 묘지"와 "벽돌과 콘크리트 속에 있던 도시의 계곡" 속에서 흐느껴 울었다는 사실 외에는 "나는 돌아가도 친구들에게 얘기할 것이 없"다고 말한다. 그 문명의 불빛이 화려하다 하더라도, 그것은 "허영의 네온"이며 "眼球가 없고, 情抒가 없"는 것이라고 토로한다. 생명의 온기라고는 조금도 느낄 수 없는 불모의 도시 공간에서 시인은 비생명적 삶의 논리에 몸서리치고 있는 것이다.

인간의 생명을 노래하지 않고 침울한 상념만이 스스로를 깨우치는 이 공간은 근대문명에 대한 냉혹한 반성을 포함하고 있다. 1930년대 김광균이 "느러슨 고층 창백한 묘석(墓石)같이 황혼에 젖어/찬란한 야경 무성한 잡초인 양 헝크러진 채/사념 벙어리 되어 입을 다물다"(「瓦斯燈」)에서 보여준 문명 비판적 시선이 "까닭도 없이 눈물겹고나"와 같은 관념적 차원의 우수와 상실감이었다면, 미국식 근대문명의 한복판에서 느낀 박인환의 정서는 그 체험의 구체성만큼이나 사실적이다. 이는 단적으로 다음과 같이 제시된다. "이 異國의 땅에선 나는 하나의 미생물이다." 이러한 자각은 단순한 여행자의 관점이나 문명 비판자의 시선으로 축소[12]할 수 없다. 미국과 근대문명에 대한 선망과 좌절의 양가감정을 진술하게 보여주는 그의 시는 1950년대 한국사회가 처한 현실과 정확하게 호응하고 있으며 그러한 자리로부터 자유롭지 못한 현재 우리의 상황에서도 매우 유효하고 직절한 문학적 반응이라고 할 수 있다.

5. 대중시의 수사학

마지막으로 살펴볼 박인환 시의 미지 영역은 「목마와 숙녀」, 「세월이 가면」으로 대표되는 대중적으로 향유되는 작품들의 세계이다. 다수의 평자들이 지적하는 바와 같이 그의 시는 "추상적인 울분과 센티멘털리즘으로 시종했다"[13]고 비난받아 왔으며, 아직까지도 그러한 견해는 줄기차게 이어져 오고 있다. 필자는 지금까지의 논의를 통해서 그의 시에 대한 부정적 편견을 불식시키려고 하였거니와, 대중적인 감성에 호소한다는 편견에 대해 다음과 같은 문제와 비판이 언급될 필요가 있다.

첫째, 세계관의 정합성을 판단할 때, 적용하게 되는 기준에 관한 문제이다. 20년대 소위 "〈님〉 지향의 시적 흐름"을 이야기할 때, 우리가 대상으로 삼는 시인은 김소월과 한용운이다. 이들 시인에 대한 편견도 이러하다. 이들은 모두 전통을 기반으로 잡고 시를 썼지만, 김소월이 과거로의 도피나 망각으로 임 상실의 시대를 해결하려 했다면, 한용운은 미래 속에다 희망의 기약을 내걸었다.14) 이러한 주장을 인정한다 하더라도, 이러한 판단이 두 시인의 시적 성취를 판단할 수 있는 기준이 되지는 못한다. 김소월이 이른바 퇴영적인 세계관을 가지고 있다고 해서 한용운보다 부족하다고 말할 수는 없다는 얘기다.

같은 맥락으로 박인환과 김수영을 생각해보자.15) 박인환이 막연한 감상주의에 빠져 구체적인 시적 이미지를 획득하지 못한 반면에, 김수영은 초기 시의 난해성에서 벗어나 사회와 역사에 대한 적극적인 발언으로 나아갔다고 말한다면, 이것이 이 두 시인의 시적 우열을 가릴 수 있는 기준이 될 수 있는가. 역시 이러한 판단은 진보주의에 대한 옹호라는 은밀한 재정의 속에서 이루어질 수 있는 판단의 오류이다. 시의 성취를 판단할 아프리오리한 세계관이란 결코 있을 수 없다. 박인환의 시는 언제나 시대와 역사의 질곡 앞에서 그것을 예민한 감수성으로 포착하고 형상화하는 데 이바지했다. 그것이 때로는 허무주의나 감상주의로 비춰질지라도 그것은 시대와 역사에 대한 다양한 스펙트럼 중의 하나이다.

이는 박인환이 지도자가 아니라 시인일 수밖에 없었다는 사실의 반증16)이기도 하다. 그의 소년취향의 센티멘탈리즘을 전후 현실을 아프레게르(apres-guerre)로 인식한 시인의 정서적 반응이라고 했을 때, 그에 압박당한 청춘의 감상과 우울의 원인은 시인의 몫이 아니라 시대의 책임이다. "현명하게도"17) 그는 선지자나 투사가 아닌 시인의 길을 고집했던 것이다. 그런 의미에서 그의 시에 나타나는 우울(melancholy)이란 현재의 절망에 길항하는 과정에서 나타나는 자기 물음에 대한 묵시론[18]의 한 형태라고 볼 수 있다.

둘째, 대중성에 대한 기준의 모호함과 이중성의 문제이다. 대중성에 대한 척도를 어디에 두고 볼 것인가는 언제나 문제가 되는 일이지만, 그 판단의 기준은 본격/대중문화의 이분법적 구도 안에서 배타적으로 작동하는 것은 분명한 일이다. 아직도 박인환이라는 이름과 함께 떠올리는 작품이라면 「목마와 숙녀」, 「세월이 가면」과 같은 도회적 감수성 짙은 낭만주의적 시편들이다. 이들 작품들은, 박인환의 일련의 작품들이 그러하듯 그를 선명한 주지주의자나, 파괴적 기법의 전위주의자로 불릴 수 없게끔 하는 것들이다. 그는 오히려 단순한 모더니스트 그 이상이었거나, 혹은 낭만주의와 모더니즘 계보 사이에 불안하게 걸쳐있는 모습이었던 것처럼 보인다. 그는 시적 질료를 이미지로 구현하기 이전에 시어가 가지는 분위기와 톤으로 시의 형질을 구성하기 때문이다. 따라서 이러한 박인환 시의 특성을 두고 연구자들은 그가 사회에 대한 인식이 피상적이거나 삶에 대한 허무의식을 자기 체념적 감상주의로 노래했을 따름[19]이라는 부정적 평가를 내린다. 그러나 「목마와 숙녀」, 「세월이 가면」과 같은 작품이 대중적으로 크게 반향을 일으킨 것은 1950년대 전후 사회의 실존적 허무의식이 그 배경으로 자리하기도 하지만, 시어를 감각적 직관을 통해 취택하고 이를 낭만적 분위기로 품어내는 그의 독특한 수사학이 빚어낸 것이기도 하다.

지금 그 사람의 이름은 잊었지만
그의 눈동자 입술은
내 가슴에 있어.

바람이 불고
비가 올 때도
나는 저 유리창 밖
가로등 그늘의 밤을 잊지 못하지

사랑을 가고
과거는 남는 것
여름날의 호숫가
가을의 공원
그 벤치 위에
나뭇잎은 떨어지고
나뭇잎은 흙이 되고
나뭇잎에 덮여서
우리들의 사랑이 사라진다 해도
지금 그 사람 이름은 잊었지만
그의 눈동자 입술은
내 가슴에 있어
내 서늘한 가슴에 있건만

— 「세월이 가면」 전문, 122쪽

1956년 이른 봄, 박인환이 명동의 한 술집에서 즉석으로 썼다는 이 작품은, 동석하고 있었던 이진섭에 의해 역시 즉흥적으로 작곡되어 하루아침에 '명동 엘리지(elegy)'로 퍼져나갔다는 일화[20]를 가지고 있다. 물론 사랑의 상실과 아픔을 노래하고 있는 이 시는 분명한 사회적 의식도, 독특한 형식미학도 보여주지 못하는 한낱 감상적 연가풍의 작품으로 생각될 수 있다. 그러나 평자들은 작품을 센티멘털리즘에 떨어져 버렸다는 딱지를 붙여놓고, 이들 작품에 대한 의미부여를 가로막아 선다. 이런 시들은 조락하는 자연사의 한 풍경을 실연의 아픔과 조응시켜 이를 보편적 서정성으로 끌어올린 것이기 때문에, 한 시대의 자장권 안에 머무르지 않고 세월이 가도 계속 읽히게 된다. 보편적 서정성과 대중성을 감상주의나 가치 없는 수사로 폄하하는 것은 엘리트주의적인 편견의 모순된 지점을 지칭하는 것처럼 보인다. 박인환과 같이 어느 하나의 편벽한 사조적 개념에 들어맞지 않는 시인을 이단시 하는 모습은 이항적 대립에 근거한 사유의 한 극단을 보여준다고 해도 과언이 아니다.

6. 박인환 시의 시사적(詩史的) 의미

박인환의 시는 편벽한 모더니즘적 사유로부터 시작하지 않았다. 그는 구체적인 현실인식에 기반한 초기시로부터, 한국전쟁이라는 비극적 경험을 부조한 실존적 허무의식, 미국 여행을 통해 얻어진 문명에 대한 자각, 더 나아가 보편적 서정성에 기초한 대중시의 영역에 이르기까지 다양한 시세계를 보여준다.

이러한 관점에서 모더니즘에 근거한 실존적 사회의식과 낭만적 서정성에 근거한 대중적 수사학 사이에서 진동했던 박인환의 시 세계는 현재적 관점에서 모두 긍정적으로 부각되어야 할 것이다. 따라서 그는 리얼리즘과 모더니즘을 모두 지양하는 자리에서 그만의 독특한, 모더니즘과 결합된 낭만적 시세계를 창출한 것인지도 모른다.

'명동백작'이라는 이름으로 낭만적 모더니스트로 꾸며졌던 박인환의 시세계가 새롭게 조명되어야 하는 이유가 여기에 있다. 감상적 낭만주의의 한계를 넘어, 시대와 길항하며 얻어진 그의 시적 성취는, 복잡다단한 한국 시문학사의 내면을 압축적으로 보여준다는 점에서 의의가 있다. 이는 전위적 형식실험으로 두각을 나타낸 조향의 경우나, 초기 시에서부터 모더니즘에 기반한 시세계를 보여주었던 김규동의 경우와는 대비된다. 그만큼 박인환은 참혹한 시대현실과 길항하며 자신의 시적 정체를 끊임없이 모색하는 과정에 있었던 것이다.

1) 이승훈, 「1950년대의 우리 시와 모더니즘」, 『1950년대 한국문학 연구』, 보고사, 1997, 14쪽.

2) 김규동, 『새로운 詩論』, 珊瑚莊, 1960, 151쪽(최동호, 「1950년대의 시적 흐름과 정신사적 의의」, 『한국현대문학사』, 현대문학, 1994, 319쪽 재인용).

3) '후반기' 동인의 활동이 우리의 모더니즘 지향의 시 전통을 이어주었다는 견해는 '오세영, 「후반기 동인의 詩史的 위치」, 『문학사상』, 1975. 1'에서 제기된 것임.

4) 이흥섭, 『박인환 시 연구』, 경희대 대학원 석사논문, 2001.

5) 박민수, 「박인환론」, 『비평문학』 제5호, 한국비평문학회, 1991.
김강제, 「박인환 시의 의식 변화연구」, 『동남어문논집』 제7호, 동남어문학회, 1997.

6) 본고의 텍스트는 '박인환, 『박인환 전집』, 문학세계사, 1986'으로 하기로 하며, 출전은 인용문 말미에 '작품명, 인용쪽수'의 방식으로 밝히기로 한다.

7) 역사적으로 1937년 12월 상해가 점령된 후 일본군은 수도인 남경을 함락시켰고, 이는 '남경대학살'이라는 야만적 행위로 이어진다.

8) 1950년 한국전쟁이 발발했으나 박인환은 피난을 가지 못하고 9·28 수복 때까지 지하생활을 했는데, 바로 이때 딸 '세화'가 출생한다(9월 25일). 그 후 가족과 함께 대구로 피난하였고(12월 8일), 1951년 경향신문사 기자로, 종군기자로 활동하다가, 같은 해 가을 부산으로 이주하게 된다(박인환, 『박인환 전집』, 문학세계사, 1986, 264쪽. 박인환 연보 참조).

9) 본고에서 모두 논의의 대상으로 삼을 수는 없으나 그의 시의 한 부분을 차지하고 있는 신(神)의 이미지는 대체로 실존적 허무의식의 발현으로 나타난다. 백승철은 박인환의 시를 서정주의적인 시, 紀行的인 시, 신 이미지의 시, 죽음과 壁 이미지의 시, 문명비판 시의 다섯 가지 영역으로 구분하고 있는데(백승철, 「時代苦의 西歐主義-朴寅煥 論」, 심상, 심상사, 1974. 2, 126~131쪽), 여기서 신 이미지의 시들은 「검은 神이여」, 「불행한 神」, 「西部戰線에서-尹乙洙 神父에게」, 「검은 江」 등을 가리키는데, 이때, 神의 이미지들은 인간의 고통에 응답하지 않는 숨은 신이거나 비정한 신으로 나타난다. 「고향에 가서」에서 제시되는 '斜傾의 십자가'는 바로 이와 연관되는 좌절과 절망의 이미지로 나타난다.

10) 1955년 10월 15일 출간된 『박인환 시선집』에는 아메리카 시초에 해당하는 시가 모두 11편 수록되어 있으나, 1976년 사후 20주기에 발간된 『목마와 숙녀』에는 1편의 시가 추가되어 모두 12편의 시가 수록되었고, 본고의 텍스트도 이와 같다.

11) 박인환은 미국식 대중문화에 대해 충격을 받은 것처럼 보인다. 그는 자신이 경험한 그들의 대중문화를 '광란한 음악/입 맞추는 紳士와 娼婦/照準은 젖가슴', '스트립 쇼우/담배 연기의 암흑/시력이 없는 네온사인'(「투명한 버라이어티」) 등으로 혼란과 질서의 반복이 물결치는 고백의 시간으로 파악하고 있다. 이 이방인적 관찰의 과정에서 그는 적어도 이를 은근한 동경의 눈길로 바라보는 듯하지만, 그 안에는 이를 저속하게 바라보는 경멸의 시선도 함께 존재함을 주목할 필요가 있다.

12) 박민수, 앞의 글, 140쪽.

13) 이동하, 「박인환의 시세계에 대하여」, 『목마와 숙녀』, 미래사, 1991, 147쪽.

14) 감태준, 「근대시 전개의 세 흐름」, 『한국현대문학사』, 현대문학, 1994, 140쪽.

15) 실제로, 김수영은 박인환을 가리켜서, "나는 寅煥을 가장 경멸한 사람의 한 사람이었다. 그처럼 재주가 없고 그처럼 시인으로서의 소양이 없고 그처럼 경박하고 그처럼 값싼 유행의 숭배자가 없었기 때문이다."(김수영, 「박인환」, 『김수영 전집』 2, 민음사, 1992, 63쪽)라고 말하고 있다.

16) 김연수, 「박인환 생각─센티멘털리즘의 기원」, 『문학과사회』, 문학과지성사, 2003. 봄, 404쪽.

17) 위의 글, 405쪽.

18) 곽명숙, 「1950년대 모더니즘의 묵시론적 우울」, 『정신문화연구』 제32권 제3호, 한국학중앙연구원, 2009. 9, 71쪽.

19) 오세영, 「후반기 동인의 시사적 위치」, 『20세기 한국시 연구』, 새문사, 1989. 281쪽.

20) 강계순, 『아! 朴寅煥─사랑의 진실마저도 愛憎의 그림자를 버릴 때』, 문학예술사, 1983. 169~170쪽.

여행자의 초상
― 로힌턴 미스트리 『그토록 먼 여행』

이토록 긴 여행이 과연 그럴만한 가치가 있는 걸까? 아니면,
그 어떤 여행이라도 고생할 만한 가치가 있는 걸까?

―『그토록 먼 여행』 중에서

살아간다는 것은 부단히 떠나는 일이다. 생의 시발역을 출발한
모든 존재는 종착역에 닿을 때까지 한시도 멈춰 있을 수가 없다.
여행이라는 생의 메타포는 살아가는 것이 결과가 아닌 과정이라
는 사실을 알려준다. 누구의 여행이든 결과는 죽음이기 때문에,
생의 의미는 결국 과정 그 자체에 있다. 로힌턴 미스트리의 장편
소설 『그토록 먼 여행』(아시아, 2012. 7)은 조로아스터교도들이 거
주하는 파르시 아파트의 한 가정을 중심으로 펼쳐지는 가족사다.
그러나 작은 것 속에는 반드시 큰 것이 들어 있는 법. 가족사를

둘러싼 원주 바깥에는 동파키스탄의 대량 학살, 인도와 파키스탄 간의 전쟁이라는 거시사(macrohistory)가 자리하고, 이는 인도 사회의 부정부패를 배경으로 한 파르시 아파트, 그리고 구스타드 노블 씨의 가정이라는 미시사(microstoria)의 영역으로 수렴된다.

여기서 우리는 일견 평범할 수도 있지만, 놀랍도록 우리의 상황과 일치하는 가정사의 한 풍경을 마주하게 된다. 인도 명문 IIT 대학에 합격했지만 이를 포기하고 예술가의 삶을 살려고 하는 장남 '소랍'과 아버지 사이의 갈등은 이러한 상동적 상황을 날카롭게 포착한다.

> "내가 마지막으로 충고하지." 구스타드가 말했다. "친구들은 잊어버리고, 지금 다니는 학교와 그 쓸모없는 학위도 잊어버려. 너의 미래를 생각해라. 빌어먹을 날품팔이와 사무원들도 요즘은 다 학사야."
> — 118쪽

소랍이 IIT에 합격한 후 아버지 구스타드는 아들이 성공의 성배를 가져올 것이라고 확신하고 있지만, 정작 아들은 이런 아버지의 소망에 순응하기엔 불의한 세상을 너무 많이 알아 버렸다. 여기서 날품팔이와 사무원도 '학사'라는 인도 사회의 모습은 고학력 사회를 살고 있는 우리의 모습과 정확하게 일치하며, 성공의 신화를 강요하는 기성세대와 이에 대해 반항하는 젊은 세대의 모습은 우리 사회의 단면이기도 하다.

그뿐인가. 아버지 구스타드와 어머니 '딜나바즈'에 매달린 자식들은 끊임없은 갈등과 난제들을 몰고 온다. 이러한 부모의 상황이 목숨붙이들의 살아가는 모든 삶의 터에서 다를 수가 있겠는가. 차남 '다리우스'는 집안의 반대에도 불구하고 "개장수 얼간이 뚱보"로 지칭되는 '라바디'의 딸 '자스민'을 좋아하고, 외동딸 '로샨'은 설사병에 걸려 시름시름 앓는다.

> 페이마스터 박사에게 가려면 항상 그 동네를 지나야했다. 시간이 갈수록 로샨의 병과 금지된 쾌락이 그의 머릿속에서 뒤엉켰다. 하나에서 또 다른 것으로 이어지는 생각의 흐름 때문에, 아픈 아이의 손을 잡고 병원으로 향하는 구스타드는 자신의 존재에 심한 역겨움을 느꼈다.
> — 264쪽

10대 무렵, 철창집(유곽) 근처를 배회히며 빤(인노 음식)을 파는 '피어보이'의 음담패설과 "침대를 부서트린다는" 빤을 사기 위해 줄을 섰던 기억을 떠올린 구스타드는 "로샨의 병"과 "금지된 쾌락" 사이에서 "존재에 대한 역겨움"을 느낀다. 한 인간의 내면에 존재하는 본능과 딸아이에 대한 부성애 사이에서 뒤엉키는 감정의 소용돌이가, 존재에 대한 '구토의 감정'으로 화하는 것이다. 아버지 구스타드도 이 감정들의 대척점 사이에 있는 것이지 어떤 초월적 위치에 있는 것이 아니다.

자식 문제로 갈등하는 아버지 '구스타드'와 어머니 '딜나바즈'도 애달픈 우리네 부모들과 다를 바가 없다.

"전부요? 당신이 애들한테 무슨 말을 전부 했어요? 좋은 아빠가 말없이 지켜보고 있으면 소리 지르고 외치는 건 항상 나였어요. 음식 남기지 마라, 숙제해라, 접시 치워라, 아버지가 기강을 똑바로 잡지 않았는데 이제 와서 반항하는 것 말고 뭘 기대하는 거예요?"

"그래! 그것도 내 탓이야. 소랍이 IIT에 안 가는 것도 내 탓이고! 다리우스가 개장수 얼간이 뚱보 딸한테 시간을 낭비하는 것도 내 탓이고! 로샨이 아픈 것도 내 탓이고! 세상에 잘못되는 일은 모두 내 탓이라고!"

"당연하죠! 처음부터 소랍과 다리우스를 버릇없게 만든 사람은 당신이에요!(…하략…)"

— 272~273쪽

이런 가정사의 풍경은 만국공통이란 말인가. 로힌턴 미스트리가 한국 드라마의 한 장면을 그대로 옮겨 놓은 것이 아닐까 하는 생각마저 들게 만드는 이 대목. 마음이 짠해지는 것은 바로 이런 동병상련의 상황 때문이지 않을까. 훤히 들여다보이는 가정사의 진풍경은 자식을 둔 부모라면 똑같이 경험하는 갈등일 테지만, 이는 가정을 둘러싸고 있는 사회적 풍경의 유사성 때문이다. 가령, 소랍의 IIT진학과 관련된 갈등은, '학력-카스트 제도'로 지칭되는 우리 사회의 모순과 무엇이 다른가 말이다.

은행동료이자 절친한 친구 '딘쇼지'를 잃은 구스타드는 권력 암투에 희생된 '빌리모리아 소령'이 투옥되어 있는 '델리'로 향한다. 그 사이 가정에는 소소한 재앙이 계속된다. "우유가 끓어 넘쳤고 밥을 태웠고, 풍로에 석유를 채우다가 깔때기가 넘쳤다."(423쪽) 그리고 무엇보다도 로샨의 병과, 소랍의 방황을 멈추기 위해, 어머니 '달나바즈'는 '쿠드피디아' 할머니의 주술에 휘말려 들어간다. 구스타드는 빌리모리아에게 묻고 싶었을 것이다. 자신에게 거금의 정치자금을 맡기고, 불법 입금을 요구하는 등 재앙 덩어리를 왜 보내야 했는지 말이다. 그러나 온갖 병에 시달리며 끔찍한 주사를 맞고 있는 그를 본 순간, "분노, 비난, 해명에 대한 요구가 구스타드의 마음 속에서 눈 녹듯이 사라"(436쪽)지고 만다. 그의 델리 행은 친구의 "거친 숨소리"를 듣기 위해서이며, 아픈 그의 몸에 "홑이불을 당겨 덮어"주기 위해서이며, "그의 이마에", "입을 맞추"기 위해서였다(457쪽). 그의 먼 여행은 인간적 신의와 우정을 지키기 위한 윤리적 선택이었던 것이다. 아마도 작가가 우리에게 말하려고 하는 것은 바로 모든 존재를 정성으로 대접하는 '환대'로서의 생의 윤리가 아니었을까.

무엇보다도 이러한 존재에 대한 윤리의식은 이 소설에서 가장 훌륭하게 성격화된 '테물'과 구스타드의 화해를 통해 극적으로 드러난다. 테물은 이 아파트에 사는 정신이상자이자 절름발이다. 그의 정신과 몸은 성하지 않아 사람들의 놀림을 받지만, 그의 순수한 영혼은 구스타드를 좋아하고, 그 역시 그를 이해하고 받아들인다.

그 결정적인 장면은 테물이 로샨의 인형을 훔쳐 자위를 하는 것을 구스타드가 목격하는 대목에서 여실하게 드러난다. 테물이 자신의 딸의 인형에 정액을 뿌려 놓은 것을 본 구스타드는 그를 용서할 수 없었지만, 그의 말을 듣고서는 분노를 내려놓을 수밖에 없었다. 철창집 창녀들에게서초차 버림받고 욕망을 해소할 수 없었던 테물은 로샨의 인형이라도 택할 수밖에 없었던 것이다. 어린아이의 정신으로 살고 있지만 몸은 어른이어서, 자신도 어찌할 수 없는 욕망에 괴로워하는 테물을 이해하는 것이다. "그래, 그래, 이제 인형은 네 거야."(495쪽)라고 말하는 구스타드는 아직 그를 향한 역겨움이 채 가시지 않은 상태였지만, 이미 "가엾은 테물"(494쪽)의 상황을 받아들인 것이다.

아파트를 둘러싸고 있던 성화가 그려진 돌담을 철거하겠다는 시당국에 맞서 시위가 벌어지는 현장에서 테물이 날아오는 벽돌에 맞아 숨지자, 구스타드는 누구보다도 먼저 그를 향해 손을 내민다.

구스타드는 한마디도 하지 않고 팔 하나는 테물의 어깨 밑에, 나머지 하나는 그의 무릎 밑에다가 넣었다. 그는 아직도 온기가 남아 있는 시신을 들고서 단번에 일어섰다. 그는 붕대가 감긴 테물의 머리가 자신의 팔뚝 위로 힘없이 축 늘어지자, 팔꿈치를 구부려 머리를 받쳤다.
"잠깐만요! 형님, 잠깐만요!" 밤지 경위가 말했다. "무거우실 텐데, 저희가 도와 드릴게요. 혼자서 그렇게……."
구스타드는 밤지의 말을 무시하고 사람들이 있는 곳에서 벗어나 테물의 아파트 계단으로 걸어갔다. 뒤쫓아 가기에 너무나 부끄러웠던 그들은 말없이 바라보았다. <u>소랍은 두려움과 존경심으로 아버지를 지켜보았다.</u>

구스타드가 마치 테물과 단둘이 있는 것처럼, 다 큰 성인의 시신을 아이의 것처럼 안고 전혀 흔들림 없이 바로 눈앞에서 성큼성큼 걸어 가자, 아파트 주민들은 그 모습을 창문으로 유심히 지켜보았다. 시신 이 나아가자 몇몇 이웃은 머리 위로 두 손을 깍지 끼었다.

— 545쪽(밑줄 – 인용자)

구스타드는 테물의 아파트로 올라가 이제는 그의 것이 된 인형을 집어들어 웨딩드레스를 입히고, 그의 옆에 눕힌다. 그리고 마른 피가 엉켜있는 그의 머리에 손을 얹고 기도를 올린다. 구스타드의 눈에서는 눈물이 흐르고, 그 눈물은 테물을 위한 것이기도, 자신을 위한 것이기도, 지미를 위한 것이기도, 딘쇼지, 아버지, 어머니, 모든 이들을 위한 것이었다. 더구나 조금의 두려움도 없이 누구보다도 먼저 테물을 안고 가는 구스타드를 본, 그의 아들 소랍은 이제 아버지와의 갈등에서 벗어나, 그를 "두려움과 존경심으로" 바라보지 않는가.

이 뜨거운 장면은 이 작품의 대미를 장식하는 멋진 피날레다. 구스타드는 빌리모리아와의 우정을 다시 회복하고, 시신으로 돌아온 그의 장례식에서 홀로 기도를 올리며, 마을의 골치 덩어리인 테물을 이해하고 마침내 껴안는다. 사람들이 똥오줌을 싸놓아 악취가 풍기는 담벼락을 성화가 그려진 "성스러운 벽"으로 탈바꿈시킨 것처럼, 그는 사랑을 행함으로써 화해라는 기적을 이루어낸다. 그러나 이 돌담은 시 당국에 의해 무너지고, 성화를 그린 거리의 화가는 어디론가 떠나간다. 그럼에도 그는 또 어디선가 모든 이들이 기도할 수 있는 사랑의 성화를 그릴 것이고, 구스타드의 환대의 윤리는 어디선가 또다시 사랑의 꽃을 피울 것이다. 우리가 떠나는 인생, '그토록 먼 여행'은 우리가 타자를 끌어안는 환대의 길이어야 한다. 그 길 위에선 눈물마저도 아름다운 꽃이 된다.

제3부

그대라는
이름의 현신

나는 고문 받으며 노래하는 종족이다*
─심재상 시인의 근작시 혹은 슬픈 연금술사의 노래

파블로 네루다는 "리얼리스트가 아닌 시인은 죽은 시인이다.
그러나 리얼리스트에 불과한 시인도 죽은 시인이다."라고 말했
다. 단순한 지시적 관계 속에 놓인 문학은 스스로의 존재마저 황
폐하게 만들기 때문이다. 즉물성이 곧 사실성인 것처럼 오인하거
나 난해성이 곧 심미성인 것으로 곡해하는 문제를 지적한 것이
다. 그리하여 시와 사회는 '창문 없는 단자'(monad without window)
로 연결되어 있다. 사회적 현실이 시적 현실로 스며들고, 다시
시적 현실이 사회적 현실을 환기하는 것은, 어디까지나 미학적
저항의 층위에서 이루어지는 것이다. 진정한 미학이란, 말할 수
없는 것을 말하고, 볼 수 없는 것을 보고, 만질 수 없는 것을 만지

---

* 아르튀르 랭보의 시 「지옥에서 보낸 한 철─나쁜 혈통」 중에서.

는 일이기 때문이다. 감각을 교란하고 재분배하고 재배치하는 일
련의 모든 미학적 투쟁이 곧 예술의 영역이다. 심재상 시인의 언
어는 이러한 외적 현실이 시인의 사유와 길항하면서 얻어진 미학
적 등가물이면서, 그의 개성적인 발화방식(비공식 언어)은 공식언
어의 구심력으로부터 끊임없는 탈주를 꾀한다.

> 그리고 새벽녘에, 타오르는 인내로 무장한 채,
> 우린 찬란한 도시에 입성할 것이다.*

"이제 내 인질과 함께 나가겠다!"**
문이 열리고 넌 네 머리에 총구를 들이댄 채 엘리베이터를 나선다
이 세상에서 네가 볼모 잡을 수 있는 건 살아있는 네 몸뚱이 뿐
네 몸의 환원-불가능함이 네 유일한 방패, 네게 남아있는 마지막
방탄조끼다
                    ― 「진실의 힘―85호 크레인 위의 김진숙에게」 전문

* 아르튀르 랭보의 시, 「지옥에서 보낸 한 철」 중에서.
  총 9개의 장으로 이루어져 있는 이 유명한 시의 두 번째 장의 제목이 바로
  '나쁜 피'다.

** 레오 카락스 감독의 영화 『나쁜 피』 중에서.

이 작품은 명백하게 한진중공업 투쟁 당시 2011년 1월 6일부터
309일 동안, 정리해고 철회를 요구하며, 부산 영도조선소 85호
크레인에서 고공농성을 벌인 김진숙 지도위원에 대한 얘기다. 그
러나 시인이 보여주는 시적 현실은 사회적 현실을 뛰어넘는다.

그는 여기서 "진실의 힘"을 발견한 것이다. 시인이 프롤로그로 삼고 있는 구절, "그리고 새벽녘에, 타오르는 인내로 무장한 채, 우린 찬란한 도시에 입성할 것이다."는 파블로 네루다(1904. 7. 12~1973. 9. 23)가 1971년 노벨문학상 수상연설의 마지막 부분에 인용한 랭보의 시, 「이별」의 한 구절이다. 그러나 시인은 "총 9개의 장으로 이루어져 있는 이 유명한 시의 두 번째 장의 제목이 바로 '나쁜 피'다."라는 주석을 통해, 의도적인 눈속임(Macguffin)과 같은 효과를 노린 것처럼 보인다. 왜 이런 트릭을 숨겨 놓았을까.

네루다는 노벨문학상 수상 연설에서, "불타는 인내"를 통해 자신의 조국 칠레의 자유와 평등을 염원했다. 찬란한 도시로 입성하겠다는 그의 각오는 혁명에의 의지이며 각오다. 35m 높이의 고공에서 309일이 넘는 시간 동안 외친 한 여인의 "불타는 인내"를, 랭보와 네루다를 통해 재발화하는 방식은, "있는 그대로의 랑그를 초월하는 방식"이며 "단순한 질료를 초월"(M. 바흐친)하고자 하는 노력의 일환으로 볼 수 있다. 우회를 통해 재현으로서의 언어를 풍부한 상호텍스트성 안에 풀어놓고 현실을 환기하는 방식이 그것이다. 그의 맥거핀은 다시 네오 카락스 감독의 영화 〈나쁜 피〉의 한 대사 "이제 내 인질과 함께 나가겠다!"와 연결된다. 한진중공업 해고 노동자의 운명을 껴안고 고공농성을 한 김진숙 지도위원은 오로지 자신의 "몸뚱이" 하나로, 파렴치한 자본의 대지의 유일한 "방패"로, "방탄조끼"가 되어 버틴 것이다. 이것이 곧 몸이 말하는 "진실의 힘"이다.

퐁, 수면에 쌍가락지만한 동그라미 하나

달랑 벗어놓고 사라지는 다이빙 선수처럼

아래로, 더 아래로, 심해로, 심연으로, 해구로, 해연으로

턴, 소리 없이 바닥을 되차고

위로, 머리 위로, 천정 위로, 허공 위로

푸아, 물줄기를 뿜어올리는 입 큰 하마처럼

미끈하게 솟구치는 돌고래처럼 귀신고래처럼

잠시 덧든 잠 밖에서 깜박! 덧든 길을 갔던 양 나 이제 징그러운 입 팅팅 불은 흡반이 되어 돌아왔네 키 큰 수양버들들 그 숱 많은 머리채로 수면을 빗질하던 초여름의 가지런한 그늘을 찾아 알뜰하게 그 길을 가로막고 서있는 콘크리트 벽 물때 앉아 미끈거리는 저 두터운 뱃가죽에 맨입으로 들러붙어 있는 당신 곁으로 쏟아지는 물대포를 맨몸으로 받아내는 당신 구불텅구불텅 온몸으로 춤추는 당신 곁으로 거품처럼 물귀신처럼

— 「버들잎뱀장어」* 전문

* 바닷가의 강 하구로 올라오는 어린 뱀장어가 '실뱀장어', 그보다 더 어린 뱀장어가 '버들잎뱀장어' 혹은 '댓잎뱀장어'다. 최근에 촬영, 공개되어 화제가 된, 셀로판지처럼 납작하고 투명한 물고기 '렙토세팔루스(Leptocephalus Larva)'가 바로 댓잎뱀장어다. 뱀장어의 알은 아직 한 번도 발견된 적이 없는데, 수천 미터 깊이의 캄캄한 심해에서 산란, 부화하기 때문일 거라고 추측되고 있다. 우리나라를 포함한 북서태평양 연안의 뱀장어들의 산란지로 추정되고 있는 곳은 괌 서쪽, 마리아나 열도와 필리핀 사이의 심해다.

물길이 막히니 생명이 오갈 수 없다. 버들잎뱀장어가 실뱀장어로 자라 강하구로 돌아왔지만, 콘크리트 벽이 가로막고 있다. 하

구둑이 막고 있는 한, 이들은 강에 오르지 못한다. "쏟아지는 물대포를 맨몸으로 받아"내며 "거품처럼 물귀신처럼" 나뒹굴 수밖에 없다. 어디 뱀장어뿐인가. 하구둑은 광화문에도 서울시청 광장에도 둘러쳐졌으며, 물대포는 쌍용자동차에도 한진중공업에도 용산 남일당에도 퍼부어졌다. 수백 명이 해고를 당하고, 하루에도 수십 명이 자살을 하고, 철거민들은 불에 타 죽는다. 이러한 사회적 갈등을 수수방관하거나 오히려 그 진실을 은폐하고 독선으로 일주하는 그들의 부당한 힘을 우리는 '국가폭력'이라고 부른다. 그 속에서 우리는 한 마리 실뱀장어처럼, "구불텅구불텅 온몸으로" 상처입고 아우성치고 있는 것이다.

> 대충 눕혀 건성으로 밀면 안 돼요
> 너무 각을 세우진 마시구요
> 너무 힘을 넣지도 마시구요
> 은근하게 밀고 은은하게 당겨주세요
> 그래요 끝내 난 당신의 까칠한 연인
> 눈송이처럼 눈보라처럼 내려앉는 당신
> 솜이불처럼 두툼한 그 엄지손가락 아래
> 끝끝내 까끌하게 서있고 싶거든요
>
> ─「칼」 전문

그렇다면 문학은 어디에 어떤 자세로 서 있어야 할까. 대충 눕혀 건성으로? 각을 세워서? 힘을 넣어서? 아니다. "은근하게 밀고 은근하게 당겨"야 하는 것이다. 당신이라는 세상과 맞닿아 있는 "까칠한 연인", 이것이 곧 시의 자리가 아닐까. 면도날이 피부에 닿아 수염을 깎는 것처럼 가만히 가만히……. 각을 세우거나 힘을 주면 반드시 피를 부르는 법! 시가 세상에 불온하게 맞서는 방식은 은근함이다. 아무 것도 아닌 것처럼 던진 한 마디가 칼이 되고, 함성이 되고, 역사가 된다. "끝끝내 까끌하게 서"서, 세상의 단면을 베어내는 칼의 노래, 이것이 심재상 시인의 시다.

　아무리 오늘이 가랑비에 옷 젖는 날이기로

　이 나이가 되도록 아직 전 한 방울의 술도 맞아본 적 없거든요 물론 안 믿어주시겠지만 뽀송뽀송한 길을 매끈한 아이스링크로 바꿔놔 본 적도 없고 큰 댓자로 누운 길을 전봇대로 벌떡 일어서게 만든 적 없단 말이죠 그런데도 저만치 뺑글뺑글 돌아가는 선홍색 불빛만 보이면 형광봉을 든 당신이 롱숏에서 미디엄 숏으로 대책없는 클로즈엄으로 빠르게 다가와 쓰윽 총구를 들이밀며 음주운전 단속중입니다 제방을 넘어오는 물길처럼 밀고 들어오면 언제나 오금이 저려오거든요 등신이 따로 없죠 옆에서 오는 바람이 젤로 무섭다고 제풀에 펄럭거리는 저 길 귀퉁이까지 누군가 묵직하게 눌러줬으면 싶어지거든요 비명 소리는 안 날 만큼만 은근한 손길로 말이죠 그러니 가랑비는 염려 마시구요 저 아사무사한 길모퉁이만 돌아나가면 바로 반환점이거든요 이제부턴 꾸욱 꾹 바닥까지 날 밟아댈 판이죠 보시다시피 밟아주는대로 쭉쭉 나갈 나이야 지나도 한참 지났지만 까짓 상관있나요

본디 밤길이 붇는다는 옛말도 있잖아요 한번 보실래요 종아리도 붇
고, 발등도 팅팅 부었잖아요 어쨌든 하나같이 좋은 징조라고 봐야죠
오늘이 바로 제 제삿날, 아니 생일날이거든요

— 「들고찍기 1」 전문

　그가 핸드헬드(handheld) 기법으로 찍은 소묘가 여기 있다. 정확
하게 말하면 그가 들고 있는 이 카메라는 일상을 찍은 것이 아니
라 일상의 자극으로부터 촉발된 내면 풍경을 포착한 것이다. 한
방울 술도 마시지 못하는 화자인데도 불구하고, 음주단속을 위해
선홍색 형광봉을 들고 서서 "롱숏에서 미디엄 숏으로 대책없는
클로즈업으로" 다가오는 경찰관을 보면 "오금이 저려"온다. 이러
한 태도는 '검열에 대한 공포'라고 할 수 있는데, 이는 곧 자기검
열로 이어질 수밖에 없다. 이런 방식으로 권력은 끊임없이 대상
을 호출(interpellation)하고, 이는 아날로그적인 방식을 넘어서, 보
다 정교한 장치와 교묘한 방식을 통해서 일상 속으로 더욱 매끄
럽게 파고들어온다.

　우리는 태어남과 동시에 국가기관에 출생신고가 이루어지고,
국가는 시기에 맞게 주민등록증과 입영통지서, 각종 세금과 보험
을 부과하고, 혼인신고를 통해 부부관계를 승인 받고, 죽음과 동
시에 누군가에 의해 사망신고를 접수한다. 주민등록번호로 코드
가 매겨져, 묵묵히 국가권력의 호출에 응하며 일생을 살아가는
것이다. 이것이 곧 경찰관의 형광봉이며, 우리의 내면화된 제도
이며, 은근한 공포이며, 단일 원리로 포섭되는 근대국가의 시스

템이다.

　밤길은 멀고, "종아리도 붇고 발등도 팅팅 부었"지만 하나같이 "좋은 징조"라는 이 반어적 어법은, 오늘이 바로 "제 제삿날, 아니 생일날"이라는 무의식적 말실수로 이어진다. 왜 그런 것일까. 화자는 "스윽 총구를 들이밀며" 다가온 검열에의 공포에 질려 의식의 혼란을 경험하고 있다고 보아야 할까. 어쨌든 은밀한 권력의 형광봉은 의식에 틈입해 주체를 죽이기도 또 제도 속에 살게도 하기에, 이러한 짐작을 가능케 한다. 음주운전 단속에 응하며 후, 하고 숨을 내뱉을 때, 우린 호출당한 것이다. 이 거북함, 이 불편함, 이 오금 저림! 우리를 죽게도 또 살게도 하는 이 호명의 방식!

여성처럼 부드러운 허리를 자랑하는 남자, 메트로섹슈얼과
남성처럼 강인한 턱선을 뽐내는 여자, 콘트라섹슈얼이
새벽 한 시의 인공태양 그림자 없는 불빛 아래
우연히 우연처럼 우연인 양 의기양양하게
거침없이 거리낌 없이 걸기적거림 없이
화끈하게 해후한다 겹쳐지고 포개지고 흡입되며
감수분열한다 이종교배한다 체크무늬 혼성모방으로
거듭 핵분열한다 한번 당겨지면 절대로 꺼지지 않는
이 기적의 성냥불 이 뜨거운 플러스 피드-백
수의처럼 착착 접히는 따끈따끈한 종이봉투에 담아

바로 드릴까요 아니면 수신자 부담의 총알택배로

천천히 보내드릴까요

            — 「홈쇼핑 키드내퍼-립싱크 랩소디 26」 전문

    여기서는 홈쇼핑 쇼호스트들이 우리를 호출한다. 메트로섹슈얼(패션이나 헤어스타일 등 외모를 가꾸는 것에 대해 적극적인 관심을 가지며 남성미와 여성적 아름다움을 동시에 추구하는 현대 남성을 이르는 말)과 **콘트라섹슈얼**(결혼해서 남편을 내조하고 육아에 인생을 거는 것이 아니라 기존의 남성들처럼 사회적 성공과 고소득을 인생 화두로 삼는 여성들로서, 기존의 성 역할 및 관념에 반대되는 성향을 가진 여성 또는 그 성향을 이르는 말)이 대낮 같은 조명 아래 "의기양양하게/거침없이 거리낌 없이 걸기적거림 없이 화끈하게" 등장하여 계속하여 거침없이 상품을 소개하면, 소비자들의 구매욕은 핵분열을 시작한다.

    이렇게 형성된 "뜨거운 플러스 피드백"[positive feedback: 제어의 신호값과 조정대상 혹은 한 조(組)의 작동체(effector)의 상태에 대한 신호값이 가산되는 경우, 무전기술의 증폭장치나 발전기, 혹은 생체의 성장에 있어 여러 상호관계에서도 나타난다]은 "따끈따끈한 종이봉투"에 담겨 바로 혹은 천천히 배송된다. 결국 소비자들의 영혼은 홈쇼핑 키드내퍼(kidnapper)에게 속절없이 유괴된다. 생산적인 욕망은 억압되고 결핍으로서의 욕망으로 전환되는(이병창, 「들뢰즈-초월하는 사유」, 『현대사상사』) 자본주의 사회의 소비 구조! 들뢰즈 식으로 말하면 우리는 "욕망하는 기계"(machine désirante)가 되어 버렸고, 자본주의는 이러한 욕망생산의 자동성을 증대해왔다. 따라서 들뢰즈는 부재에 의해서 정의되는 신체를 폐기하고, 욕망의 자동성이 제거된 '기관 없는 신체'의 잠재성과 가능성을 그 대안으로 삼은 것이다. 소비사회의 욕망구조 안에서 우리의 영혼은 유괴되었고, 그들은 더욱 "화끈하게 해후하여" 새로운 감수분열을 준비한다. 이 악순환으로부터 탈주하기 위해서는? 시가 우리에게 묻는 것은 여기까지다.

심재상 시인의 다섯 편의 신작은 모두 우리 시대의 뜨거운 화두를 담아내고 있다. 그의 아픔과 분노와 뜨거운 질문에 답하다 보면, '상상력의 아우슈비츠'가 되어 신음하는 대한민국의 지옥도가 보인다. 85호 크레인 위의 김진숙으로부터 하구둑이 막혀 강으로 오르지 못하는 뱀장어에 이르기까지, 수백 수천의 해고노동자들로부터 불에 타 죽은 용산의 철거민들까지, 검열 공포에 시달리는 자아에서부터 소비사회의 욕망하는 기계까지……. 그는 세상에 고문을 당하며 노래한다. 그의 시를 껴안고 함께 아파하지 않을 수 있겠는가.

불이법문(不二法門)의 세계
― 박용하 시인의 근작시에 대하여

이토록 명징한 세계 앞에서 비평은 사족이 되고 만다. 표면적으로 드러난 시어가 이미 모든 것을 말하고 있으니, 비평은 행간의 틈을 파고 들어가 말하지 못한(않은) 욕망의 밑자리를 들춰낼 수밖에 없다. 평자가 모든 것을 다 알고 있는 것처럼, 이건 이것이고, 저건은 저것이다, 라고 말하는 것이 과연 온당한 것인가. 그저 해석은 하나의 가설일 뿐이다. 더욱이 표면적인 어구 해석에 매달리는 일차원적인 해석이야말로 비평을 군말로 전락시킨다. 이런 의미에서 언어 그 후면에 도사리고 있는 아프고 괴롭고 어딘가 모르게 뒤틀려 있는 내면을 발견하는 일은, 이 작업의 본령이겠다.

　　너를 버리고 떠난 지 이십 년이 흘렀다
　　그땐 네 생각을 많이 했다

너를 뒤에 두고 가차없이 떠나는
내 모습을 너는 지켜봤을 게다

어떻게 헤어져야 하는지 몰랐다
어떻게 사랑해야 하는지도 몰랐다

너를 뒤에 두고
뒤를 돌아보지 않고 떠난 지 이십 년이 흘렀다

아주 가끔 네 생각이 났다
정말이지 아주 가끔 네 생각을 했다

너는 애가 셋이라 했다
나는 애가 하나라 했다

이십 년이 지난 어느 길모퉁이에서였다
너였다, 분명 너였다

우리는 찰나를 마주쳤고
이번엔 너를 앞에 두고 나는 내 갈 길을 갔다

어찌된 영문인지
고개까지 숙이고 내 갈 길을 재촉했다

너를 앞에 두고 지나가는
내 모습을 너는 또 지켜봤을 게다

나는 또 너를 잊을 만했다
하지만 다는 잊히지 않았다

— 「영희에게」 전문

　이 시에 그 어떤 비평적 언사를 붙일 수 있겠는가. 어떻게 사랑
해야 하는지도, 또 어떻게 이별해야 하는지도 몰랐던 젊은 시절,
화자는 너(영희)를 떠났다. 그로부터 이십 년이 지난 어느 날, 다
시 너를 만났지만, 아는 체도 하지 않고 헤어졌다는 얘기다. 그래
서 어쨌다는 건가. 이 작품에서 화자는 담담한 듯 말하고 있지만,
그 뒤에 감춰진 감정의 골은 그리 매끄럽지 않다. 사랑에 무지했
던 젊은 날에 대한 회한과, 찰나적 해후와 그 외면의 심정이 행간
에 숨어 있기 때문이다.
　"너를 뒤에 두고 가차없이" 떠난 화자는 오랜 세월을 걷고 또
걸어 다시 너의 '앞'에 당도한다. 여기서 화자는 떠나고 지나치는
행위자이지만, 너는 그런 모습을 지켜보는 목격자로서만 존재한
다. 또한 젊은 날의 그 무모할 정도의 가차없음은, 이제 "고개까
지 숙이고" 걸을 수밖에 없는 처지로 바뀌었다. 여기서 너를 떠나
고, 생각하고, 지나가는 모든 행위의 능동적 주체는 물론 나이지
만, 이것은 무지와 그리움과 황망함의 지표일 뿐이다. 사랑이라
는 감정의 부침을 견디지 못했으니 이별할 수밖에 없었고, 다만

그리워하다, 어느 길모퉁이에서 느닷없이 너를 만난 것이 아닌가. 그러나 어찌 너를, 그 시간들을 차마 다 잊을 수 있겠는가. 인연은 너를 만난 길모퉁이를 또다시 예비하고 있을지도 모른다.

처음 본 그 여자의 날개는 인디언 추장의 깃털 머리장식
같기도 하고 찬탈을 앞둔 숫사자 갈기 같기도 하다

처음 본 그 여자의 성기는 뭐라 말하기 어려운 서러움
같기도 하고 그게 뭔데 그거 때문에 일생을 도리질 칠까 싶어

여러 날 이리 살피고 저리 뜯어보기도 하지만
그 심장과 허파의 곡절 어찌 헤아릴까

처음 본 그 여자의 날개는 뿔 달린 해일 같기도 하고
이집트 벽화 속 수렵하는 남자의 측면 머릿결 같기도 하다

처음 본 그 여자의 젖가슴은 마음의 평화 같기도 하고
가도 가도 아랫도리를 벗어날 길 없는 생 같기도 하다

처음 본 그 여자의 아가리는 변심과 질투가 들끓는 공중정원
같기도 하고 식욕과 성욕 위에 세워진 두려움 같기도 하다

아아, 어쨌거나 그 여자는 내가 가질 수 없는 여자고

처음 본 그 여자의 머리카락은 고구려 장수의 투구 같기도 하고
더 이상 망할 게 없는 체로키 인디언의 생로병사 같기도 하다
— 「치미」 전문

　본능이라는 근원적 욕망에 평생을 시달리는 존재가 인간이라
고 했을 때, 생의 시련은 여기에서 비롯된다. 이 작품에서 여자의
육체의 한 부분 부분을 지칭하는 매재(vehicle)들은 그 형태적 유
사성이 중요한 것이 아니라, 거기에 개입된 꿈틀거리는 욕망의
뿌리가 중요하다. "처음 본 그 여자의 날개"(陰毛)는 "인디언 추장
의 깃털 머리장식"(雉尾) 같기도 하고, "찬탈을 앞둔 숫사자의 갈
기" 같다고 말한다. 이때, '치미'는 '광배'(光背) 형식의 장식인데,
이는 태양 숭배와 연관된다. 존재의 기원에 대한 무의식적 경사
라고 할 수 있는 이러한 비유는 숫사자의 갈기와 같은 공격적
힘을 포함하고 있다.
　그렇다면, "처음 본 그 여자의 성기"는 "말하기 어려운 서러움"이
기도 하며, "그게 뭔데"랄 수도 있는 것이기도 하며, 동시에 그것으
로 인하여 "일생을 도리질 칠" 욕망의 아가리이기도 하다. 모든
존재는 구멍에서 나서 구멍으로 돌아간다. 그 구멍 때문에 서럽고,
또 그 구멍을 갈망하며 일생을 부대끼는 것이 아닌가. 여러 날,
그 구멍을 살펴봐도 시난고난하는 존재의 곡절을 어찌 다 알겠는가.
　다시, "그 여자의 날개"에서는 "뿔 달린 헤일"처럼 거칠게 일렁
이고, 이집트 벽화에 등장하는 "수렵하는 남자의 측면 머릿결"과
같은 원시적 에네르기가 뿜어져 나온다. 그리하여 모든 수컷은

평생토록 "아랫도리를 벗어날" 수 없다. 그 아무리 여자의 젖가슴이 "마음의 평화" 같아도, 여자의 아가리가 "변심과 질투가 들끓는 공중정원"이어도, 뻣뻣하게 발기한 욕망은 식욕처럼 끊임없지 않은가. 먹는 것은 식욕이나 성욕이나 한가지다. 그리하여 여자의 아가리는 '먹다'라는 동사에 내포된 욕망을 후끈하게 뿜어내는 두려움이기도 하다. 아! 그러나 그 여자(A)는 "내가 가질 수 없는 여자"니, 우리는 언제나 작은 여자(a)라는 미끼로 파국을 지연하고 있을 뿐이다.

다시, "그 여자의 머리카락"은 "고구려 장수의 투구"와 같은 용맹스러움과 "더 이상 망할 게 없는 체로키 인디언의 생로병사"와 같은 존재의 궁극(죽음)을 내포한다. 결국 생이란, 체로키 인디언처럼 고향을 떠나 '눈물의 행로'(the trail of tears)를 걸으며, 욕망의 사슬을 이어가다, 더 이상 망할 것도 없이 죽음을 맞는 것이 아닌가.

하루에 일생이 걸려있다
헤어날 길 없는 동어반복

하루에 운명이 걸려있다
하나마나한 잡설과 잡담과 수다

배다른 하루가 오고 간다
하루 벌어 하루 먹고 사는 죽음

순간에 석양이 걸려있다
한 순간에 일생이 걸려 넘어지기도 한다

손도 못 대고 놓쳐버린 하루
손도 못 대고 놓쳐버린 남자

일생에 걸쳐 삶이 도착하고
일생에 걸쳐 죽음이 도착한다

태어나듯이 매일 일어나고
무덤에 들어가듯이 매일 잠자리에 든다

하루는 늘 오늘 하루
미칠 것만 같은 희희낙락과 과잉 노출

쥐도 새도 모르게 하루가 간다
하루가 가는 것처럼 치명적인 게 없다

― 「하루」 전문

　생이 이러하다면, 하루는 어떤 의미를 지니는가. 시인에 따르
면 우리는 일생을 사는 것이 아니라 그저 하루를 산다. 하루라는
분절된 시간 속에 존재할 뿐이다. 그러니 동어반복적인하루가 全
생애이고 全운명이다. "순간에 석양이 걸"리 듯이 무시로 지나가

는 하루하루는 순간이면서 일생이다. 삶은 태어나면서부터 주어
지는 것이 아니라, 매일매일 도착하는 것이고, 죽음은 어느 날
갑자기 다가오는 것이 아니라 일생을 통해 조금씩 도착하는 것이
다. 기실 우리는 매일매일 "죽으면서 살아간다" 나무도 헌 가지를
부러뜨리고(죽음) 새 가지를 내면서(삶) 살아간다. 따라서 『維摩經』
의 불이법문(不二法門)과 같이 존재는 상즉(相卽)의 관계에 있다.
결국 이 모든 이치가 하루에서 벌어지는 것이니, 우리는 하루를
치명적인 것으로 받아들여야 한다고, 시인은 말하고 있다.

속내를 드러내듯
내가 천하무능한 인간이라는 것을
물끄러미 들여다보며 지내는 날이 있다

그런 날은 피씩 웃음이 나온다
이미 반쯤 바람 빠진 풍선에서
남은 바람 빠지듯이

어딜 가나 반드시 손 보고 싶은 연놈들이 있고
다만 섬세하게 그러지 못할 뿐이지만

여하튼 사람 미워하면서 나는 많이 망가졌다
내가 없다면 너도 없겠지만

원수의 자리에 원수의 에미를 앉혀보기도 하고
원수의 자리에 원수의 새끼를 앉혀보기도 한다

마음이 좀 가라앉는 것 같아 좋아라 하지만
내 마음을 지배하는 건 내가 아니어서
아주 가라앉기는 틀린 거 같다

마침내
원수의 자리에 나를 앉혀보기까지 한다

나 없는 세상은 고요하기만 하고
눈물 떨어진 대양 같기만 하고

원수들이 쫙 깔렸지만
멀리 갈 것 없이

내가 원수들이다

— 「원수들—그토록 증오하면서 그리워하지는 않았는가」 전문

  부제를 보라. 증오와 그리움의 대립적 감정은 결국 하나다. "내가
천하무능한 인간"이라 여겨질 때가 있다. 그럴 때, 우리는 미움의
감정을 갖게 된다. 언제나 자학의 감정을 희석시킬 수 있는 가장
좋은 방법이 타자에게 원인을 투사하는 것이기에! 그 입사(入射)의

방법은 "손 보고 싶은 연놈들"을 증오하는 일이다. 심지어 원수들의 자리에 그의 '에미'를, 그의 '새끼'를 앉혀보는 일까지 나간다. 그러나 그 미움의 감정이 스스로를 망치는 일임을, 내 마음을 내가 지배할 수 없음을 깨닫고, 결국 그 원수의 자리에 나를 앉혀 본다. 타자에 대한 분노와 원망이 다시 나에게 되돌아올 때, 그것은 스스로에 대한 연민의 감정으로 화하게 된다. 결국 "원수들이 쫙 깔렸지만" 내가 수많은 "원수들"인 것이다. 우리는 타자를 미워하는 것이 아니라, 타자 속에 비치는 "천하무능한 인간인" 자신의 모습을 증오하는 것이다. 증오하지만 결코 부정할 수 없는, 나의 분신들!

여자가 섬세하다고 말하는군요
섬세한 여자가 섬세할 뿐인 것이지요

남자가 거칠다고 말하는군요
거친 남자들이 거칠 뿐인 것이지요

여자가 섬세하다는 말 웃기는 말이에요
개차반들이 한 둘이 아니거든요

남자가 거칠다는 말 웃기는 말이에요
강아지들이 한 둘이 아니거든요

성차별이 수컷들의 주무기라고 말하는군요

암컷들의 수컷 차별이 더하면 더한 것이지요

수컷이 수컷 차별하고
암컷의 암컷 차별 또한 장난이 아니지요

차별 없는 세상이 있긴 있지요
누구나 다 죽으니까요

하여간 여자니까 섬세 어쩌구 하는 말
발가락 개꼬랑내와 비슷한 것이에요

하여간 사내답다고 하는 말 뒤집으면
언제든 개가 될 수도 있다는 말과 같은 것이에요

밥맛 떨어지는 놈 옆에 술맛 떨어지는 년이 붙어 있거나
그 반대인 경우도 허다한 것이지요

섬세한 여자가 어디까지나 섬세한 것이고
섬세한 여자보다 더 섬세한 남자도 수두룩한 것이지요

여긴 인간의 나라가 아니예요
수컷이거나 암컷인 나라인 것이지요

— 「컷의 나라」 전문

여기서도 다시 '不二'다. 성적 이분법이 낳은 선험적 관념들. 이름 하여, "컷의 나라". 이 '컷'은 수컷과 암컷을 가르는 컷(cut)이기도 하다. 암수의 생물학적 구분지(區分肢)가 '섬세함'과 '거침'의 의미를 전유할 수 없다. "개차반"인 여자들도, "강아지"같이 고분고분한 남자들도 널렸기 때문이다. 이때 성은 어디까지나 사회적으로 형성되는 젠더를 함의한다.

성차별의 원흉은 수컷이 아니다. 시인은 오히려 "수컷이 수컷을 차별하고/암컷의 암컷 차별 또한 장난이 아니"라고 말한다. 차이가 아닌 우열로 받아들이는 성차(性差)는 내부의 모순을 안고 있다. 얼짱, 몸짱이 아니면 모두 루저가 되는 세상이니 말이다. 그렇다! 여긴 인간의 나라가 아니다. 인간 고유의 개별적 내면성이 상실된 획일적인 컷(cut)의 세계는 동물의 세계다. 동물이 되기를 강요하는 이 시대는 컷의 속물성이 지배하는 곳이기도 하다.

박용하 시인의 근작시는 만남과 이별이 뫼비우스의 띠처럼 맞물려 있고(「영희에게」), 욕망과 욕망의 미끼가 엉켜 있으며(「치미」), 하루가 일생처럼 걸려 있고(「하루」), 증오하던 원수들 속에 내가 있고(「원수들」), 수컷과 암컷으로 구분된 세계의 모순이 있다(「컷의 나라」). 생의 세목들 속에서 들끓는 욕망을 건져 올려, 이를 명징하게 드러낼 줄 아는 그의 시는, 쉽게 다다를 수 있는 경지가 아니다. 시인은 아프다고 말하는 자가 아니다. 아픔의 근원이 어디에 있는지 직관으로 꿰뚫어보는 자다.

저녁의 냄새 혹은 전략의 방식
— 이상국·하린 시인의 근작시에 대하여

비평은 고독한 장르다. 텍스트의 밑바닥, 어떤 현상의 심연에 가라앉기 위해서는 1차 텍스트의 생산자인 시인이나 작가의 무의식까지도 들여다볼 수 있는 심안이 필요하다. 하지만 이러한 비평가의 응시는 백안시되거나 작품에 기댄 췌언으로 무시되곤 한다. 나는 여기서 비평의 존재 이유나 비평 행위의 고단함을 상식적으로 떠벌이는 게 아니다. 당신들이 필요할 때만 부르는 주례 선생님이 비평가가 아니라는 사실을 말하기 위해서다. 없으면 안 될 것 같아 기껏 부르긴 했으나 정작 아무도 듣지 않는 예식장 주례사처럼, 당신들은 그런 식으로 비평을 취급해 왔다.

비평가는 아파도 아프다고 말하지 못한다. 슬퍼도 슬프다고 말하지 못한다. 그 반대의 감정도 역시 말하지 못한다. 자기 감상까지도 객관화시켜 들여다보아야 하는 비평가의 운명. 어떤 정서에도 매몰됨 없이, 끊임없이 진동하며 그 파문을 낱낱이 기록하는 행위. 당신들이 이를 조금이라도 이해한다면, 그 만큼 비평의 자리에 온기가 돌고, 그 터가 넓어지지 않을까.

이상국 시인과 하린 시인의 신작시를 대하며 비평가의 자의식을 늘어놓은 것은 작품이 시킨 것이 아니라, 우리나라의 척박한 비평의 자리를 의식한 것임을 분명히 한다. 그들은 적어도 우리 시단의 원로와 신진을 대표하는 시인임에 분명하기에, 누추한 내 비평의 언어가 잠시나마 환하게 빛날 것임을 예감한다.

1. 저녁의 냄새―이상국 시인의 근작시에 대하여

이상국 시인의 언어는 민무늬토기와 같다. 요란한 무늬가 없어 담박하고, 희롱하는 자태가 없으니 진솔하다. 영색하지 않은 생의 구체적 체험을 간결하면서도 곡진하게 제시하는 것만으로도 그의 시는 자신만의 형질을 부여받는다.

언젠가 좋은 날이 오겠지

오겠지 하며

작은 절 부처님께도

절하며 살았는데

지나간 날이 다 그날이라니

— 「말도 안 돼」 전문

　언젠가 좋은 날이 오겠지, 오겠지, 하는 믿음이라도 있어야, 생은 살아지는 것이다. 계속해서 떨어지는 로또를 매주 사게 되는 것처럼, 불가능성의 가능성을 믿고 묵묵히 기도하는 시간이 생이 아닐까. "작은 절 부처님께도/절하며" 좋은 날을 갈구했지만, 결국 지나간 날이 그날이라니, 제목과 같이 말도 안 되는 일이지만, 그것을 긍정하는 수밖에 도리가 있겠는가. 시간을 진보와 발전이라는 일직선적 관점에서 인식하지 않고, 순환적인 시간관에 입각해서 사유한다면, 생은 그날과 그날의 반복이며, 대문자 히스토리도 이와 다르지 않다.

　벌교 못 가 민박을 하고 면사무소 근처에서 아침을 먹는데
　한 패의 사내들이 들고 온 횟감으로 주인 여자에게 안주를 떠 달래서
　아침술을 어찌나 맛있게 먹던지

　소주가 그들의 목젖을 넘어 밤새 마른 창자를 적시는 그 짜르르한 맛을
　나는 목을 늘려 바라보았다

아 나도 한잔 할 수 있겠구나 하며
눈치까지 보이며 기다렸는데도
누가 형씨 한잔 같이 합시다라든가
술 할 줄 아능기요 하는 말 한 마디 없었다

되게 야속하고 무안해서 숟가락을 팽개치고 나온 나는
그길로 다른 식당에 들어가 댓바람에 술 한 병을 다 비웠다

— 「아침 술」 전문

　화자가 아침술을 마시게 된 정황이 소상하게 밝혀져 있는 이
작품은, 서사적 상황 제시만으로 하나의 텍스트가 된다. 아침 술
은 아무나 마시는 게 아니다. 아침에 출근하고 저녁에 퇴근하는
정상배들은 마실 수도 없는 것 아닌가. 이 멀쩡한 사람들의 외곽
에서 하루를 술로 시작하는 이들. 그들이 아무리 맛있게 아침 술
을 마신들, 그들의 생마저 행복하겠는가. 그들의 아침 술을 부러
운 듯 바라보다, 다른 식당에서 술 한 병을 다 비웠다는 화자 역
시 그들의 정서로부터 그리 멀리 떨어져 있지 않다. 질박한 시정
으로 제시되는 아침 식당의 풍경과 한 사내의 소박한 시샘의 감
정은 어딘가 모르게 쓸쓸하다. 이 작품의 지배적인 인상(dominant
impression)으로 느껴지는 이러한 감정은, 시인의 허허로운 내면풍
경에 다름 아니다.

　어느 날 한 아저씨가 내 속으로 들어왔다

더 갈 데가 없었는지

제 집처럼 들어왔다

아저씨는 바퀴처럼 닳았다

그래도 아저씨는 힘이 세다

아저씨라는 말 속에는

남자들의 집이 들어 있다

어느 먼 길을 걸어왔는지

아저씨에게서는 어스름한

저녁의 냄새가 났다

                                        ―「저녁」 전문

  이 작품 속에는 초로의 사내가 있다. 이제는 갈 데가 없는 바퀴
처럼 닳아 버린 아저씨. 화자는 "아저씨"라는 말의 의미를 음미한
다. 이 말 속에는 "남자들의 집"이 들어 있고, 그에게선 "어스름한
/저녁의 냄새"가 난다고. 청년기가 지나고 할아버지라는 말을 들

기 전까지, 모든 남자는 아저씨라는 존재의 집을 얻어 인생을 살아간다. 두 다리가 바퀴가 되어 멀리 돌아다닐 만큼 힘도 세다. 그런데 이제 그는 갈 데가 없다. 아저씨의 생은 어스름한 저녁의 냄새로 서서히 저물어 간다. 이 쓸쓸한 저물녘의 풍경 속에 "먼 길 걸어"온 한 사내의 인생이 있다. 이처럼 이상국 시인이 제시하는 감각적 이미지는 관념으로 지은 것이 아니라, 질실한 생의 자리에서 축성된 것이다. 아저씨라는 말은 이제 추상적 언어기호가 아니라 사내들의 생이 담긴 실체적 의미로 화한다.

어느 해 추석
앞집에 든 도둑이
내 차 지붕으로 뛰어내리던 밤
감식반이 와서 족적을 뜨고
나는 파출소에 나가 피해자 심문을 받았다
성명 주민등록번호 주소 그리고
하는 일 등을 정직하게 대답했다
그 일로 나는 달려라 도둑이라는 시를 썼다
들키는 바람에 훔친 것도 없으니까
추석 달빛 속으로
그림자처럼 달아나라는 시였다
그리고 얼마나 지났을까
경찰에서는 그 사건을 불기소 처분한다고
문자 메시지를 보내왔다

우리나라 경찰은 몰라보게 편리하고 친절했다
그러나 도둑의 무게만큼 찌그러진
차 지붕을 새로 얹는데 든
만만찮은 수리비에 대하여서는
앞집은 물론 경찰도
전혀 아는 체를 하지 않았다
그렇다고 이미 발표한 시를 물릴 수는 없고
나는 그 도둑이라도 이 시를 읽어 주었으면 하는데…….
— 「도둑과 시인」 전문

　앞서 「아침 술」과 마찬가지로 서사적 상황을 설명적으로 제시
하고 있는 작품이다. 외적 상황을 연대기적으로 기술하고 있지
만, 결국 이 시는 도둑과 시인의 내면으로 우리를 인도한다. 여기
서 "앞집에 든" 어수룩한 도둑은 "들키는 바람에 아무것도 훔친
것도 없"이 달아났고, 시인은 피해자 심문까지 받고 "달려라 도
둑"이란 시까지 쓰게 된다. 그러나 사건은 불기소 처분이 되고,
찌그러진 차 지붕을 고치는 데 만만치 않은 수리비가 들어가지만
아무도 그의 억울함에 대해 아는 체를 하지 않는다. 화자는 「도둑
과 시인」이라는 이 시라도 읽어주길 바란다는 불가능한 소망만
을 중얼거린다. 아둔하기 짝이 없는 도둑과 어질다 못해 답답해
보이기까지 하는 시인은, 약빠르게 이해타산을 따지는 세태와 전
적으로 대비된다. 따라서 이들은 일상적 차원의 손배의 관계를
넘어선 이해와 포용의 지점에 놓이게 된다.

이 손바닥만 한 땅덩이에서
아버지는 일생을 소와 함께 살았고
나는 월급봉투로 살았다
지금 나의 자식들은 카드로 산다.
카드의 마그네틱 자성은 원래
빅뱅 때 우주에서 날아온 것이고
하늘에는 아직 반짝이는 별이 많다
언젠가 텍사스에서 카드를 긁고
서울에서 결재하며 금전이
하늘을 어떻게 오가는지
오래 바라보았다
사는 게 도깨비놀음이다
그러나 지피에스로 찍고
내비게이션만 있으면 사실
이 세계라는 것도
별게 아니긴 하지만
어느 날 구글 지도 검색을 하다가
바다로 떨어질까 봐
대륙의 가파른 등짝에
한사코 매달린 내 땅을 보니까
눈물이 날 것 같았다
사는 게 다 용하다

— 「어느 날 구글 검색을 하다가」 전문

지피에스를 켜고 보면 세상이 부처님 손바닥 같고, 미국에서 카드를 긁고 서울에서 결제를 하는 세상이 노깨비 놀음 같아도, 산다는 것은 만만한 일이 아니다. 아버지가 일생을 소와 함께 대지의 소작으로 산 것처럼, 화자가 월급봉투로 산 것처럼, 카드로 사는 지금의 자식들도, "바다로 떨어질까 봐/대륙의 가파른 등짝에/한사코 매달린 내 땅"과 같이, 사는 건 용한 일이다. "사는 게 도깨비놀음이다"에서 "사는 게 용하다"로 변모하는 인식의 추이는, 산다는 게 시대와 상관없이 눈물나도록 힘겨운 일임을 이해하는 데서 나온다. 이 손바닥만 한 땅덩이가 이 요지경 세상에서 살아남으려 아득바득하는 것도 다 이 같은 형국이니까 말이다.

이상국 시인의 시에는 치렁치렁한 관념의 수사가 없다. 모든 시가 진여하고 핍진한데, 이는 삶의 진면목을 들어야볼 수 있는 혜안을 가진 시인만이 얻을 수 있는 정수다. 그의 한결같은 시정은 곱고 순하고 환하다. 신기취미에 빠진 자들만 이 중요한 것을 모르고, 스스로가 자초한 언어의 감옥에서 허우적거리고 있을 뿐이다.

2. 전락의 방식―하린 시인의 근작시에 대하여

"하청에 하청을 거듭할수록/본체의 중심에서 멀어지는 사내들"(「온몸이 전부 나사다」)이 모여 "신나를 들이붓고 싶은 밤"을 건너가는 절망을 노래하며 문단에 나온 그다. "자취방에 모여 라면에 소주를 마시며/음란비디오를 보던 밤"의 이야기는 아무나

할 수 있는 게 아니다. 그 전락의 상황은 곧 그의 시가 만들어지는 원천이며, 그로부터 울려나오는 노래는 담담하되 처절하고, 진술하되 체념적이다. 그의 시에서 느껴지는 페이소스는 바로 처절함과 체념이 뒤섞여 있는 데서 기원한다. 그의 시를 잘 들여다보면, 그가 왜 아웃사이더의 자리에서 자투리(나는 여기서 기리빠시(切れっ端)라는 일본말을 쓰고 싶었다)의 생을 추적하는지 알게 될 것이다.

전세에서 월세로 계단식에서 복도식으로 몸은 이동한다 악동들이 몰려온다 전단지 같은 아이들이 벨을 누르고 도망간다 배달의 기수가 되기 위한 저 지루한 속도 아이들은 아이들식으로 아이들의 하루를 탕진하고 어른들은 어른들식으로 어른들의 하루를 탕감한다

4인용 식탁을 버리고 혼자 밥을 먹는다 어차피 어른이 된 아이나 아이가 된 어른을 이해할 1인용 식탁은 없다 나의 소외는 왜 이렇게 허술한가 독백은 자백의 다른 말이니 중얼거리며 저녁을 섞어 먹는 나는 세상에서 가장 물렁한 뼈다

애인은 멀고 복도엔 현관문만 많다 마흔 살엔 마흔 개의 현관문과 마흔 명의 아내와 마흔 명의 애인이 있다 어느 문을 통과하든 우린 다른 침대를 원한다 한밤에 창문으로 뛰어내리는 수많은 침대들 그러니 애인은 멀고 아내는 가깝다

복도식엔 서열 따윈 없다 계단식으로는 규정지을 수 없는 수평의 힘, 숨이 고르지 못한 생각들이 복도 끝에서 담배를 태운다 공평하게 서로의 시뻘건 눈동자를 확인한다 악취의 순간을 들키지 않으려고

유령처럼 재빨리 돌아선다 사라진 자리엔 찾아가지 않은 빈 그릇들이
즐비하다

—「다크써클」 전문

"전세"에서 "월세"로, "계단식"에서 "복도식"으로, "4인용 식
탁"에서 "혼자 밥"을 먹는 상황으로 전락한다. 아이들이 "탕진"한
하루든, 어른들이 "탕감"한 하루든, 이들에게 시간은 피동적으로
다가온다. 이들은 "지루한 속도"로 생을 살아낼 뿐이다. 그리하여
화자는 스스로를 상탄한다. "나의 소외는 왜 이렇게 허술한가"라
고. 이러한 독백을 자백으로 내뱉는 "나는 세상에서 가장 물렁한
뼈"라고 체념한다.

서열 따위는 없는 복도식 아파트에는 수많은 현관문들이 있다.
문의 개수만큼 아내가 있고 애인들이 있을 것이다. 이곳에 사는
누구도 집안에 있는 침대를 원하지 않는다. "애인은 멀고 아내는
가깝다." 그리하여 반딧불이처럼 복도 끝에서 담배를 태우고, "악
취의 순간을 들키지 않으려고" 뒤돌아선다. 그 자리엔 "찾아가지
않은 빈 그릇들"만이 널브러져 있다.

시인은 이러한 상황에 다크써클(dark circle)이라는 제목을 붙였
다. 이는 사전적으로 눈 밑이 검게 변한 신체적 현상을 가리키는
것이 아니라, 생의 권태와 전락의 과정을 악순환(vicious circle)으로
받아들이는, 이음동의(異音同意)에서 착안된 것이 아닐까. 어둠에
서 어둠으로 이어지는, 부정할 수 없는 생의 속사정 말이다.

수염이 자라기 좋은 밤이다 거리는 늙어가고 건물들은 깊이가 다
른 잠을 청한다 오아시스를 찾아 떠난 여자가 모래의 문장으로 엽서
를 보내올 것이다 건조한 연애를 달래기 위해 술집 파라다이스로 간
다 발가락이 꿈틀대는 한 여자는 돌아오지 않겠지 최초의 오해는 남
자와 여자의 연애에서 시작되므로 우리는 점성술을 믿지 않는다 오랫
동안 나는 별과 사랑을 착시한다 둘은 둘이고 셋은 셋일 뿐 천일야화
는 듣는 이와 말하는 이가 가진 이본일 뿐, 밤마다 몽롱한 양탄자가
난다 동네를 배회하는 마약 같은 별의 노래 술집에 모인 사람이 모두
별이라면 그 별의 이름은 발작 1호 발작 2호 발작 3호 발작 4호……발
작 11호 쯤, 사람들은 간질병에 걸린 별 하나씩 품고 산다 지금쯤 여
자는 어느 별에서 선명해지고 있을까 사라진 별을 찾아 술집 파라다
이스로 간다 나는 여전히 21세기적이지 못한 슬픔에 젖는다 식상한
표정을 뒤집어쓰고 부재(不在)를 따라 마신다 최초의 적응은 그런 무
덤덤에서 시작된다

— 「가면」 전문

　　생이 지루해지듯, 연애가 건조해지면, "술집 파라다이스"로 간
다. 화자는 말한다. "오랫동안 나는 별과 사랑을 착시한다"라고.
그러나 기실 이 별들은 "발작"의 다른 이름이다. 술집에 하나 둘
모인 "동네를 배회하는 마약 같은 별"들을 화자는 "발작 1호 발작
2호 발작 3호 발작 4호……발작 11호"로 명명한다. 사람들은 모
두 "간질병에 걸린 별 하나씩을 품고" 살기 때문이다. 이제 더
이상 별은 사랑이 아니다. 발작이다, 발광이다. 화자는 "21세기적

이지 못한 슬픔"에 젖어 "식상한 표정"의 가면을 뒤집어쓰고 "부재"를 마신다. 이 식상함, 무덤덤함. 미칠 것 같지만 미치지 않고 살아가는 것은 바로 무덤덤함의 가면을 쓰고 있기 때문이다. 이것이 바로 "최초의 적응"이라면, 이는 긍정적인 의미의 수용이 아니라 체념의 다른 표현인 셈이다.

함부로, 유리를 건너지 말아야 한다
너는 바스라지기 쉬운 아이
두께를 가늠할 수 없는 아이
유리를 통과하는 일은
날카로운 감정으로 투명한 시간을 견디는 일
그러기에 유리는 공간이 아니라 시간이다
무언가 도려내고 싶다는 것은
얇은 유리에 등 기댄 채 졸고 있는 무거운 자신을 발견하는 일
깨진 유리가 되기 직전을 견디는 일
하여 내가 가진 우울의 농도는 자살에 이르지 못한다
저녁의 축축한 공기를 찢고 당신의 부고가 날아든다
이제 당신을 어떤 인칭으로도 규정할 수 없다
상심한 밤을 가르며 당신은 끝내 날아간 것인가
혈관 구석구석을 깊게 아주 깊게 휘젓고 나가는
당신의 붉은 옷자락에서 악몽이 뚝뚝 떨어진다
결국 당신은 당신의 우울로 돌아앉고
나는 나의 우울로 돌아앉는다

이젠 방백도 없이 밤을 견뎌야 하는가

아, 지금쯤 당신은 쾌청하신가

— 「부재(不在)」 전문

생은 "깨진 유리가 되기 직전을 견디는 일"이다. 그러한 의미에서 "유리는 공간이 아니라 시간"이다. 내가 가진 "우울의 농도"가 자살에 이르지 못할 때까지가 바로 생이다. 이때, 당신의 부고가 날아든다. 당신은 유리를 건넜고, 생의 "투명한 시간"을 깼다. 살아있는 자도 죽은 자도 모두 스스로의 우울로 돌아앉는다. 이제 당신이라는 들어줄 이가 없으니, 방백도 허락되지 않고, 오로지 밤의 시간을 견뎌야만 한다. 이것이 시인이 말하는 부재(不在)다. 삶과 죽음의 경계에는 "얇은 유리"가 놓여 있다. 이 팽팽한 긴장의 투명한 유리막을 사이에 두고 견디는 힘과 부재의 시간이 맞서 있다. 그러니 "함부로, 유리를 건너지 말아야" 하는 법이지만, 생의 우울은 치사량이 있기 마련이다.

새 한 마리 날아와 심장이 따갑다

나는 나에게 혁명을 신청한다

또 다시 어제의 방식을 용서한다

나의 미래가 당신과 다른 목적일 때

밤은 지루한 방향으로 돌아선다

누가 새를 풀어 혁명을 완성하려 하는가

액자처럼 벽에 걸고 감상할 수 있는 혁명은 없다

심장에 남은 절망을 모두 다 읽고
긴 한숨으로 새가 빠져나간다

새가 날아간 방향에선 살모사 같은 고독이 자란다

내가 고독에게 물려 죽으면
수천 가지의 소문이 몸 밖으로 자랄 것이다

비만한 나의 이상이 이본(異本) 속을 걷는다
1000년 후에도 죽은 심장이 뛰고 있다면
그것은 눈을 감지 못하는 새의 독백일 게다

— 「소수의견」 전문

생에는 수많은 틈입이 있다. "새 한 미리가 날아와 심장이 따갑다." 그 새에게 화자는 혁명을 신청한다. 그러나 불행하게도 "나의 미래"는 "당신과 다른 목적"이다. 그리하여 새는 화자의 심장에 고인 절망을 모두 읽고 한숨처럼 빠져 나간다. 이 부재(不在)의 공간에는 "살모사 같은 고독"이 자라난다. 이 고독을 감당할 수 없을 때, 그리하여 "고독에게 물려 죽으면", 화자의 죽음을 둘러 싼 무수한 이본(異本)들이 난무할 것이고, 그 속에는 화자가 부재한다. 그렇다면 남는 것은 무엇일까. 내 심장을 빠져나간 "새의 독백" 뿐이다. 소수의견(minority opinion)이란 바로 이것을 가리키고, 이는 항시 은폐된다. 이것이 생의 피할 수 없는 파국이라면!

다들 한 칼씩 가지고 산다
슬픔이나 분노가 목 아래까지 차오를 때
칼 하나가 불쑥 대가릴 쳐든다
곤조 꼬라지 숭질 지랄이란 말은 한칼의 이종교배
모든 아비와 어미에겐 한칼을 숨기는 기술이 있으니
그것은 오장육보 위장술이고
간장이 타들어 간다는 말, 애간장 녹다의 근원이다
한밤의 검객들은 술만 취하면 심장 근처에 숨겨놓은 칼을 매만진다
그러니 변두리 술집엔 삼삼오오 모여 있는 거사(巨事)들이 있다
베스트 오브 베스트
일생일대의 연애, 사업, 입사, 사표, 졸업 그리고 죽음······
옥상을 밀어낸 사람은
만유인력법칙도 한칼임을 증명한다
변두리 독거노인이 연탄재를 바닥에 탁 내리꽂으며
부서진 잔해 위에 독한 가래를 뱉을 때
튀어나온 지랄 염병 오실할 놈은

가래와 욕의 동시성을 증명한다
칼은 비유나 상징이 아니다
직방(直放)이다 실체다*

― 「한밤의 검객」 전문

* 정진규의 시와 시론에서

　"발작"하는 무수한 별들의 가슴 속엔 "한 칼"이 들어있다. 이는 "곤조 꼬라지 승질 지랄"이란 말들과 동의어다. 그러나 살아가기 위해선 한 칼을 숨겨야 한다. 이 땅의 "모든 아비와 어미"들처럼 말이다. 그러니 "간장이 타들어" 가고, "애간장이 녹"는다. 변두리 술집엔 바로 이런 칼을 숨긴 "거사(巨事)들이 있"기 마련이다. 그러니 그들 중 누가 목숨을 놓는다는 것은 자신의 가슴 속에 숨긴 비수가 머리를 치켜든 것이다. 만유인력의 법칙을 한 칼에 증명하듯, 어떤 이는 옥상을 밀어낸다. 이는 "변두리 독거노인이 연탄재를 바닥에 탁 내리꽂으며" 내뱉는 가래나 욕과 같아서, 칼은 "비유나 상징이 아니"라 "직방(直放)"이며 "실체다".
　차마 한 칼 뽑지 못해 살아가는 "한밤의 검객"들. 이 오장육부가 타들어가는 생의 아픔을 위장하며 살아가는 외로운 사람들. 죽지 않을 만큼의 우울의 농도로 지탱하는 발작 1호, 발작 2호, 발작 3호……. 죽지 못해 살지만, 치열하게 하루하루를 탕감하는 수많은 검객들. 그들이 모두 우리라는 이름으로 흩어져 각자의 칼을 매만지는, 묵시록적 멜랑콜리아를 어찌할 것인가. 나는 하

린 시인이 그려낸 생의 풍경에 수긍할 수밖에 없다. 나 역시 발작
○호이기 때문이다.

조물(造物)의 서정 시학
— 배한봉 시인의 근작시에 나타난 은유의 의미망

　시인은 본디 우주의 원리를 훔치는 자다. 그의 작업은 대상을 파괴하는 것이 아니라 그것을 원초적 상태로 복귀시킨다. 그러한 의미에서 시적 작용은 주문(呪文)이고 주술이며 다른 마법의 방법과 다르지 않다(옥타비오 파스, 『활과 리라』). 파스의 말대로, 시인은 자신의 리듬을 우주의 리듬과 조화시켜 시적 계시의 순간을 맞이하고, 이는 곧 내면적 탐색으로 이어진다.

　배한봉 시인이라는 마법사의 언어는 세계를 새로 빚고, 그 안에 들어찬 무수한 생명들을 에이도스(eidos)의 세계로 돌려놓는다. 이 힘의 원천은 바로 서정의 원리 안에 내재해 있으며, 이를 따라가면 우리가 잊고 있었던 신성의 세계가 기려하게 펼쳐진다. 이를 통해, 서정시가 순수해지면 순수해질수록 거기엔 파괴된 세계와의 불화의 순간을 내재한다고 말했던 아도르노의 명언이 다시급 확인된다.

우리가 발 딛고 있는 세계는 이미 회복 불가능의 상태에 빠져 버렸다는 비관적 전망을 매순간 확인시켜 주고 있다. "고장 난 자본주의"는 파시스트적으로 세계를 유린하고 있으며 인간은 스스로가 만든 굴레 속에 욕망의 기계로 전락해 있고, 그로 인한 병증에는 이미 사망선고가 내려져 있다. 이 가망 없는 지금-여기와의 싸움의 의미는 결과로 말하는 것이 아니라, 끝까지 길항한 과정으로 증명된다. 그 최후의 전사가 시인이며, 그들의 언어는 인류 정신사의 위대함을 증명하는 묘비명이 될 것이다. 다시, 파스는 말했다. "시가 다스리는 영토는 '제발……했으면'"(옥타비오 파스, 위의 책)이라고. 이 불가능한 가능성의 현시(顯示)를 보라.

겨울 아침, 수련 잎들이 순은(純銀)의 빛으로 반짝거리고 있다.

대관절 이 겨울에, 아직도 푸르게, 온몸으로 아침을 받아들이는, 저 제의(祭儀), 저 반짝거림의 신성은 어디서 온 것인가.

사랑은, 온몸 온 마음으로 세상을 다 녹이기도 하지만
온몸 온 마음으로 세상을 다 얼리기도 하는 것. 이별이 오기 전에 시간조차 얼려 멈추게도 하는 것.

푸른 잎을,
일순 그 자리에서 영구 감금해버린, 투명한, 얇은 비닐 펼친 듯한,

저 결빙.

영하의 밤이 줄 수 있는 가장 힘찬 포옹을, 세상 그 어떤 선물보다
더 느껍이 받아들인 수련 잎들의 결의를
아침 해는 또 이렇게 온몸으로 순은빛 사랑으로 꽃피우고 있다.

한순간만이라도 나도 너를, 나만의 온전한 순은빛 아침으로 내 가
슴에 올려놓고 싶은 마음을 이렇게나마 온몸으로 밀어붙이고 있다.
— 「겨울 수련」 전문

여기, 순은 빛으로 응결된 사랑의 표상이 있다. 수련의 푸른
잎사귀가 투명한 얼음 막으로 결빙되어 버린 것. 겨울이라는 이
별의 시간마저 얼려 버린 저 제의(祭儀)! 그것은 영하의 밤을 "느
껍이 받아들인 수련 잎들의 결의" 때문이다. 추위라는 시련을, 자
신을 구속한 얼음을 수용하였기에, 자신의 푸른빛을 "영구 감금"
시킬 수 있었던 것. 삶과 죽음, 생명과 시련, 만남과 이별이라는
배리(背理)의 관계마저 무화되는 저 신성의 순간! 모든 경계에 꽃
이 핀다고 했던가. 바로 이 임계(臨界)의 순간이 아침 해를 받아
"순은 빛 사랑"으로 꽃 피우고 있는 것이다. 시인은 이러한 홀황
한 자연사의 한 장면을 인간사에 연결 짓는다. 나도 너를, 수련의
푸름을 결빙시킨 얼음처럼, 얼음의 시련을 느껍게 받아들인 수련
잎처럼, 온전히 하나가 되어 순은 빛으로 반짝이기를 말이다.

하늘에서 여인들 속삭이는 목소리가 가느다란 선을 그으며 내린다.

깊다, 하늘에서 사색의 줄이 비가 되어 미끄러져 내려오는 소리.

수련은 비가(悲歌)를 듣는 사내의 귀처럼 둥글게 깊어지고,
수면은 온통 빗줄기가 만든, 겹쳐지는 동그라미 문양이 새겨진 수
궁(水宮)이다

아직은 한낮,
심장 깊이 밀어 넣었던 꽃봉오리의 박동을 파문 위에 펼쳐 보이는
수련들, 내가 너로 인해 무진장 환하게 피듯

그리움은 모두 혁명이다.

우주에서 어둑한 무게를 들어낸 만큼 수련 꽃봉오리들이 잠깨고
있다. 그러나 인간의 눈에는 아주 가늘게
여인들이 미끄러져 내린다. 무어라 무어라 귓속말을 하며 아주 먼
곳에서 가까운 곳으로, 나와 더 가까운 곳으로….

— 「비와 수련」 전문

수련은 왜 피는가. 배한봉 시인에 따르면 수련은 저 아득한 우
주로부터 그리움이 내리기 때문이다. 그 빗방울이 꽃봉오리의 잠
을 깨우고, 그 파문이 둥글게 퍼져 나가는 호수는 수궁(水宮)으로

화한다. 하늘에서 들려오는 여인들의 목소리는 수련의 봉오리를 열리게 하고, 화자의 마음은 "무진장 환하게" 핀다. 그리하여 화자는 하나의 명제를 말한다. "그리움은 모두 혁명이다."라고. 비는 계속해서 화자에게 "무어라 무어라 귓속말을" 한다. 그 신묘한 우주의 음성은 화자와 더 가까운 곳으로 다가온다. 계속 미끄러져 내리는 여인들은 화자의 마음을 건드려 환하게 꽃 피우는 순간을 맞을 것이다. 옥타비오 파스는 이 "치명적 도약을 사랑, 이미지, 현현"(옥타비오 파스, 위의 책)이라고 명명했다. 이처럼, 배한봉 시인의 시 세계가 그려내는 서정의 세계는 바로 자연적인 것 속의 초자연성, 초자연적인 것 속에 깃들인 인간적 속성을 드러내는 범우주론적 의미망을 형성한다.

얼음 꽝꽝 언 호수 기슭에
거무죽죽한 울음을 뱉고 있는 흰 거위 두 마리.
도시 가로등 불빛으로도 어쩔 수 없는,
밀려드는 어둠의 카랑카랑한 목소리에 부르르 진저리친다.
가을까지만 해도 무성했던
기슭의 갈대숲 부들숲을
낫을 든 공익근로 노인들이 얼마 전에 일당으로 거두어 갔다.
거무죽죽한 거위울음들이 호숫가 산책로에 깔리고
나는 오래도록 걸음을 멈춘다.
바람은 그칠 생각이 전혀 없다.
마른 채 아직도 가지에 매달려 있는, 기슭의 능수버들잎이 어둠과 뒤섞이며 얼음 호수를 자꾸 덮고 있다.

아직도 마지막 자기 살을

저기 저 춥고 캄캄한 한 시대에 바치는 사람이 있다.

— 「얼음 호수」 전문

혹독한 겨울 추위에 꽝꽝 얼어버린 호수 위에서 "흰 거위 두 마리"가 "거무죽죽한 울음"을 울며, 밀려드는 어둠에 진저리치고 있다. 호수 주변의 풍경은 황량하기 이를 데 없다. 무성했던 갈대숲과 부들숲은 모두 사라졌고, 울부짖는 거위 소리만 메마른 겨울 호숫가에 깔린다. 화자는 시린 겨울의 어둠 속에 오래도록 서 있다. 그런데 바로 여기! 말랐으되 아직 가지에 매달려 있는 능수버들잎들이 얼음 호수를 자꾸 덮고 있다. 이 위무의 몸짓을 발견한 화자는 "자기 살을/저기 저 춥고 캄캄한 시대에 바치는 사람"에 비유한다. 이 시대는 혹독한 겨울이다. 이 현실의 어둠은 표면화되지 않았지만, 마른 잎일망정 얼음 호수를 덮고 있는 능수버들잎처럼, 이 시대의 어둠에 맞서, 자신의 살을 내어주고, 그 고통의 순간을 함께 지키는 사람이 있다. 능수버들이 곧 시인의 표상이자, 서정의 자리가 아닌가. 마침내 아무 것도 없는 헐벗은 겨울 호수에도 새벽이 올 것이고, 그는 배고픈 흰 거위들과 함께 아침을 맞을 것이다.

쌀 한 자루 배달돼 왔다. 우리 네 식구 서너 달은 족히 먹을 쌀. 전남 영광 김 시인 어머니가 부쳐준 묵직한 쌀자루를 주방에 옮겨놓고 보니, 입 참 단단하게 묶였다. 벌어지면 당장이라도 사단이 날 듯 꽁꽁 묶인 입, 그래도 풀지 않으면 곧 숨이 넘어갈 듯 꽉 찬 입,

집안에 논 한 마지기 생겼다. 햇볕이, 볏잎 갉아먹는 메뚜기 등을 부드럽고 착한 빛으로 어루만지는 논, 산꼭대기에서 보면 한 마지기 세상의 쌀자루다. 대지가 그 쌀자루의 완성을 위해 목마름 견디고 있다. 황금 빛알갱이 꽉 찬 대지의 입, 먹은 것보다 한참 더 많이, 여럿 먹여 살리는 입이 우리 집에 엉덩이 그대로 묵직하게 왔다. 와서 쏟는 만평의 가을 하늘, 실로 모처럼 보는 태양과 별의 경이가 깃든 아름다움,

김 시인 어머니는 아름다움도 무지막지 눈부실 수 있다는 것을 보여주고 싶었던 걸까. 그러나 쌀자루, 아무 말 하지 않는다. 어릴 때, 꼭꼭 씹은 밥을 뱉어 신열로 파리해진 내 입에 넣어주던 어머니 같은 대지의 입, 여름날의 땀줄기도, 태풍과 장마도 그 입으로 다 삼켰는지 그저 묵묵한 입. 하지만, 한 번 풀리자 꽉 찬 눈부신 마음은 어쩔 수 없다는 듯, 어이쿠 이런, 참새 떼 날듯 마구 와자하게 쏟아지는, 그러나 깊게, 온몸이 통째로 밥 짓는 입인 논 한 마지기,

그 입 마구 환하게 하는 말씀의 빛알갱이. 소 떼가 지나가고, 탈탈탈, 경운기가 지나가고, 트랙터도 지나가고, 드디어는 격렬하다. 작고 둥글고 단단한, 희디흰 빛알갱이들이 가을 밤하늘에 총총 새기는, 참 많기도 하다, 삶의 은유들.

— 「쌀 한 자루」 전문

쌀 한 자루에서 채득한 복합은유의 다발들은 삶의 전 영역을 포괄한다. 어느 시인이 쌀 한 자루를 보내왔다. 꽁꽁 묶여 숨이 넘어갈 듯 "꽉 찬 입"을 본 순간, 화자는 "논 한 마지기"가 생겼다고 말하고, 볏잎을 갉아먹는 메뚜기의 등까지도 쓰다듬는 논의 어진 빛을 느낀다. 화자의 말대로 "태양과 별의 경이가 깃든" 논이 바로 "세상의 쌀자루"가 아니던가. "황금의 빛 알갱이"들이 가득 들어 차 있는 쌀자루는 "여럿 먹여 살리는 입"이 되어 묵직한 엉덩이째 앉아 있다.

쌀자루의 입은 "대지의 입"이며, "땀줄기도 태풍과 장마"도 모두 묵언으로 이겨낸 "묵묵한 입"이다. 그 입이 풀리면, "참새 떼 날듯 왁자하게 쏟아지"니 그대로 "논 한 마지기"가 펼쳐진 것이나 진배없다. 밥이 하늘이요, 그것이 곧 입이요, 말씀이다. 쌀 한 톨에도 지수화풍(地水火風)의 조화가 담겨 있고, 소 떼·경운기·트랙터로 상징되는 노동의 숨결이 스며 있다. 온 우주, 온 생명이 담긴 "삶의 은유들", 쌀 한 자루의 우주여!

저 빨랫줄 참 길고 질기다

태양을 널었다가
구름을 널었다가

오징어 떼를 널었다가
달밤이면 은빛으로 날아다니는 갈치 떼를 널었다가

옛날에는 귀신고래도 너끈하게 널었다는

그래도 아직 단 한 번 터진 적 없는
저 빨랫줄

한라산과 백두산이
가운데쯤에 독도를 널어놓고
이쪽, 저쪽에서 팽팽하게 당겨주는

저 질긴 빨랫줄 참 길다

— 「수평선」 전문

　배한봉 시인이 그려내는 서정의 풍경에는 천지의 생리뿐만 아
니라, 인간의 역사, 더 작게는 한반도에 누천년 살고 있는 우리
민족의 역사에까지도 힘찬 빨랫줄을 뻗친다. 그의 서정이 전통적
인 서정의 범주 안에 있으면서도 끊임없이 그 자장을 넓혀가려고
노력한 구체적인 증거가 바로 여기에 있다. 한라에서 백두까지
걸쳐 있는 힘 찬 빨랫줄 가운데쯤에 독도를 우뚝 걸쳐놓고, "이
쪽, 저쪽에서 팽팽하게 당겨주는", "단 한 번 터진 적 없는" 강고
한 우리 역사의 빨랫줄이 있다. 이 눈물겹도록 강고한 기상이,
시인의 마음 어디에 숨어 있다, 이렇게 와락 터져 나오는 것일까.
이 굳세고 아름다운 빨랫줄, 그 동해의 수평선에는 무엇이 걸려
있는가. 태양·구름·오징어·갈치 떼·귀신고래가 있고, 거기엔 (표

면적으로 나타나 있지는 않지만) 한반도에 자리를 튼 이래로, 굳센 힘줄만큼 면면히 이어져 온, 우리네 역사의 숨결이 배여 있지 않겠는가. 저 빨랫줄, 동해의 수평선은 지금-여기 우리 삶의 터요, 우리가 지켜 나가야 할, 질긴 역사다.

배한봉 시인이 형상화한 은유의 망은 깊고 넓다. 이를 위해 시인은 "춥고 캄캄한 한 시대"를 외면하지 않는다. 자신의 살을 어둠 속에 바친 대가로 얻은 언어는 뜨겁고 환하다. 이를 통해 만들어진 미적 응전력에는 우주의 이치와 그 속에 살아가는 온갖 숨붙이들의 생과, 어두운 시대와 역사의 숨기가 살아 있다. 그의 서정은 오늘도 진화하고 있다. 그는 배고픈 자이기 때문이다. 그리고 "시는 실재에 대한 배고픔"이기 때문이다. 옥타비오 파스 선생의 말씀이다.

나는 이동한다, 고로 존재한다
— 부재와 견딤, 권현형 시의 실전(實戰)에 관한 에세이

곡진한 호흡이다. 존재의 실존적 상처를 웅숭깊게 들여다보고, 그것을 쓰다듬으며, "중독성 슬픔"을 노래해 왔던, 그녀. "누가 아픈지/어느 나무가 뿌리를 앓고 있는지"(「밥이나 먹자, 꽃아」) 아무도 모른다. 어쩌면 그녀의 시는 말없이 앓고 있는 자에게, 어느 날 소리 없이 베어질지도 모르는 누군가에게, "밥이나 한 끼 먹자"고 위무하는, 목 메인 노래다. 그 목소리가 하도 낮고 지극하여, 그 슬픔이 "습기에 젖은 책 냄새"(「최초의 방」)처럼 내게로 뭉클뭉클 스며든다. 그 젖은 목소리가 그녀의 심장을 울리고, 그 소리가 퍼져나가면, 그것은 누군가에게 분명 흐느낌으로 들릴 것이다.

> 나는 자주 짐을 싸고 가방과 함께 입을 닫는다
> 다른 방법이 없다

목소리가 늙어가고 있으므로

어떤 사태에도 직면하지 않은 자들은
평화로운 자들은 평화를 가장한 자들은
섬광처럼 만났다 헤어진다 아픔을 느끼지 않는 섬모로

식어가는 뺨을 이마를 밀착시킨다고 해도

우리는 보기보다 멀리서 흘러왔다
홍수, 쓰나미. 임시대피소, 카펫 위 장미
한 단면을 잘라 집중적으로 직관적으로 누구라 말할 수 없다

속도와 거리와 높이는 고통을
종이로 보이게 하는 힘이 있다
병에 든 소주는 왜 푸른 바다로 보이는 걸까
바다는 왜 병에 든 소주로 보이는 걸까

햇빛의 각도에 따라 내 눈은 깊은 우울이 되기도 하고
아무것도 담기지 않은 백서白書로 보이기도 할 것이다
　　　　　　　　　　　　　　　　　　ー「나는 이동 중이다」 전문

　생은 이동 중에, 그 과정으로 완성된다. 아니, 생은 이동 그 자
체다. 우리는 모두 어디로부턴가 흘러온 존재들이다. 그 와중에

홍수를 만나기도 하고, 거대한 쓰나미가 휩쓸고 가기도 하고, 그리하여 생이 "임시대피소" 같이 불안하고, 혹은 "카펫 위의 장미"처럼 목이 말라도, 그것이 곧 내맥(來脈)이며 실존적 조건이다. 그러나 시간이 압축된다는 것은 불행한 일이다. 그것은 푸른 목소리가 늙어가는 것과 같다. "속도와 거리와 높이"가 결국 모든 고통을 '종이'처럼 얇게 만든다. 생의 한복판에 있는 사람은 과정을 축소하지 않는다.

　모든 것을 기억해야만 한다. 하나도 빼놓지 않고 말이다. 병에 든 소주가 푸른 바다로 보이는 확대의 과정도, 바다가 병에 든 소주처럼 보이는 축소의 과정도, 모두 기록해야만 한다. 화자가 "햇빛의 각도"라고 말하는 것은 내 식으로는 '생의 조도(照度)' 같은 것일 게다. 매일 뜨고 지는 태양도 그 기울기에 따라 빛의 세기가 다르다. 아침에 뜨는 맑은 빛도, 정오의 따가운 빛도, 서산에 스러지는 빛도, 모두 생의 과정과 다르지 않을 것. 그 빛을 읽어내는 시인의 내면은 "깊은 우울"이기도, 또 아무 것도 담기지 않은 "백서" 같은 것일진대, 깊은 슬픔을 간직한 희디흰 내면에, 무엇이 스냅처럼 찍히겠는가. "나는 이동 중이다"가 아니겠는가. 이 낱글자들처럼 그녀는 '단면'이 아닌 '다면체'의 생을 낱낱이 기록할 것이다. 그것이 시인의 몫이니까.

　　식물들이 나를 버릴 수 없어
　　썩은 뿌리로라도 살아 있었다
　　단 한 줄기의 강낭콩처럼 살아 있던 방

불면이 싹을 틔우고 잎을 기르고 무성하게 벽을 덮던 방
나를 기르는 식물들이 나 대신 깊고 푸른 잠을 잤다

책상이 밥상이고
밥상이 책상이고 습기에 젖은
책 냄새가 살 냄새 대신 방안 가득 떠다니던 그곳에서

베개를 껴안고 가난한 몸이 달아오르던 방
내 몸이 내게 가장 뜨거웠던 성채
그림자가 일어나 느릿느릿 세수를 했다

바닥에서 길어 올린 쌀로 한 끼 밥을 짓던,
그림자까지 살아 있던,
뼛속까지 나였던, 바로 거기로 언젠가 돌아가리라

자존심 드높은 궁휼로, 나의 자취방으로, 최초의 방으로
— 「최초의 방」 전문

　여기, 한 여인을 시인으로 만든 "최초의 방"이 있다. "썩은 뿌리
로라도 살아 있었"던 방. 화자는 거기서 "한 줄기의 강낭콩처럼"
살았다. 그 안에서 화자는 '불면'의 싹을 틔우고, 그녀를 기르는
식물들만 "깊고 푸른 잠"을 잤다. 불면의 밤을 새우며 사유의 푸
른 잠을 잤구나! 책이 밥이고, 밥이 책이 듯, 화자에게는 책상이

밥상이고 밥상이 책상이었다. 그러니 살냄새가 스밀 틈이 있었겠는가. 그 공간은 모두 "습기에 젖은 책 냄새"로 가득했다.

　그 절정에서 화자는 내밀한 꿈을 꾼다. "베개를 껴안고 가난한 몸이 달아오르던" 성징의 과정도, 내 몸이 "가장 뜨거웠던 성채" 같았던 충일의 순간도, 모두 그 방에서 잉태된 것이다. 그리하여, "뼛속까지 나였던", 바로 거기, 최초의 방! 화자는 그곳으로 돌아가고자 한다. 그것이 그녀의 원적지이며, 결코 잊을 수 없는 알집이므로. "자존심 드높은 궁휼"이 푸른 잠 속에서 잉태된 곳이므로. 이러한 사유로 생을 읽어내므로 절정이 아니면 안 되고, 또 아닌 것이 없다.

　　십일월의 달은 아프리카에서 피어오르는 꽃

　　바다 전체를 반짝이게 하는
　　수직으로 일어서게 하는
　　마력, 오르가즘의 달을 실전을 보았는가

　　안인역 안인성당 은모래 빛처럼 살아 있는
　　작고 소박한 바닷가 마을의 희망도 실전이다
　　고로고초, 쓰레기라는 말도 실전이다
　　아프리카 고로고초의 아이들은 수척한 쓰레기 더미 속에서
　　타다 남은 노래를 주워 불렀다

시미엔산에서 곤다르까지가

바다에서 폐허까지가 꽃의 내면이다 영토다

정면을 향해 노오란 얼굴을 들고 있는

아프리카 꽃 마스칼 데이지도 실전이다

제 왼손으로 제 오른 손을 꼭 안아주며 용기를 내보는

수줍은 아프리카 아이의 불안 걱정

합창合唱할 때 고로고초 아이의 손은 마스칼 데이지처럼

아이에게서 실전으로 피어오른다

— 「실전(實戰), 마스칼 데이지」 전문

　아프리카의 바다에서 떠오르는 "오르가즘의 달"은 '실전'이다. 이 홀황(惚恍)한 신비는 자연의 마력이다. 그러나 시선을 조금 돌려보면, 그곳은 또한 '고로고초'다. 세계 3대 슬럼가로 알려진 캐냐의 '고로고초'는 그 어원대로, '쓰레기장'이다. 거기서 아이들은 죽은 태아의 시체를 가지고 놀며, 허기진 배를 움켜쥐고 쓰레기 더미를 뒤진다. 거기도 인간이 살아가는 생의 실전이다. 그리하여, "안인역 안인성당 은모래 빛"처럼 소박한 희망에서부터 쓰레기 더미 속에서 생을 이어가는 고로고초까지, 우리가 숨 쉬는 모든 곳은 실전이다.

　시인은 이를 다시 변주한다. 기묘한 자연경관과 희귀한 동식물이 사는 에디오피아의 '시미엔산'에서부터 영화로웠던 고대왕국의 도시 '곤다르'까지, '바다'에서 '폐허'까지, 모든 존재의 극과

극은, 아프리카의 꽃 마스칼 데이지로 상징된, 생의 내면이자 존재의 영토다. 시인은 이 전 영역을 끌어안는다. '찬연'과 '처참', '희망'과 '절망', '성'과 '쇠' 사이에 만물이 존재하기 때문이다. 절정의 언어는 존재의 실존을 응시한다.

이 간절한 모습을 보라. "제 왼손으로 제 오른 손을 꼭 안아주며 용기를 내보는" 아프리카의 아이를! 그 수줍은 손은 한 송이 마스칼 데이지, 아프리카의 꽃이다.

먼 곳에서 먼 곳으로 나무 타는 냄새가
뼈 타는 냄새처럼 흘러다닌다
율법에 갇히지 않는 바람이 내게
독주를 마시라고 밀교를 권하듯
속삭이지만 맨 정신으로 견딘다

율법을 끊는다면
기다리지 않겠다는 말을 거두어들이겠는가
나는 살아서 교리문답에 갇혀 있다
문 안쪽에 갇혀 패배자의 언어로 기도한다
부재(不在)의 냄새로 뜨거운 생을 견디게 하소서

가을은 살아남은 자들의 제일(祭日)
당신은 하필이면 추석 다음 날 스스로 눈을 가렸다
상처는 남은 자들의 것이다

기일(忌日)이 있는 음력 팔월엔 닮은 등이 욱신거린다
당신은 기억이 아니라 내 심장을 빠져나갔다

경멸할 시간도 없이 너무 일찍 나를 떠남으로
패배를, 치명적인 사랑을 가르쳤다
글자로만 남아 있는 당신

　—「아버지라는 글자 위로 기어코 한 방울 눈물이 떨어져 얼룩진다*」전문
* 김재영 소설 『꽃가마배』에서

　결국 시가 '고통의 언어'일 수밖에 없다는 평범하지만 위대한
진실을 말해야 한다. 그 고통의 기원은 바로 부재(不在)에서 출발
하는 것이다. 이 시에 나타난 결핍은, 유식한 투로 말하자면 '부성
(父性)의 부재(不在)'일 텐데, 이는 이렇게 고상하게 갈무리할 수
있는 일이 아니다. 그 결핍을 견디는 방식이 바로 생의 실전일진
대, 이를 개념화시키는 것은 먹물들의 현학일 뿐이다.
　오죽하면, "나무 타는 냄새"를 "뼈 타는 냄새"로 느끼겠는가.
아버지는 "경멸할 시간도 없이 너무 일찍" 떠났으므로, 기억조차
없이 "심장을 빠져나갔"으므로, 오로지 '아버지'라는 텅 빈 기표로
서 남아 있다. 그 '없음'은 곧 나의 '패배'이자, '부재'를 기억해야
하는 "치명적인 사랑"일 뿐이다. 그러니 화자의 생은 "패배자의
언어"로 기도하는 "교리문답"의 세계 속에 갇혀 버린 것. 그 고통
의 기도는 이것이다. "부재(不在)의 냄새로 뜨거운 생을 견디게

하소서"

　김재영의 소설 『꽃가마배』에 나오는 "아버지라는 글자 위로 기어
코 한 방울 눈물이 떨어져 얼룩진다"는 아버지라는 부재의 기표에
눈물이라는 실재가 더해진다는 것. 화자가 아버지라는 부재를 견디
는 고통의 순간이, 바로 얼룩진 눈물이라는 것. 제사의 율법을
끊는다고 해서, 원천적 부재를 향한 그리움이 사라지겠는가. "기어
코" 떨이지고야마는 눈물처럼, 상처를 견디는 것일 뿐이다. 이 견딤
의 방식은 예술을 하나의 '곤궁에 대한 의식'(Bewußtsein von Nöten)으
로 보았던 헤겔의 예술적 발상과 통한다. 부재를 고통으로 견디는
방식, 이 비합리성이 또한 예술의 존재방식이기도 하니까 말이다.

　　　닌빙의 대나무 배 안에서 내가 그를 바라보고 있을 때
　　　그는 다른 사람을 바라보고 있었다
　　　그와 함께 풀잎 모자를 나눠 쓰고
　　　쌀국수를 맛보고 싶었다
　　　모자로 가려도 막을 수 없는
　　　강렬한 햇볕에 함께 시달리고 싶었다

　　　사랑의 영원은 다른 무엇이 아니라
　　　편안하게 함께 국수를 먹는 것
　　　서로의 발톱으로 살 속을 할퀴며 파고들며
　　　천국과 지옥을 왔다 갔다 누리는 것
　　　경쾌한 물소리를 함께 들으며 발목이

연분홍 꽃잎 같은 오리 새끼들을 낳아 기르는 것

농부와 학자로 함께 살고 싶었다
바게트 빵을 아침마다 구워주고 싶었다
길거리 고기를 조심하라 길거리 여자를 조심하라
귀담아 듣지 않아도 될 경구를 밤마다 베개 속에
부적처럼 넣어주며 쓸모없는 발코니를 함께 가꾸고 싶었다

비를 좋아하는 얼굴에 빗살무늬가
상처로 문신으로 새겨져 있다
누구를 함부로 좋아할 일 아니다
햇볕이 강한 닌빙의 그림자는 쉽게 지워지지 않는다

― 「닌빙의 그림자」 전문

　　여기는 베트남 '닌빙'(Ninh Binh)이다. 시선의 엇갈림도 부재다.
대나무 배 안에서 화자는 그를 바라보지만, 그는 다른 사람을 보
고 있다. 사랑이라는 것은 다른 것이 아닐 텐데 말이다. 같이 눈을
맞추는 것. 가령, 무언가를 함께 먹거나, 무언가를 함께 듣거나,
서로 할퀴고 파고들며 지옥과 천국을 맛보거나, 함께 새끼를 낳
아 기르는 거다. 중요한 것은 '함께'한다는 것. 그러나 시선을 맞
추지 못하는 그는, '함께'를 같이 하지 못하는 그는, 부재하는 것
과 같다. 시인에게 부재의 실재가 '아버지'라면, 실재의 부재가
'그'다.

화자가 그토록 주고 싶었던 갸륵한 사랑의 마음을 보라. 그를 위해 아침마다 바게트를 굽고, 다른 여자에게 마음 빼앗기지 말라며 누구나 할 수 있는 사랑의 세담을 전하고 싶을 뿐이다. 소소한 일상 속에 스며든 무애(撫愛)의 말들, 몸짓들……. 사랑하고 싶지만, 품에 안을 수 없는 그를 향한 고독한 눈길이 "닌빙의 그림자"를 만든다. 그러나 강렬한 햇빛이 만드는 닌빙의 그림자가 쉽게 지워지지 않듯, "누구를 함부로 좋아할 일 아니다"라는 최후의 결어는, 누군가 함부로 또 좋아할 수밖에 없음을 내포한다. 누가 그림자를 지울 수 있겠는가. 그처럼 또 누가 사랑을 끊을 수 있겠는가.

우리는 늘 이동 중이다. 강원도 안인성당에서 아프리카 고로고초까지, 꿈꾸는 식물들의 방에서 베트남 닌빙까지, 모두가 절정이고 실전이다. 생을 걷는 모든 자는, 이 실전의 터에 있다. 이 찬란한 비극의 공간은 "햇빛의 각도"에 따라 분광한다. 그 빛살들 속에 한 시인이 팔을 벌리고 서 있다. 가슴 속에 그 막막한 우주의 햇살을 담으며 말이다. 그 여인의 이름이 바로, 시인 권현형이다.

살아있는 시체들의 카니발
─조동범 시의 비극적 황홀함

시인은 고유한 자기세계로 존재값을 부여받는다. 이는 곧 자신
만의 개성적인 세계인식과 스타일로 드러난다. 문학사는 기존의
체제를 전복하는 상상력에서 그 에너지를 공급받는다. 그러한 의
미에서 시의 문법은 영구혁명의 과정 속에 놓여 있다. 자신이 이
역할을 맡고 있다고 자임하는, 별처럼 많은 젊은 시인들 속에서
한 사람만을 거명하는 것은 어려운 일이다. 바로 여기에 진정성
의 온도를 잴 수 있는 평자의 눈금자가 개입한다. 위악과 위선의
포즈를 걷어내면, 그 알맹이가 오롯이 드러날 것. 이를 통해 한
사람을 호출하자면 나는 조동범 시인을 부를 것이다. 그가 정교
한 묘사법으로 그려내는 카니발의 세계는 존재의 내밀한 비극적
조건과 맞닿아 있기에 주목을 요한다.

죽음을 넣어 식욕을 만드는 홍등의 냉장고
냉장고는 차고 부드러운,
선홍빛 죽음으로 가득하다
어둡고 좁은 우리에 갇혀 비육될 때까지
짐작이나 했을까
마지막 순간까지 식욕을 떠올렸을,
단 한 번도 초원을 담아보지 못한 가축의 눈망울은
눈석임물처럼 고요한 죽음을 담고 있었을 것이다
죽어서도 편히 눕지 못한
냉장고의 죽음 몇 조각,
무심하게 해넘이의 하늘 저편을 바라본다
죽음을 담고,
물끄러미 저녁을 맞고 있는 정육점
홍등을 두른 선홍빛 죽음이 화사하게 빛나는
정육점, 생생한 죽음 앞에서 식욕을 떠오르게 하는
칼날 같은,
죽음과 식욕의 경계

            — 「정육점」 전문

 생과 사, 죽음과 식욕이 뒤엉킨 생의 역설을 그는 정육점을 통해 발견한다. 죽음(주검)이 널려 있는 홍등의 냉장고에서 인간은 싱싱한 식욕을 느낀다. 아, 저 선홍빛 죽음들. 푸른 초원 한번 눈동자에 담아보지 못한 채, 좁은 우리 속에서 비육되는 생명들은,

인간이 자연을 가축화(domestication)하는 가장 극단적인 방식의 희생물이다. 그리하여 그들은 죽어서도 눕지 못하고 허공에 매달려 있다. 이때, 죽음 몇 조각들이 "해넘이의 하늘 저편"을 무심하게 바라본다. 인간 세상에도 홍등 같은 노을이 펼쳐진 것이다. 그렇다면, 인간의 삶의 조건도 정육점에 걸린 살덩어리에 불과한 것이 아닌가. 저녁을 맞고 있는 정육점이란 홍등에 매달린 고기일 수도 있지만, 인간 세상 그 자체이기도 하다. 죽음과 식욕의 경계란 바로 정육점과 같은 삶의 날카로운 역설적 공간을 함의한다. 세상에 길들여져 살아가는 생이 그러하며, 계속 죽어가면서 살아가는 생이 그러하며, 죽음을 앞에 두고 울고 웃고 노는 것이 그러하며, 생식을 통해 개체성을 유지하려는 본능이 그러하다. 이처럼 죽음과 생은 같은 자리에 놓여 있다. 조동범 시인이 발견한 정육점 속 존재의 풍경이 바로 이것이다.

주유원의 장갑이 바닥으로 떨어진다.
장갑은 바닥을 움켜쥐고
앙상하게 잠든 주유원을 바라보고 있다
경쾌한 음악 사이로
주유원의 시선이 툭, 툭 끊어진다
속도를 담기 위해 멈추는 곳
주유소는 휘발유의
적막한 속도로 가득하다

(…중략…)

주유원은 백악기를 떠올려,
이제는 사라진
공룡의 질주를 상상하고 있다.
자동차는 빙하기로 사라지기 위해
달리고 있는지도 모른다
팽팽하게 펄럭인다. 주유원은
사라지는 자동차의 속도를 바라보며
빙하기의 죽음을 떠올린다
빙하기에 갇힌 공룡의 죽음이
주유원의 상상 속으로 들어간다

휘발유의 경쾌한 출렁임이
속도를 만드는 곳
주유원의 손금 위로
빙하기의 죽음이 느리게 지나간다. 주유소는
주유되지 않는 속도를 담고
고요히 웅크리고 있다
백악기 지나 빙하기로 들어서는
자동차의 느린 죽음을 바라보고 있다

— 「주유소」 전문

정중동(靜中動)과 동중정(動中靜)의 경계지점이 바로 주유소다. 그곳은 "속도를 담기 위해 멈추는 곳"이다. 그러한 의미에서 화자는 휘발유를 "적막한 속도"로 명명했다. 고여있는 잠재적인 속도로 충만한 곳이 주유소다. 이 역설의 상황은 공시적인 영역에서도 그러하지만, 석유가 함의하는 통시적 영역에서도 발생한다. 주유원은 휘발유에서 백악기에 사라진 공룡의 질주를 떠올린다. 멸종된 동물의 주검들이 지층 속에 오래도록 묻혀 검은 피로 남았으니, 그 속에는 이 땅에 살았던 백악기 공룡들의 생이 담겨 있지 않겠는가. 그것을 담고 질주하는 자동차들은 우리 시대의 공룡인 셈이다. 빙하기의 공룡의 죽음이 그러했듯, 휘발유를 넣은 자동차들은 사라지기 위해 달린다. 문명에 대한 시인의 묵시론적 시선을 보라. 시인은 공룡이 그러했듯, 이제 백악기를 지나 빙하기로 들어서고 있는, 현생 인류의 종말을 예언하고 있는 것인지도 모른다.

당신은 진지한 표정으로 배낭을 꾸린다. 창밖에는 폭풍이 몰아치고 있다. 비 내리는 어느 오후. 당신은 소풍을 떠나려 한다. 배낭 안에 바나나 따위는 없다. 동물원으로 가는 길. 위로 비구름 지나간다. 당신은 배낭을 메고 소풍을 간다. 우산도 없이. 폭풍을 뚫고 가는 소풍. 이 길이 끝나면 비 그치려나 신발 안의 빗물이 둔탁한 소리를 만들어낸다.
　비에 젖어, 당신은
나침반을 꺼낸다. 나침반의 바늘은 고집스럽게 극점을 가리키고 있다. 바늘의 끝을 따라가면 빙산을 만날 수 있을까. 당신은 비를 맞으며 동물원으로 가고 있다.

그곳에서 펭귄을 만나리라.

동물원의 펭귄, 물 위에 누워 나침반처럼 극점을 가리키고 있다.
비에 젖은 당신, 유빙처럼 살아온 삶이었느냐고, 남극을 잊었느냐고
펭귄에게 묻는다. 펭귄은, 극점에 담겨 깊은 바다로 가라앉고 있는
중이다.

두 눈 가득 남극을 담고

— 「그리운 남극」 전문

여기 자신의 살던 곳을 떠나 강제로 옮겨진 이국의 동물, 펭귄
이 있다. 비 내리는 날, '당신'은 동물원으로 향한다. 우산도 없이
"폭풍을 뚫고 가는 소풍"이다. 당신은 나침반을 꺼낸다. 그리고
바늘이 고집스레 극점을 가리키고 있는 것을 본다. 동물원의 펭
권도 극점을 가리킨 채, 물 위에 누워 있다. 이윽고 당신은 펭귄에
게 묻는다. "유빙처럼 살아온 삶이었느냐고, 남극을 잊었냐고".
기실, '동물의 비자연사'(니겔 로스펠스, 『동물원의 탄생』)를 전시하
는 동물원이란 탐욕과 지배의 상징이 아니던가. 이들을 포획하여
도시의 한 공간에 감금해 놓고 전시하는 행위 자체가 야만이 아
닌가. 야수(beasts)를 길들이는 야만(savages)의 공간이 동물원인 것
이다. 그 가련한 짐승이 물 위에 자신의 고향, 남극을 두 눈 가득
담고, 심연으로, 심연으로 가라앉고 있다. 생의 나침반은 가야할
곳을 가리키고 있건만, 돌아갈 수 없는 존재. 비에 젖은 당신도
바로 펭귄이다.

그의 시신이 발견된 곳은 고속도로였다. 그를 처음 발견한 운전자는 피할 겨를도 없이 그의 죽음 위를 지나쳐야 했다고 말했다. 새파란 소름 위로 그의 죽음이 지나갔다. 눈 내리는 크리스마스 위로 쏟아지는 피가 배수구 속으로 따뜻하게 흘러내리고 있었다. 하반신이 잘린 채였고 그의 마지막 시선은 내리는 눈발 너머의 막막한 우주를 바라보고 있었다. 그의 잘린 몸통 안으로, 쏟아지는 눈발과 함께 우주가 들어서는 날의 어느 밤이었다. 커브를 돌자 그가 누워 있었다고, 그를 처음 발견한 운전자가 말했다. 눈 내리는 날이었고 다만 운이 없었을 뿐이었다고도 했다. 눈발은 흩날리고, 흩날리던 눈발이 고요히 붉게 젖었다. 배수구로 쏟아지는 피가 무럭무럭 흘러갔고 그만큼의 우주가 그의 안으로 들어섰다. 하나의 죽음이 눈발에 덮이는 날이었다. 신화와 전설이 사라진 날의 일이었고 크리스마스 캐럴이 행복하게 울려 퍼지는 날들의 일이었다. 그의 안으로 들어선 우주가 눈 속에 묻혀 서서히 얼어붙는 날의 일이기도 했다. 단단하게 부여잡은 그의 손에 몇 올의 머리카락과 소량의 혈흔이 발견된 날의 일이기도 했다. 그의 눈 속으로 눈이 내리고, 그가 마지막으로 바라본 눈발 너머로부터 아득하고 막막한 우주가 무심하게 쏟아지는 날의 일이었다. 우주를 향해, 사라진 그의 하반신이 서글프게 들어서는 어느 날의 일이었다.

— 「정물」 전문

때는 "눈 내리는 크리스마스"다. 한 운전자가 고속도로 위의 시신을 발견하지 못하고, 그 위를 지나치고 만다. 시신의 하반신은 잘려나갔고, 피는 배수구를 타고 흐른다. 그의 마지막 시선은 우주를 향하고, 잘린 몸통 안으로 쏟아지는 눈발과 함께 우주가 들어선다. 이 비참한 시신의 모습을, 시인은 정물(靜物)—정지하여 움직이지 않는 것, 생명이 없는 것—이라 명명했다. 쏟아지는 눈발은 붉게 젖고, 배수구 안으로 피가 흘러간 만큼 우주가 그의 몸으로 들어간다. 크리스마스 캐럴은 행복하게 울려 퍼진다. 이 아이러니의 풍경을 정물처럼 묘사하는 화자의 시선은 냉정하다. 막막한 우주가 무심하게 쏟아지는 것처럼, 화자는 감정을 드러내지 않는다. 단지 카메라의 눈과 같이 대상을 포착하고 그려낸 것뿐이다. 그가 배열한 시각적 요소들은 시인의 세심한 고려 속에서 구현된 미장센이다. 조동범 시인을 '잔혹 미학'을 구현하는 빼어난 시각 이미지 연출가라고 할 수 있는 이유가 바로 여기에 있다. 시체가 두 동강 나고, 그 잘린 몸통 안으로 흰 눈발 너머 우주가 쏟아진다. 아, 이 카니발의 세계!

소풍을 가야지
단풍이 뚝뚝 떨어지는 날
떨어지는 단풍처럼 뚝뚝 눈물을 흘리며
더러운 신파로 가득한 날들을 지나쳐
소풍을 가야지

샌드위치를 싸고
신선한 오렌지주스와 과일도 몇 조각
즐겁고 행복하게

즐겁고 행복하게
소풍을 가야지

진지한 날들을 위해
건조한 휴일과 무의미한 예배의 날들을 위해
소풍을 가야지
굶주린 식욕을 창백하게 들고서
성스럽고 경건하게
소풍을 가야지
텅 빈 몸과 다리를 끌고
어둡고 깊은 발자국을 따라
가고 또 가야지

굳게 다문 입술과
흉기처럼 도사린 혀를 감추고
가야지
풀밭 위의 식사를 위해
아름답고 사랑스런 아내와 아이들을 위해
다만 화창하게 웃으며
소풍을 가야지

한 손엔 솜사탕
한 손엔 즐거운 카메라를 들고

우걱우걱 김밥을 먹으며
눈물을 뚝뚝 흘리며
가고 또 가야지

소풍을 가야지
고독한 질주와 아이들의 붉은 눈물을 위해
진지한 슬픔과 돌이킬 수 없는 날들을 위해
가야지
소풍을 가야지
절뚝이는 맨발을 끌고
맨발의 빛나는 상처를 흘리며
가고, 또 가야지

― 「풀밭 위의 식사」 전문

  눈물을 뚝뚝 흘리고 가는 소풍, 이런 아이러니를 무엇이라 부를 수 있을까. 기실, "풀밭 위의 식사"란 "굶주린 식욕을 창백하게 들고", "흉기처럼 도사린 혀를 감추고" 마련된 것이기에, 가족 내 일상의 불안과 갈등이 잠시 감춰진 것에 불과하다. 샌드위치로, 신선한 오렌지주스로, 과일로, 솜사탕으로, 김밥으로 포장하려 해도, 화자(남편)에게 이미 소풍은 위선(僞善)의 포즈일 뿐이다. "아름답고 사랑스러운 아내와 아이들을 위해 다만 화창하게" 웃는다고? 천만에! 화자에게 소풍은 "절뚝이는 맨발을 끌고/맨발의 빛나는 상처를 흘리며" 가는 인고의 순간일 뿐이다. 그럼에도

즐겁고 행복하게, 라니! 이러한 이중인격적(double-faced) 상황 속
에서도 화자는, 소풍을 가야지, 가고 또 가야지, 라는 말로 견딘
다. 그런 의미에서 그의 언어는 억지스럽고 또 고통스럽다. 이는
즐거움과 행복으로 메이크업(make-up)된 일상의 이면에 도사리
고 있는 고통과 슬픔의 벌거벗은 얼굴(naked face)이다.

　조동범 시인의 작품은 묘사적이다. 그의 눈을 따라 펼쳐지는
풍경은 아프고 괴롭고 심지어 끔찍하기조차 하다. 그 풍경은 비
극적 황홀의 카니발이다. 그러나 그 때문에 그의 시는 매혹적이
다. 그가 포착하는 장면들을 하나하나 따라가다 보면, 시인의 어
두운 내면이 암각화처럼 독자의 마음속에 새겨진다. 그는 자신에
대해 이렇게 말했다. "완벽하게 재현된 댄스홀의 기적 앞에서/세
계의 모든 반어와 역설은 은밀하게 외로웠다"(「차력사」)고. 그의
한 손에 들린 "즐거운 카메라"는 이러한 존재의 풍경을 더욱더
예각적으로 잡아낼 것이라 믿는다.

유배지에서 부르는 진혼곡*
─세상의 모든 아픔을 노래한 시인 김충규

나는 묘비명을 남기지 않을 것이다
─「유리칭과 바림과 사림」 중에서

"비늘 떨어져나간"(「아무도 없는 물가에서 노래를 불렀다」) 몸으로 욱신거리는 생의 쓰라림을 한 땀 한 땀 아로새기던 그였다. 그는 이제 비로소 편해졌을지 모르지만, 아직 숨이 붙어 있는 나는 여전히 오늘도 잔뜩 흐린 세상을 걸어간다. 그의 시를 읽고 강한 동일시를 느낀 나라는 보잘것없는 글쟁이도, 그가 견딘 자리에서 같은 방식의 형벌을 받고 있다는 생각이다.

며칠 숨 쉬기가 힘이 들었다. 그가 없는 내 생엔 큰 구멍이 났

---

* 이 글은 김충규 시인이 발간을 준비하던 유작 시집에서 선한 작품을 대상으로 하였다.

다. 이 결여는 그 어떤 것으로도 메울 수 없을 것이다. 나는 형을 잃었고, 그 자리는 영구 결번이다. 젠장, 내가 사랑한 사람들은 죽고, 내가 사랑한 자리는 허물어졌다. 그가 사막을 걷는 낙타에 스스로를 비유했을 때, 그렇게 메말라 가는 자신을 더욱 아프게 매질했을 때, 글 벌레들을 보고 있으면 자꾸 눈이 흐려진다고, 실명할까봐 두렵다고 말했을 때, 그 옛날 기형도가 어느 친구에게 "이봐, 힘을 아껴봐."라고 썼던 것처럼, "형님, 힘을 좀 아끼세요."라고 말해줄 것을.

종종 가슴이 답답해져 오고, 그때마다 그가 생의 마지막을 견뎠을 단말마의 순간을 상상한다. 며칠 전 꿈을 꾸었다. 엘리베이터 문이 열리자 검은 양복을 입은 사내가 서 있었다. 나는 거기에 타지 않고, 이상하게도 양복을 담은 가방만을 실었다. 문이 닫히려는 순간 나는 그에게 물었다. 이 양복은 어디로 가요? 올려다본 그의 얼굴은 검었고, 엘리베이터 문은 다시 닫혔다. 나는 소스라치듯 잠에서 깨어났다. 무서웠다. 어둠 속에 멍하니 시선을 던지고 있을 때, 익숙한 얼굴이 겹쳐 떠올랐다. 아무래도 그 남자는 양복을 즐겨 입던 충규 형님인 것 같았다. 그가 잠시 내게로 왔던 거였다. 그리고 나를 두고 양복만 가지고 사라졌다. 그는 그렇게 나를 여기에 남겨두었다.

그에게 생은 엘리베이터 통로처럼 캄캄한 맨홀의 시간이 아니었을까. 그 어둠 속에 자신을 투과시켜 스스로 어둠이 된 고통의 날들.

당신 살결에서 맨홀 냄새가 나요

맨홀 속에 죽은 나비들이 바글바글

길이 되지 못해 질주하는 강이

질주하지 않으면 썩어버리는 강이

당신의 등 뒤에 수북이 쌓입니다

강물로 당신의 살결을 내가 씻어줄 것 같나요

그냥 등 돌릴 것 같나요 맨홀 속에 가득한 죽은 나비들 중에

아직 살아 있는 나비가 있을까요

그게 질문인가요? 라는 표정으로 당신은 무심히

나를 멸시합니다 말 없는 표정만의 멸시가

얼마나 후끈거리는지 당신은 모르는 듯합니다

당신을 벽화로 제작하는 상상을 합니다

생생한 벽화를 보려고 몰려올 사람들에게

입장료를 받아도 될까요? 이것만은 당신에게 허락을 구하고 싶습
니다

벽화에서도 맨홀 냄새가 나면 어쩌지요

맨홀 속에서 일생을 살았다는 사내를 압니다

그 사내는 죽은 나비를 먹고 연명했다고 합니다

그 사내가 나인지도 모릅니다 내 최종 목표는

당신을 강이 아닌 맨홀 속으로 끌어들이는 것입니다

용서하세요 당신 살결의 맨홀 냄새를 씻어드릴게요

아닙니다 나는 그리 착한 사람이 못 됩니다

당신을 강으로 밀어버릴지도 모릅니다

내 속에 죽은 나비가 바글바글하니까요
그 사내가 나인지는 정말 말하지 않겠습니다
제 발언은 여기까지입니다
이만 씻으러 강에 가겠습니다

— 「맨홀이란 제목」 전문

당신의 살결에선 맨홀 냄새가 나고 맨홀 속엔 죽은 나비가 바글바글하다. 맨홀 속에서 죽은 나비들을 먹으며 일생을 산 사내가 있다. 그 사내는 결국 '나'이고 내 속엔 이미 죽은 나비가 바글바글하다. 화자의 목표는 당신을 "맨홀 속으로 끌어들이는 것"이다. 그렇다면 곧 '나' 자신이 맨홀인 것. 맨홀의 몸으로 당신을 받아들인다는 것은 얼마나 아픈 일인가. 예술로 상정된 벽화의 세계에서도 맨홀 냄새가 나는 것은 당연한 것. 나와 당신과 예술, 이 모든 것에 맨홀 냄새가 난다. 이것은 곧 김충규 시인이 맡은 생의 냄새였던 것. 이 짙은 어둠과 악취가 곧 그가 그토록 싸웠던 질긴 고통이었던 것. 우리 생이라는 것이 기실 "길이 되지 못해 질주하는 강"이 아니던가. 그렇게 밀려온 생의 등 뒤엔 "죽은 나비"로 제시된 실존의 잔해들만이 즐비한 것이 아닌가. 이 도저한 허무를 넘어서는 일, 그것은 강에 가 몸을 씻는 일일 테지만, 그것이 돌아올 수 없는 '레테의 강'이라는 사실은 너무도 자명한 일. 맨홀로 은유된 생의 시간을 통과해 마침내 그 강에 닿으면 우린 망각의 저편으로 가게 된다는 것. 시인은 혹렬한 생의 흔적을 지우고자 그렇게 강으로 갔다.

썩은 냄새 풍기는 사과를 버리고

쭈글쭈글한 할미를 버리고

술이나 마시는 오후입니다

자학한 만큼 구름이 부풀고

울음을 내놓은 만큼 홀쭉해진

새가 허공에서 문득 비행을 멎습니다

추락은 광기입니다

무엇을 광고하려고 새가 추락하는 건 아닐 텐데요

최후는 찰나이고 고요합니다

너무 고요해서 쭈글쭈글한

할미가 탱글탱글한 처녀가 되어

집으로 돌아온다 해도 무심히 쳐다볼 것 같은 오후입니다

罪를 키워서

내 몸은 참호가 된 지 오래입니다

내 몸이 獄이고 내 생활이 유배입니다

날개를 갖지 못한 것이 나의 가장 큰 죄입니다

날개를 가졌다면 허공에서 나는

참혹한 광경을 광고했을지도 모릅니다

날개 없음을 불행이라 여기진 않지만

술을 마셨는데도 전혀 취하지 않는 이 오후를

벌레처럼 짓이기고 싶습니다

이런 내가 징그럽습니다

— 「불행」 전문

그의 시에는 비루한 세상에 대한 비난이나 타자를 향한 원망이 없다. 범부인 우리들이 손쉽게 선택하는 불평과 불만을 철저하게 소거한 대신, 그는 뼈아픈 죄의식을 선택한다. 우리 문학사에서 저 멀리 윤동주가 그러했던 것처럼, 그에게 시의 윤리는 원죄의식과 내성(內省)의 과정에서 얻어진다. 그것이 자신의 마음 벽이 다 헐도록 스스로를 갉아 내리는 고통을 통해 획득되는 것이라면, 그가 평생 짊어진 형극의 시업은 아프고도 고단하였으리라. 나는 그가 일찍 세상을 떠날 수밖에 없었던 이유가 여기에 있었을 거라고 중얼거린 적이 있었다.

적어도 예술에서 손쉬운 화해와 용서는 자기기만과 통한다. 그가 이런 소박한 휴머니즘을 거부했다는 데 그의 시가 가지는 위의가 있다. 「불행」에서 화자는 술이나 마시고 오후를 보내고 있다. 문제는 나의 처지가 그렇게 여유롭거나 평온하지 않다는 데 있다. 화자는 "썩은 냄새를 풍기는 사과"와 "쭈글쭈글한 할미"로 상징되는 일상을 다 버리고, 텅 빈 오후를 보내고 있다. 이때 화자의 눈에 비친 대상은 온통 절망으로 가득 차 있다. "자학한 만큼 구름이 부풀고", "울음을 내놓은 만큼 홀쭉해진/새가" 문득 비행을 멈추고, '추락'한다. 그러나 세상은 무심하기만 하다. 이 고요 속의 '광기'!

화자는 말한다. 죄를 키워서, 내 몸이 "참호"이고 "獄"이고, 내 생활이 "유배지"라고. 이를 잊기 위해 술을 마셨지만 "전혀 취하지 않는 이 오후"를 화자는 "짓이기고 싶"다. 망각할 수도 없는 날선 고통이 자학으로 이어지는 것이다. '날개 없음'을 불행으로

여기지 않고 추락이라는 광기를 견디게 해주는 최후의 안전장치
가 그에겐 곧 시 쓰기였을 것이고, 그 힘의 원천은 죄의식과 반성
을 오가는 세찬 내면적 고투에 있었다.

유리창에서 바람이 미끄러진다
먼 곳에서 우리 집 쪽으로 하염없이 밀려와
발코니 유리창에서 그만 미끄러진다
저 바람의 숙박은 대체 어디여야 하는가
한때 내가 나를 들판에 버려서
어디 향할지 몰라 허둥거리던 영혼을 보는 듯
기실 저 바람이란 누군가의 영혼이 떠도는 것인지 몰라
유리창에 부딪혀 피 흘리는 바람의 영혼이 측은해
눈길을 피한들 내 영혼의 숙박이 온전한 건 아니다
영혼이 매일 변신을 거듭한다면 모를 일이나
저리 미끄러진 바람은 절룩일망정 변신하진 못할 것이다
바람의 육체가 수시로 변한다고 믿는 건
사람의 어리석음일 뿐
한번 얻은 육체는 바람도 사람도 어쩌지를 못하는 법
하여 서럽기도 하고 생이 두렵기도 하고
유리창에 미끄러지기도 하는 것
저렇게 살다 죽더라도 바람이 묘비명을 남길 일은 없듯
내 가련한 영혼과 육체가 분리되는 순간이 오더라도
나는 묘비명을 남기지 않을 것이다

그저 세상이라는 유리벽에 반복적으로 미끄러지다

일생을 훌쩍 허비한 것에 불과할 테지만

앞을 가로막은 유리창을 원망할 필요는 없는 것

바람은 바람 없는 영원의 숙박을

사람은 사람 없는 영원의 숙박을

그나 나나 死後는 그리 고요하면 아주 그만

— 「유리창과 바람과 사람」 전문

　　그의 예민한 눈은 피흘리는 바람의 영혼을 본다. 유리창에 부
딪쳐 미끄러지고 마는 바람들. 거처를 마련하지 못하는 바람을
통해 화자는 "내가 나를 들판에 버려서" 허둥대던 날들을 떠올
리고, 온전하지 못한 "내 영혼의 숙박"을 생각한다. 이 운명은
"한번 얻은 육체"와 같아서 어쩔 수 없는 것이니, 생은 서럽고
두렵기도 한 것. 화자는 유리창을 원망하지 않는다. 시인이 바라
본 생이란 떠돌고 부딪치고 미끄러지고 절뚝이는 동사로 구체화
된다. 그러나 영과 육이 분리되는 날, 바람도 사람도 영원의 숙
박을 할 수 있을 것이다. 바람이 묘비명을 남기지 않듯이, 시인
도 그렇게 우리 곁을 떠났다. 산정(山頂)으로 바위를 올려놓아야
하는 형벌을 받은 시지프처럼, 생은 그렇게 헤매고 거꾸러지는
시간들의 연속이다. 운명을 거부할 수 없다면, 그 심연에 대한
자각만이 스스로를 실존케 한다. 그러한 의미에서 그는 생의 진
여를 꿰뚫은 자다.

내일이 오지 말기를, 중얼거리는 밤이다 살아온 날의 흔적을 싹 긁어내었으면 하는 밤이다 어제도 없고 내일도 없고 이런 생각을 하는 지금 이 순간만 약간 허락되었으면 하는 밤이다 코가 뭉개진 바람이 지나가는 거리에서 떼로 돌아다니는 고양이의 발소리를 듣는다 요즘 고양이는 잘 울지도 않는다 사람을 별로 두려워하지도 않고 가까이 다가오지도 않고 적절한 거리에서 노려보다가 등을 돌린다 너희도 내일이 오지 말기를, 중얼거리며 돌아다니는 거니? 물어보고 싶은 밤이다 거대한 사상은 이미 내게는 골칫거리다 장식된 책들을 솔직히 다 불사르고 싶다 다 타고 남은 수북한 재를 모아두었다가 심심할 때 물에 타 마시고 싶다 방이 아닌 큰 독 안에 들어가 웅크린 채 잠들고 싶은 밤이다 나에게 심각한 표정으로 질문하는 사람을 이해할 수가 없어 그 사람과 둘이 독 안에 들어가 웅크려 자는 것도 좋을 듯싶다 나는 아직 어른이 아니지만 백 살도 넘게 살아버린 느낌은 뭘까 난을 일으킨 묘청은 전생에 고양이였을까 이런 엉뚱한 상상이 나는 더 좋다 묘청의 묘는 어디에 있을까 그 묘를 고양이들이 지키고 있는 게 아닐까 내일이 오지 말기를, 중얼거리면서도 내일 고양이들은 다시 올까? 궁금한 밤이다 야옹—,

— 「내일이 오지 말기를, 중얼거리는 밤이다」 전문

그는 오지 않았으면 하는 미래와 "싹 긁어내었으면 하는" 과거 사이에서 자기를 쥐어뜯었다. 단지 지금만이 존재를 지탱하지만, 지금이란 붙잡을 수 없는 순간의 연속이다. 겨우 존재한다는 것은 바로 이런 것이다. 긍정해야 할 과거의 시간도, 기투해야 할

미래의 시간도 보이지 않는 이 허무의 시간과 싸운 시인의 아픔을 어찌할 것인가. 그는 내일이 오지 않을 어느 날을 이미 예감이라도 한 것일까.

"거대한 사상은 이미 내게 골칫거리다 장식된 책들을 솔직히 다 불사르고 싶다"는 이 정직한 절망의 토로를 보아라. 이것에 짓눌려 본 사람만이 알 수 있는 문학이라는 이름의 고역(苦役). "백 살도 넘게 살아버린 느낌"같은 허우룩한 생의 초상. 화자는 사상의 위엄과 예술의 근중함 대신, "난을 일으킨 묘청은 전생에 고양이였을까"와 같은 "엉뚱한 상상"이 더 좋다고 말한다. 이것이 생의 숨통을 열어주고 상상의 여백을 만들기 때문이다. 그러나 자유롭게 날아다니기에 그는 너무 무거웠다. 야옹, 이라는 고양이 울음소리가 오히려 억지스러운 포즈처럼 느껴지는 것은 이 때문이다. 그의 새벽을 짓누른 간악한 운명은 그가 일생 동안 지고 다녔던 천근같은 생의 무게였을 것이다. 그리하여 그는 내일도 없는 곳으로, 영원의 숙박을 찾아 떠났다. 나는 지금 그의 죽음에 비극을 덧칠하려는 게 아니다. 입만 살아 있는 용렬한 자들은 또 나를 욕하라!

> 낙타의 뼈가 드디어 환하게 빛날 때
> 사막의 갈증이 잠시 멎어 모래들이 숙연해져요
> 쏠개를 떼어낸 듯 내내 싱거운 사막이었는데요
> 잠시 쉬세요 사나운 불의 얼굴로 사막을 건너가다니요
> 낙타의 부탁입니다 지름길이란 사막에 없습니다

어느 국경에 이르고자 합니까 사막엔 국경이 없습니다

낙타의 뼈는 가져갈 수 없습니다 당신은 낙오자입니까

그럼 더 쉬세요 낙타의 뼈 곁에서 주무시는 잠을 허락합니다

낙타의 유언입니다 죽은 뒤에도 낙타는 외로운 짐승이거든요

오래지 않아 당신의 뼈도 낙타의 뼈같이 환하게 빛나게 될지 모르지요

전갈이 당신의 피를 다 빼어내고 사막여우가 당신의 살을 발라낼 테니까요

산 채 죽음을 목격하면 끔찍하잖아요 낙타의 뼈 곁에서 잠든 채 서서히 모르게 다가올 죽음을 기다리세요

차라리 죽음을 즐기세요 당신은 이 사막을 결코 벗어날 수 없습니다

낙타의 뼈가 저승길을 무참히 비춰줄 겁니다

壽衣는 새벽 이슬방울로 짠 옷입니다

― 「낙타의 뼈」 전문

시인은 사막을 걷는 낙타였다. 물을 찾는 것도, 쉴 곳을 찾는 것도 아닌 오로지 걷는 일에 취한 낙타. 쉼 없이 부는 바람의 영(靈)을 가진 그가 할 수 있는 행위는 걷는 것뿐이었다. 그는 낙타의 죽음을, 환하게 빛나는 뼈를 찬미했다. "싱거운 사막"이 숙연해지고, 갈증마저 잠시 멎을 수 있는 것도 바로 그 때문이다. 우리 생이 그러하듯, 사막엔 "지름길"도 "국경"도 없다. 화자는 말한다. 낙오자라는 이름의 당신, "낙타의 뼈 곁에서 주무시"라고. 그렇다면 당신의 뼈도 환하게 빛나게 될 것이라고. 그렇다면 죽음

마저도 감미로울 수 있을 것이다.

김충규 시인은 낙타처럼 사막 같은 세상을 묵묵히 걷다가, 새벽이슬로 지은 수의(壽衣)를 입고, 낙타의 뼈가 환히 비추는 저승길로 "무참히" 떠났다. 2012년 3월 18일. 이 날은 내 한 쪽 팔이 떨어져 나간 날이다. 신현정 시인이 지병으로 돌아가셨을 때도, 형님이 갑자기 이별을 고했을 때도, 사람들은 내게 이렇게 말했다. "우군을 잃었으니 이제 어떻게 하냐?" 나는 아무 말도 할 수 없었다. 이제야 그 무심한 말에 대해 대답할 수 있겠다. "형님의 환하게 빛나는 뼈 곁에서 자겠습니다"라고. 여기가 유배지이고 사막이고, 내가 바로 낙오자이므로. "제가 머지않아 그리로 가겠습니다. 조금만 기다리세요."

시를 위한 시*
― 이태수·김선우·김명기의 시

   실체가 없는 관념을 짜내기에 시가 어려워진다. 담백하고 진솔한 언어를 찾는 일이 갈수록 고역이다. 오로지 책상 위에서 머리로만 쓴 시가, 어디 상처받은 영혼을 위로하겠으며 세상 한 구석이나마 울릴 수 있겠는가. 그들은 자기가 무슨 말을 하고 있는지 알고 있을까. 훈련받은 독자에게도 해독불능의 암어(暗語)로 다가온다면, 우리 시대 시의 문법은 무엇인가 과잉되어 있거나, 또 무엇인가 함량미달이라는 얘기다. 요컨대, 넘치는 것은 수사요, 모자라는 것은 실존이다. 꼴리는 대로 쓴 시가 아니라, 시이기 때문에 꼴리는 시를 보고 싶다.

---

  * 故이영훈 작곡가가 남긴 명곡 중의 하나인 이문세의 「시를 위한 시」에서 제목을 따옴.

깊은 밤, 달빛이 나를 어디론가 끌고 간다.
멀리 따스하게 깜빡이는
불빛 몇 점,
하지만 아직은 저 마을로 돌아가고 싶지 않다.

언젠가 잠속에 깊이 빠져있었을 때,
침실로 다시 돌아와 보면
꿈속의 풍경들이 까마득하게 지워져 있듯,

언젠가 마음 아파 그 아픔이 하염없었을 때,
내 생애가 다만 하나의 점으로 떠서
작아질 대로 작아진 한 톨 불씨가 되어 있듯,

내 마음은 여전히 적멸궁(寂滅宮)이다.
깊은 밤, 달빛에 젖고 또 젖어 걸으면
몇 점, 마을의 저 따스한 불빛이
차라리 아프다. 환하게 아픈 그림 같다.

― 이태수, 「달빛」(『시인시각』, 2011. 봄)

　울혈진 마음을 안으로 삭히며 숨 막힐 듯 이어지는 정밀(靜謐)
한 언어가 가히 절창이다. 사실, 최근 젊은 시인들에게서 발견되
는 시의 장형화는, 단순한 형식의 문제라기보다는 정제되지 않은
사유가 '날 것' 그대로 터져 나오고 있다는 데 문제가 있다. 게다

가 그 언어가 유아론(唯我論)에 매몰된 채, 구체적인 삶의 흔적을 거세해 버린다면, 그 작위성이야말로 시의 토양에 뿌려지는 독약이 아닐까.

화자는 달빛에 홀려 어디론가 걸어간다. 그러나 그는 따스하게 불빛을 밝히고 있는 마을로 발길을 돌리지 않는다. 생은 차라리 "까마득하게 지워"진 꿈과 같고, "작아질 대로 작아진" 한 톨 불씨 같다. 이는 꿈결 같은 생을, 하염없는 아픔의 순간을, 독렬하게 체험한 사람에게서 나오는, 진실무위(眞實無僞)의 진언이다. 희미한 달빛에 의지해 고독한 길을 걷는 그의 마음이 "적멸궁"이다. 이 텅 빈 불전(佛殿)에서 바라보는 인간 세상이란 환하고 아픈 그림이다. 인간적 위안을 스스로 멀리하고, 구도의 길을 걷는 시인의 모습이 아프다. 유장하게 맺고 풀며 흐르는 호흡과 정련된 언어의 질김이 시의 위의를 세삼 깨닫게 한다.

새벽에 일어나 오줌을 누다
한 방울
오줌방울의 느낌

물은 빠져나가니까
몸에 갇히지 않으니까
어디서든 기어코 흐르니까

가두는 자가 아니라

흐르고 빠져나가는 자를 맡은
저 역할이 마음에 든다… 중얼거리며
문득 적는다

물로 태어나리라
처음은 비

입술로 스며 그대 몸속
어루만져 속속들이 살린 후
마침내 그대를 빠져나가는

— 김선우, 「한 방울」(『미네르바』, 2011. 봄)

 가두고 채우기에 급급한 인간들은, '통 큰~'이나 '착한~'이라
는 말에 현혹되어, 긴 줄 서기를 마다하지 않는다. 약육강식의
속물성은, 바로 자본의 '성지'(聖地)인 마트에 가면 있다. 매일 매
일 축제가 열리고, 거기엔 우리들의 배때기를 채워줄 통 큰 구원
이 항시 준비되어 있다. 세상은 시가 꿈꾸어왔던 "분열 이전의
원초적 세계"로부터 극단적으로 멀어졌다. 인간은 오로지 탐욕
으로 세상을 자화(磁化)한다.
 시인의 말처럼 우리는 물이 되어야 한다! 어설픈 윤리를 설파
하는 게 아니다. 이토록 더러운 자본의 땅에 살면서 희희낙락하
는 것이 곧 짐승의 삶이 아닌가. 화자는 새벽에 일어나 오줌을
누다가 한 방울 오줌 방울을 느낀다. 시인에게 이 느낌은 "치명적

도약"(옥타비오 파스)의 순간을 잉태한다. 물은 빠져나가는구나, 간혀 있지 않는구나, 기어코 흐르는구나. "가두는 자가 아니라/흐르고 빠져나가는 자"의 역할을 맡은 물이 시인의 폐부를 찌른다. 그리고 적는다. "물로 태어나리라/처음은 비"로! 태초의 물은 그렇게 하늘로부터 내려와, 그대의 입술로 스미고, 우리들의 아픈 몸속을 어루만지며 마침내 빠져나간다. "한 방울"의 물이 되어야 한다. 이것이 '넘치는 빈곤의 시대'를 구원할 수 있는 길이다. 시인의 순백한 마음이 환하게 다가온다.

긴 가뭄 든 어느해 쩍쩍 갈라지는 논바닥 둑길

몇 번을 땜질한 흰 고무신 신고

해질녘까지 쪼그리고 앉아

피우지 못하는 뻐끔 담배를 연신 빨아 당기며

속을 태우던 작은 아버지

종일 그 논에 물 대느라 허리 한번 펴지 못하고

졸졸 흐르는 도랑물을 퍼 올리다 지쳐

사막의 커다란 선인장 같은 바위 두덕에 걸터앉은

작은 엄마 갈라진 뒤꿈치같이

내 몸속엔 이미 오래 가뭄 든 소리

없는 아이와 아내를 종종 묻는 사람들이여

나는 좀처럼 사랑의 기술이 없어

저녁이면 극히 작은 슬픈 중독의 질량만으로

그해 작은 엄마의 도랑물처럼

졸졸 눈물 흘리기도 하는데

얼마나 오래된 익숙한 상처인지

하루 종일 잊고 지내거나 종종 잃어버리는 것은

모르는 것이 무엇인지 모른 채

찾아오는 것들을 또 기다리고 있기 때문이다

그러다 슬픔이 바위 두덕처럼 가슴 쿵 짓누르는 날은

에바 캐시디의 대니보이를 큰소리로 틀어놓고

자신 속을 태우던 작은 아버지처럼

석양을 향해 꺼꺽 속울음 삼키며 한번도 가본 적 없는

우루무치나 세렝게티 같은 곳을 그리워한다

　　　　　　— 김명기, 「시간의 속성」(『시와 시』, 2011. 봄)

　김명기 시인은 생의 바닥을 맨손으로 건져 올려, 자신의 몸속에 투과시킨다. 그의 언어를 보아라. 스키조(Schizo)의 언어가 사이키델릭하게, 화려한 축포를 터뜨리는 판국에, 그는 첫 행부터 "쩍쩍 갈리지는 논바닥 둑길"을 찾고 있다. 거기에 땜질한 흰 고무신 신고 뻐끔 담배 피우며 앉아 있는 작은 아버지, 그 논에 물을 대려고 도랑물 퍼 올리다 지쳐 바위 두덕(둔덕의 방언)에 걸터앉은 작은 엄마의 갈리진 뒤꿈치. 이런 유년의 기억은 모두 "오래 가뭄 든 소리"로 시인의 몸속에 들어앉아 있다. 대물림된 기갈(飢渴)든 운명! 사람들은 "없는 아이와 아내"를 자꾸 묻는다. 이는 송곳처럼 아프게 시인의 영혼을 파고들었을 것. 그럼 시인은 "나는 좀처럼 사랑의 기술이 없어"라고 어눌하게 꿍얼거린다. 그런 저녁이면 작은 엄마가 퍼 올린 도랑물처럼 "졸졸 눈물을 흘리기도" 한다. 그러나 이 모든 것은 "익숙한 상처"일 뿐이라고 스스로를 위로하며 생을 견딘다.

그러나 슬픔이 작은 엄마가 걸터앉았던 "바위 두덕"처럼 가슴을 짓누르는 순간이 있으렸다. 그럴 때면, 그는 자신의 속을 태우던 작은 아버지처럼, 석양을 바라보며, 몽골의 우루무치나, 아프리카의 세링케티를 그리워한다. 에바 캐시디(1963~1996)의 대니보이(Danny boy)를 들으며. 서른 세 살의 나이로 짧은 생애를 마감한 에바 케시디의 노래가 그에게 어떤 의미로 가가 왔을까. 오로지 부재로서만 존재를 증명해야 하는 그의 자리는 차라리 '식민지'다. 영국의 지배 하에 있는 아일랜드 사람들에게 애국가처럼 불리는 '대니보이'는, 그가 서 있는 생의 자리를 서늘하게 증명한다.

그의 영혼은 이 애산한 선율을 타고 저 밀리 평원을 띠돈다. "시간의 속성"이란 자신의 속을 까맣게 태우던 작은 아버지에게서, 졸졸 흐르는 도랑물을 퍼내던 작은 엄마에게서, 슬픔의 무게를 견디는 나에게로, 에바 케시디에게로, 아일랜드로, 우루무치로, 세링게티로, 핏줄처럼 퍼져나가는 운명의 마력을 의미한다. 인간은 매순간 헛발을 짚고 발자국마다 비틀거리며, 존재이기를 상상하지만 매번 손가락 사이로 빠져나가는 타자와 조우한다(옥타비오 파스, 『활과 리라』, 236쪽). 그가 계속 이것을 온몸으로 증명해 주길 기대한다.

시의 함량

─ 배한봉·이재훈·최종천의 시

'매가리'가 없는 관념의 언어가 시를 피둥피둥 살찌게 한다. 이 비만한 비계 덩어리 같은 언어들을 어떻게 휠 것인가. 미당은 "시(詩)의 이슬에는 몇 방울의 피가 언제나 섞여 있어"라고, 마땅히 지불해야할 글쓰기의 고통에 대하여 말한 바 있다. 시에서 가장 경계해야 할 것이 독아론적 토로다. 이를 넘어선 타자성의 회복이야말로, 그동안 가방끈 긴 평론가들이 떠들어댔던 시와 정치의 핵심적 요소다. 이 시대, 시란 세계의 파국을 드러내며 동시에 껴안는 타자성의 발현에 존재 가치가 있다.

타성에 젖은 상투적인 언어로, 억지로 짜낸 기름 덩어리의 언어로 무엇을 하겠는가. 쓸데없이 어렵기만 한 시, 치렁치렁한 장식적 수사로 가득 찬 시, 자신이 제일 아픈 척 엄살 부리는 시, 철학자인 양 위세를 떠는 시, 이 모든 껍데기는 가라. 여기저기 파헤쳐져 강간당한 우리의 강을 들여다보고, 고공 크레인 위에 올라선 여성 노동자를 만나고, 등록금이 없어 자살하는 이 땅의 아픈 젊은이들을 만나라. 당신들의 방, 그 지식의 공동묘지에 무엇이 들어있겠는가.

그래도 얼마나 다행인가. 언어의 시체가 즐비한 판국에, 살아 있는 절실한 언어를 토해낼 줄 아는 시인이, 우리 시의 한 귀퉁이를 붙잡고 앙버티고 있으니.

물고기에게 물은 살과 피, 아니 먼 조상들, 아니 물고기에게
물은 연인, 아니 아니 물고기에게 물은
달을 품고 있는 우주

나는 한번도 물속에서 살아본 적 없다
물고기만큼 물을 사랑하고, 물과 키스하며
안과 밖이 맑은 물로 채워진 세계가 되어본 적 없다

지금은 강변 모래사장을 잃은 물이 뿌우연 침묵으로 아우성치는 시간

자궁을 긁어내고 혼절한 여자처럼
원치 않던 바닥을 긁어내고 누워 있는 강

나는 한번도 물에서 살아본 적 없다고 세 번 부정하지만
내가 사는 세계의 안과 밖에는 물이 가득 차 있다

그러니까 나나 당신이나 물이 아픈 세계에서는 살 수 없는
우주의 물고기

과거의 나에게, 아니 아니 미래의 우리에게
보洑를 풀어 달라 아우성치는,
지금은 뿌우옇게 아픈 강의 이마를 저녁 어스름이 짚어주는 시간
　　—배한봉, 「강의 이마를 짚어주는 저녁 어스름」(『문학사상』, 2011. 6)

　주어진 생태계를 스스로 파괴하는 개체는 오직 인간뿐이다. 그
것이 자멸의 길임을 모르고 끊임없이 파헤치는 우매한 개체도
오직 인간뿐이다. 물을 오직 자원으로만 보면, 강을 오직 개발의
대상으로만 보면, 그저 무심히 흐르는 강이 무의미하게 여겨질
수도 있겠지. 그러나 거기에 삽날을 꽂고, 물을 가두게 되면, 강은
피 흘리고, 끝내 썩어가게 마련이다.
　생명은 어디에서 왔는가. 모두 물에서 온 것이다. 시인은 말한
다. 내가 물고기가 아닌 이상 물속에서 살아본 적이 없다고. 물고
기에게 물은 달을 품고 있는 우주이겠지만. 지금은 모래사장을
잃은 물이 "뿌우연 침묵으로 아우성치는 시간"이다. "원치 않는
바닥을 긁어내고", "자궁을 긁어내고 혼절한 여자처럼" 누워 있
는, 어머니 강을 보라. 시인은 이제야 다시 말한다. 기실 "내가
사는 세계의 안과 밖에는 물이 가득 차" 있다고. 우리는 "물이
아픈 세계에서는 살 수 없는 우주의 물고기"라고.
　강이 아우성친다. 제발 보(洑)를 풀어달라고. 이렇게 절규하는

"뿌우옇게 아픈 강의 이마"를 짚어주는 것은 인간이 아니라 "저녁 어스름"이다. 우포늪을 지키며 생명을 노래하던 시인이, 어찌 어머니의 젖줄이, 생명의 자궁이 무참하게 유린당하는 모습을 보며 가슴 아프지 않았겠는가. 세계의 파국을, 아픔을, 온몸으로 투과시켜 언어로 옮기면, 이런 시가 나오는 것이리라. 담담하고 나직한 목소리에 실려 드러나는 세계의 파국이 참혹하다.

우연히 날아온 화살에 등을 맞았다
뒤를 돌아보니 신비한 빛이 발밑으로 들이쳤다
등이 아프지는 않았다
나는 화살을 등에 꽂고 거리를 지나다녔다
겨울엔 찬미의 노래가 흘러나왔다
천천히 바람을 가르며
거리 위를 새겨 나간다

길의 감촉도 모른 채 떠남을 탐미했다
길이 없다고 말할 수는 없다
문명의 숲에서 충혈된 눈으로
비만한 이미지를 본다
모두 집안에 묘지를 두어 엎드려 절한다

어둠에 잠긴 강은 늘 소리를 낸다
소리의 환각을 타고

긴 여행을 떠난다

살갗을 타고 흐르는

차갑고 낯선 공기

모두 마법에 걸려 있다

복잡한 사람이고 싶지 않다

내가 생각하는 최선은

단 한 가지만 생각하는 삶

— 이재훈, 「방랑의 도시」(『시로여는세상』, 2011. 여름)

우리 시대의 도시는 근대적 산책을 허용하지 않는다. 지금은 보들레르가 근대적 도시 파리를 배회하면서 "군중을 즐긴다는 것은 하나의 예술이다"(보들레르, 「군중」)라고 말했던 시대가 아니나. 예민한 촉각을 지닌 시인에게, 우리의 도시는 그의 등을 향해 화살을 날린다. 맞아도 아프지 않은 신비한 빛의 화살! 이는 김기림이 1930년대 경성의 근대적 메이크업을 묘사하면서 말한 인목을 자극하는 "찬란한 일루미네이션"(김기림, 「도시풍경1·2」)과도 큰 거리가 있다. 김기림은 적어도 근대의 불빛에 매혹당한 것이기 때문이다. 지금 여기 우리 도시의 빛은 날카로운 화살이다.

시인은 화살을 등에 꽂은 채 거리를 걷는다. 겨울엔 이 무시무시한 도시에도 "찬미의 노래"가 흘러나오지만. 시인은 "문명의 숲에서 충혈된 눈으로/비만한 이미지"를 본다. 인간을 현혹시키는 도시의 광휘들—가령, 통각을 마비시키는 휘황한 전광판과 네온과 쇼윈도—을 바라본다. 이들 비만한 이미지는 우리 집안에도 있으니 우리는, 죽은 이미지의 묘지석과 같은, 그 네모난 그림 상자를 바라보며 엎드려 절한다, 경배한다.

그리하여 우리는 모두 "마법에 걸려 있다" 이 마법에서, 환각에서 벗어나는 일은 무엇인가. 시인은 이렇게 말한다. "복잡한 사람이고 싶지 않다"고. 도시의 환희와 비만한 이미지에 모든 통각을 무방비의 상태로 열어놓지 않겠다는 말이다. 시인이 생각하는 최선의 삶이란 "단 한 가지만 생각하는 삶"이다. 다시 이를 환언하면, 현란한 시니피앙의 유희로 가득 찬 도시적 이미지의 홍수로부터, 그 화살로부터, 자신의 정체성을 잃지 않겠다는 반동일화의 선언이라 할 수 있다. 이재훈 시인이 그려낸 "방랑의 도시"는 포스트모던한 도시 환경이 만들어내는 이미지의 현혹과 이에 길들여지지 않으려는 새로운 산책자(flâneur)의 탄생을 극명하게 제시하고 있다.

> 현장에 음수대가 없는 공장이 지금도 있다니
> 물을 마시려고 식당으로 가다가 보니
> 아줌마 두 분이 구석진 곳에서 일을 하고 있었다
> 나는 본능적으로 물었다
> 아줌마 이 공장 물은 어디서 마셔요?
> 물이요?
> 예, 물!
> 여기 있기는 있는데, 우리가 마시는 물인데?
> 나는 순간 깨달았다, 이곳이 깊은 산 속이라는 걸

사내들은 이 아줌마들이 물을 가지고 있다는 걸

까마득히 모르고 있는 것이다

이 두 아줌마 외엔 전부가 사내들이다

그러니 얼마나 깊은 산 속이냐!

사내들에겐 없는 샘을 여자들은 가지고 있다

물을 마시고 나서, 새벽에 토끼가 세수하러 왔다가

물만 먹고 가지요, 하는 노래를 불러 드렸다

냄비 두 개가 뒤집어지고 있었다

사내들이란 여자가 있어야 비로소 숲이 되는

목석 같은 것들이다.

— 최종천, 「깊은 산 속 옹달샘」(문장웹진, 2011. 7)

  최종천 시인이 건져낸 생의 풍경은 너무도 리얼하여, 그 어떤
수사와 해석적 논리도 빛을 잃게 한다. 최근 그가 펴낸 『고양이의
마술』(실천문학사, 2011)도 구체적인 "노동을 통해서만"(「망치에게」)
보이는 자연의 풍경을 담아냈다. 그의 표현대로 "망치는 것이라
고는 없는 망치"가 "명사에 동사가 달린 언어와 같다"고 하는 것
처럼, 나는 차라리 그를 '망치의 시인'이라 말하고 싶다. 노동을
통해 보고, 노동을 통해서 연단된 그의 육체를 통해서 길어 올려
진 생의 모습은, 책상물림으로 연구실에 박혀 있는 문약서생들이
알 턱이 없는 생의 진여다.

  본능에는 항시 거부할 수 없는 뜨끈한 본능이 따라오는 법이
다. 보아라. 여긴 공장이다. 음수대가 없는 공장! 물을 마시려 하

는데 물이 없다. 그래서 일하는 두 분의 아줌마한테 물었다. 그러자 아줌마가 말한다. "여기 있긴 있는데, 우리가 마시는 물인데?"라고. 순간 시인은 깨닫는다. 이곳이 깊은 산속임을! 시인은 앞서 인용한「망치에게」에서 망치를 "공장 구석구석 숲이라고는 없는 곳에/메아리를 풀어놓아 숲을 우거지게 한다"라고 말했기에, 공장을 산속에 비유하는 것은 이미 낯설지 않다. 시인은 깨닫는다. 이 작업 현장엔 두 아줌마 이외에는 모두 사내들뿐임을. 그러니 얼마나 깊은 산 속이냐고 말한다. 그리고 더욱 깊이 깨닫는다. "사내들에겐 없는 샘을 여자들은 가지고 있다"고! 물을 마시고 노래를 불러드린다. "새벽에 토끼가 세수하러 왔다가 물만 먹고 가지요"라는 동요를. 그러자 두 아줌마, "냄비 두 개가 뒤집어"지며 웃는다. 무릇 사내들이란 여자, 옹달샘이 있어야 비로소 숲이 되는 목석들이라고 시인은 갈무리한다.

아! 얼마나 질박하고 진솔한 시정인가. 자본주의의 가장 척박한 생의 현장인 공장에서, 옹달샘으로 상징되는 여성성이 스며드는 순간, 남성의 공간은 순화된다. 자본이라는 권력적·남성적 지배로부터 벗어나기 위해서, 우리는 다시금 여성적 원리를 회복해야 한다. 경배하라. 이 세상 모든 존재의 사제(司祭)인, 여성을!

이 세 편의 언어를 저울에 달아보셨는가. 시를 쓰지 않아도 충분히 '해피'한 그대, 어떠하신가? 이 비만한 시대에 응전하는 우리의 언어가 어떠해야 하는지 깊은 고민이 필요한 때다.

빛과 어둠의 이중주
─구효서의 「사자월」에 붙이는 사족

내 가슴에 달이 하나 있다 푸른 저 달이 부풀어 오르면 구름 걷히고
밤하늘 맑아지면 내 가슴에 달빛 있다
　　　　　─임의진 시, 인디언 수니 노래, 「내 가슴에 달이 있다」 중에서

　빛만으로 어찌 살겠는가. 20대, 밝은 빛 한가운데서 재잘거리는
그 시절도, 그저 환할 수만은 없는 것을. 빛과 어둠은, 생의 작디작은
마디마다 엎치락뒤치락하며, 시간의 무늬를 만들고, 우리를 연단케
한다. 하루라는 시간의 형식도 마찬가지다. 날이 밝으면 세상으로
나가 싸우다가, 날이 지면 다시 제 소굴로 들어와, 잠이라는 거대한
어둠 속에 잠기지 않는가. 고통 속에 있을 때, 불을 끄고 이불을 들쓰고
눕는 것도, 어둠의 품에 안겨 위안을 얻으려는 본능이 아니겠는가.
　구효서의 「사자월」(『문학나무』, 2011. 가을), 여기 빛이 있었다.

"1년 남짓 어지간히 좋아했던 남자"와의 연애. "같은 과 2년 선배인" 그 남자는 "투스카니"를 몰고 다니는, 한마디로 "완벽한 프로필"의 남자다. 그가 아무리 "동시다발형"의 "소문난 바람둥이"라고 해도 "투스카니의 옆자리는 언제 어디서나 내 차지"였고, 그는 나에게 오직 "잘 생겼잖아, 너무"로 설명되는 대상일 뿐이다. 그를 좋아하는 것은 그가 부자여서만은 아니다. 그의 라이프스타일과 심지어 말과 표정에 이르기까지 그 모든 취향이 나에겐 매혹의 대상이었다.

첫 섹스를 치르면서 "긴장하고 어색한 나"에게 "당연한 일을 당연하게 치르는 느낌이 들게" 하는 그였다. 차분하고 조심스럽게 내 몸을 만지는 그에게 나는 그 어떤 저항감이나 이물감도 들지 않았다. 그는 "내 말이면 무엇이든 기억해" 주었고, 나는 "너밖에 없어"라는 말을 믿었었다. 그랬던 그에게 다른 여자가 생겼다. 21살 여자 아이가 감당하기에 이 실연은 너무도 갑작스럽고 충격적인 것이었다. 나는 "스스로 패배를 확인하고 싶"어 남자의 새 여자 아이를 만나러간다. 그러나 그 아이는 "너무도 어리고 예쁘고 가냘픈" 소녀였다. 나는 "조폭 마누라"처럼 다그치지도 못하고, 그 아이의 입에서 "미안해요"라는 말이 먼저 나오자, 최소한의 적개심마저 풀어진다. 급기야 "아이의 눈에서 눈물이 뚝 떨어"지는 순간, "너에게도 죄가 없는 것 같다"는 결론을 내리고 만다.

남자 역시도 비굴하거나 칙칙하지 않게 사랑의 감정을 마무리한다. "날 사랑한다고 했잖아"라는 나의 원망에는 "나도 많이 당황하고 있어"라는 말로, 선택을 묻는 나의 말에는 "솔직한 것보다 최선인 건……없다고 생각해"로 응수한다. 게다가 "이럴 줄은 나도 몰랐"다며 미안하다고 말한다. 양쪽으로부터 사과의 말을 들은 나는 어느 누구에게 분기를 풀어야 할지 몰라 어리둥절해 한다. 심지어 구구한 변명을 늘어놓지도 않는 그가 괜찮아 보일 뿐, 그를 싫어하지 않는 자신이 기가 막히다.

이런 감정을 정리하기 위한 마지막 대안으로 선택한 것이 그와의 '이별여행'이다. 장소는 '남이섬'. 이별의 날 마지막으로 "그와 함께 눈부신 가을볕 한가운데 있고" 싶었기 때문이다. 이때 남이섬은 빛으로 충만한 공간이다. 젊은 날, 실연의 아픔, 그 절정에 빛이 있었다.

> 눈부신 빛에 슬픔 따위 날려버리고 싶었다. 결코, 칙칙해지고 싶지 않았다. 뙤약볕에 화상이라도 입고 싶었다. 차라리 아주 깊이. 강렬한 햇빛에 노출된, 최고로 밝은 그의 인상을, 내 어딘가에 꼭꼭 각인하고 싶었다. 잘 말라 고슬고슬해진 기분으로 그에게 손을 흔들며 안녕, 이라 말하고 싶었다.
> ─ 65쪽

이런 각오로 떠난 그와의 이별여행에서, 나는 애써 담담하려고 했으나, 그를 "죽어도 빼앗기고 싶지 않"다는 감정이 앞을 막아선다. 내가 표현할 수 있는 복수의 감정이란, 2인용 자전거를 탈 때 헛발질을 해서 그를 힘들게 하는 것이라든가, 그가 아이스크림을 먹을 때 한쪽 뺨을 꼬집고 놓아주지 않는 것이 고작이다. 그러나 나는 자전거를 밟는 그에게서 땀내와 섹스의 장면을 연상하고, 그의 뺨에 손끝을 댄 순간에도 거기에 들러붙어 평생 떨어지지 않는 공상을 한다. "일렁이는 빛들 때문에 실눈을 뜨지 않을 수 없었"던 그와의 이별여행. "좋은 것들에 딱 어울리는 좋은 몸, 음성, 눈빛, 마음"을 가진 독보적 존재인 그에게 매혹된 나는, 그 밝은 빛 아래서 "평생 떠올리고도 남을 수 있게" 그를 마셔 버릴 듯 내 속에 각인시키려 한다.

그런 빛이 스러지니 어둠이 찾아온다. 그는 떠나고, 나는 가평군 현리, 외할머니 댁으로 향한다. 어린 시절 엄마나 아빠와 함께 갔었던 길을 이제 처음으로 혼자 간다. 벙어리였기에 내가 늘 "고장 할머니"라고 불렀던 그녀에게로, '고장'이 아니라 할머니가 사셨던 '고창'이라고 엄마가 매번 정정해주지만, 나에겐 그저 고장일 뿐이었다. 그 할머니가 지금은 고창을 떠나 가평에 산다. 할머니가 고창을 떠나면서 한 말! "거기도 달이 있더냐?" 그러나 그것은 말이 아니다. 할머니의 "엉터리 수화와 입모양과 눈빛"을 "전문 통역사"인 엄마가 해독해낸 말이다. 밤의 세계, 어둠의 세계, 해가 아닌 달의 세계에, 할머니가 있다. 그 어둠의 세계로 들어가는 순간을 나는 이렇게 말한다.

그와 헤어지고 내가 가는 곳. 눈물처럼 습기가 밴, 어둡고, 그 끝조차 아득한 곳. 왜 가려는지 알지 못한 채 내 발길이 무작정 가 닿을 곳. 조금은 두렵고 막막한 미지의, 미답의 지역이거나 공간이 필요했던 걸까. 그것들이 나를 부른 걸까.

— 68쪽

어느 저녁, 느닷없는 손녀의 방문. 할머니는 부엌에서 손녀의 늦은 저녁상을 차린다. 어둠의 신처럼, 흑단처럼 단단한 어둠 속에서 마술처럼 화사한 음식을 빚는다. 나는 "너무 고요하여 귀가

멀 것 같"은 적막 속에서 그 음식을 오래오래 씹는다. "잘, 먹, 었, 어, 요, 할, 머, 니"라고 과장된 입술 모양으로 말하지만, 할머니는 묵묵부답. 아무 반응이 없는 할머니를 나는 유령처럼 생각한다.

할머니가 계신 그 어둠의 세계는 "끝만 있고, 시작이라는 말이 아직 생겨나지도 않은 극지"다. 이 어둠 속에서, 나는 배에 닿는 방바닥의 온기를 느끼며, 멸망했던 지구의 겨울, 생명의 싹을 틔운 "이끼류의 온기"가 그러했을 것이라 생각하고, 점차 밀려오는 "편안한 슬픔"을 맞는다. 그와 동시에 빛으로 가득했던 남이섬의 풍경을 망막 위에 떠올린다. "그가 발하는 빛과, 섬을 가득 채운 가을볕"을! "낮에 놀다 두고 온 나뭇잎 배는……엄마 곁에 누워도 생각이 나요……." 동요를 옅은 바람으로만 중얼거린다.

방문을 열고 어둠 속으로 나온 나는, 톡, 톡, 눈을 틔우며 점차 늘어가는 별들을 바라본다. 그리고 생각한다. "어두워시야 비로소 모습을 나타내는 것들이 있"다고, 이 말 속에 바로 이 소설의 진언이 숨어 있다. 작가는 바로 이런 생의 비의를 전하려 한 것이다. "할머니의 마술 같던 반찬들"처럼. 이윽고 거대한 달이 산 위로 얼굴을 드러내고, 마침내 하늘로 덩실 떠올랐을 때, 나는 무서워 입을 다물지 못한다. 그 달은 포효하며 나를 책망한다. 나는 달에게 묻는다. "사랑을 잃고……이제 어떡하죠?"라고, 그러자 "넌 이미 알고 있지 않더냐?"라는 대답을 듣는다. 작가는 여기서 이 말의 주체를 다양하게 변주한다. 그것은 달의 목소리, 할머니의 목소리, 밤의 소리. 사자(獅子)의 얼굴로 포효하는 달(月)의 목소리는, 어둠의 모신(母神)인 할머니의 음성이자, 세상 모든 아픔을 감싸는 캄캄한 밤의 소리다.

할머니에게는 이런 아픈 사연이 있었다. 젊은 날 할아버지가 돌아가셨다지만, 어디에서도 흔적도 찾지 못하자, 할머니는 처녀 적에 양잿물을 마셨다. "자살에 실패한 미혼모"였던 것이다. 그리하여 슬픔의 말도 한 마디 하지 못하는 벙어리로, 거대한 어둠으로, 인고의 시간을 살아왔던 것. 휴대전화가 울린다. 엄마의 전화다. 나는 엄마에게 "달이 무서워 죽겠어요"라고 말한다. 그러자 엄마는 "몰라봬서 죄송합니다아. 그러는 거야. 그럴 땐"이라고 대답한다. 이 말은 또 할머니와 겹친다. 나 역시 할머니의 슬픔을 몰라본 것이다.

풀벌레가 찌륵 찌륵 운다. 나는 그 소리가 이렇게 들린다. "낮만 있는 게 아니야 밤만 있는 것도 아니야"라고. 나는 다시 "혼자가 아니야 혼자가 아니야"라고 그 소리에 내 목소리를 얹는다. 이윽고 다시 할머니의 음성이 더해진다. "작은 토끼야 들어와 편히 쉬거라……", "실연의 대선배"인 할머니의 말이다. 나는 "지성스레" 우는 풀벌레 소리를 들으며, 마침내 깊은 위안을 얻는다.

어둠이 응축되면 빛이 되고, 그 빛이 스러지면 다시 어둠이 된다. 세상의 근원은 어둠이다. "태초에 빛이 있으라 하니 빛이 생겼다"고 하지만, 그 이전에 어둠이 있었다. 빛이 시들면 어둠으로 가고, 상처 받은 영혼은 어둠의 위무를 받는다. 흑암 속에서 거대하게 떠오른 사자월(獅子月), 어둠 속에서 찌륵 찌륵 소리의 빛을 터뜨리는 풀벌레, 생의 아픔을 온전히 안으로만 다스려 마침내 어둠의 모신이 된 할머니. 이 하나된 거룩한 음성은, 헐벗은 세상에 내던져진 우리 생이 결국 가 닿을 안식의 자리를 일깨워주고 있다. "별들도 어둠이 변해 생긴 걸까" 그렇다.

|1부| 그대라는 이름의 집

|2부| 그대라는 이름의 얼굴

| 3부 | 그대라는 이름의 현신